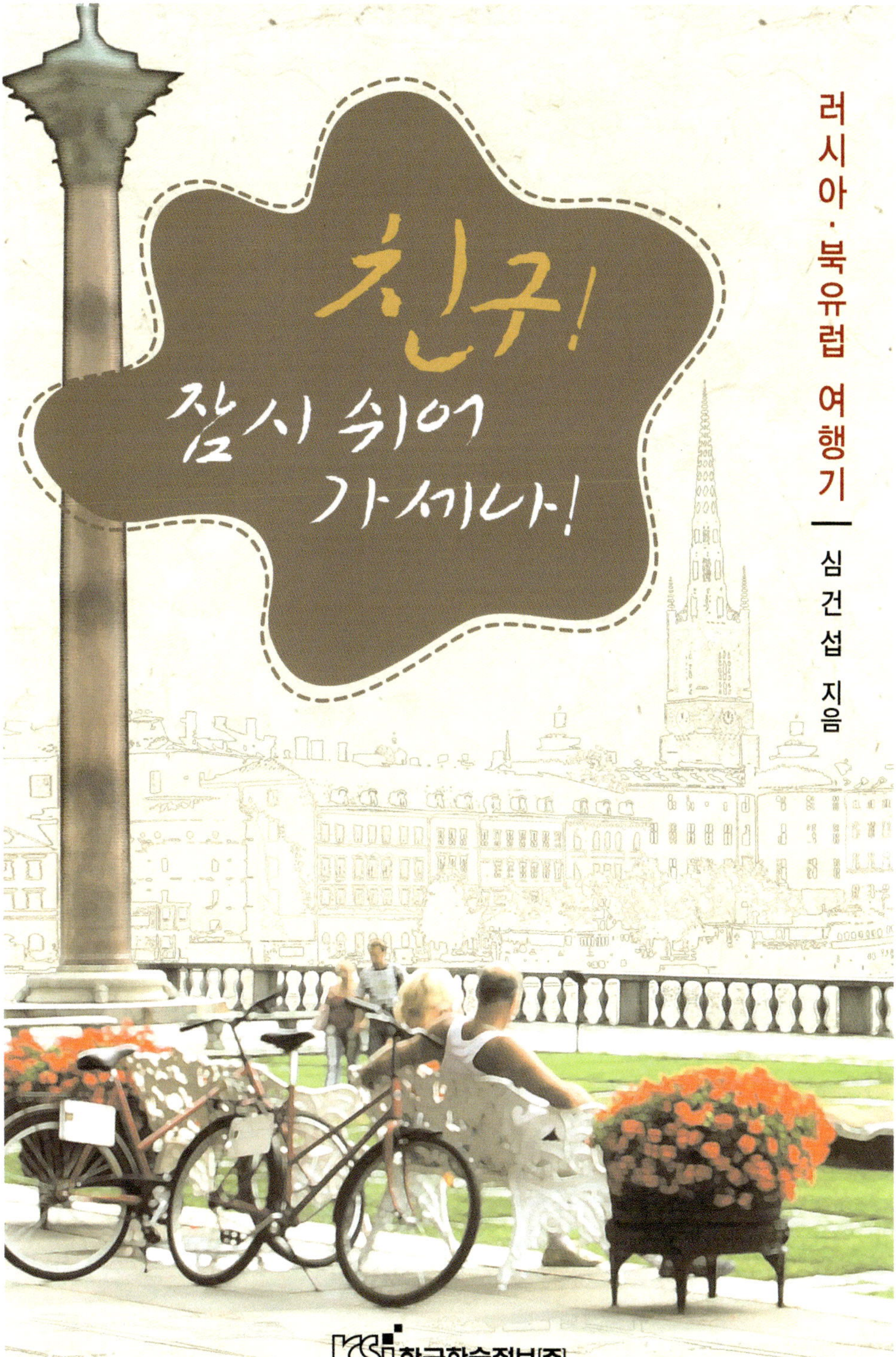

친구! 잠시 쉬어 가세나!
러시아 · 북유럽 여행기
심건섭 지음
KSI 한국학술정보[주]

"여행의 참맛! 한 번 더 느끼자!"

친구!

나는 2006년 7월 26일 인천 공항을 출발하여 덴마크, 노르웨이, 스웨덴, 핀란드와 러시아를 12일간 여행했다네. 이름 부르기를 러·북 일주여행!

길지 않은 기간이었지만 각국의 정치, 경제, 사회, 문화, 역사, 종교 등 많은 것을 배우고 또 새로움을 보았지. 시대별로 위대한 인물을 만나 대화하고 당시의 문화를 접하며 그들이 남긴 발자취를 돌아보았다네. 여행이라는 타임머신을 타고 현재와 과거를 넘나드는 멋진 환상에 젖어 보았지.

가이드의 말을 귀담아 듣고, 기록하고, 사진을 찍고, 참고 문헌을 뒤적이고, 다른 사람들의 의견을 경청하여 나름대로 여행지의 모습을 과거부터 현재까지 표현해 보았네. 여행하는 참맛을 한 번 더 느낀다네.

여행을 하면 할수록 그 나라, 그 백성, 그 문화를 사랑하게 된다네. 미워했다면 용서하게 되고 몰랐다면 이해하게 된다네.

이것이 여행의 진정한 힘이 아닐까 생각해 본다네.

첫 번째는 보며 느끼고
두 번째는 생각하며 느끼고 …….

지금부터 이어지는 내용들은 내가 그들의 세상에서 보고 생각했던
것들을 있는 그대로 표현하려고 애쓴 흔적이라네.

친구로부터

• 차 례 •

과거로 가는 길목

[덴마크 – 노르웨이 – 스웨덴 – 핀란드 – 러시아가 희미하게 보인다]

제1부 덴마크 편

[출처: Encyclopaedia Britannica, Inc.]

☞ 공식명칭: 덴마크왕국(Kingdom of Denmark)
☞ 인구: 5,435,000
☞ 면적: 43,098㎢
☞ 수도: 코펜하겐
☞ 정체·의회 형태: 입헌군주제, 단원제
☞ 국가원수/정부수반: 국왕/총리
☞ 공식 언어: 덴마크어
☞ 화폐단위: 덴마크크로네(Danish Krone/Dkr, 복수형 Danish Kroner)
☞ 국가(國歌): Kong Kristian stod ved højen mast("King Christian stood by
　　　　　　　the lofty mast")

인류신과 페레스트로이카

친구!

자넨!

여행의 즐거움이 어디에 있다고 생각하는가?

난 말이야!

여행의 즐거움은 여러 곳에서 찾을 수 있겠지만 그중 하나는 여행에 필요한 물품을 챙기는 일이 포함될 것이라 생각하는데 어떻게 생각하는가?

그러면 우리 한번 그 과정을 살펴볼까?

비교적 일정이 긴 기간의 여행일수록 더 꼼꼼히 따져 빚쟁이 장부 정리하는 마음으로 필요한 목록을 만든 다음 여러 날 동안 한 가지씩 챙기는 순서로 이어지지 않겠나?

그런데 여기서 반드시 집고 넘어가야 할 사항은 안방마님과 바깥양반의 짐 챙김 목록이 다르다는 것이지!

챙기는 짐의 종류가 다르다는 데 문제가 있는 것이야!

그러다 보면 출발하기 전에 한 번 이상은 부부싸움을 하게 마련이지!

그러면 어디 한번 속내를 들여다볼까?

의와 식 중에서 먼저 衣에 대해 논해 보자고!

안주인은 의상이나 액세서리와 같은 몸치장에 주안점을 둬야 한다는 몸치장 이론인데 그 이유를 들어 볼까?

세월이 흘러 몸과 마음은 늙어도 남는 것은 사진뿐인데 보기 좋은 사진을 찍기 위해 필요한 의상을 충분히 준비해야 상황에 맞는 예쁜 사진을 얻을 수 있기 때문이라는 것이 안주인의 몸치장 이론이고, 그와 반대로 바깥양반은 짐을 줄이는 쪽에 주안점을 두고 의복은 꼭 필요한 것만 준비한다는 것이지.

또한 食을 생각해 보면

안주인은 김치, 라면, 김, 고추장뿐만 아니라 심지어 만든 밥, 누룽지 등 음식에 주안점을 둔다는 것인데 외국에 나가면 그 나라 음식이 입에 서툴러 고생하기 때문에 한국에서 먹던 음식을 충분히 챙겨가야 한다는 것이고 그에 반하여 바깥양반은 주로 마시는 것에 주안점을 둔다네.

이번에는 바깥양반 얘기를 한번 들어 볼까?

외국에 나가 보면 술을 접할 기회가 그리 많지 않으니 일상대로 내 입에 맞는 술을 마셔야 다음 날 개운하게 여행할 테고 그러기 위해서는 한국에서 충분히 준비해 가야 한다는 것이고 또한 음식 문제라면 이제부터라도 국제적인 입을 달고 다녀야 그 나라 음식을 맛볼 수 있는 것이니 음식은 조금만 가지고 가야 한다는 것이야.

두 사람 모두 일리 있는 주장 아닌가?

어찌되었든 간에!

이런 사소한 것들로 다툼이 있게 마련인데 나중에 안방마님의 승리로 결론이 나는 수가 많지.

아무튼 우리 역시 한 바탕 전쟁을 치르고 난 후 짐을 무사히 꾸릴 수 있었다네.

누가 이겼냐고?

생각해 보게나! 당연한 것을!

비록 약간의 다툼은 있었으나 우린 새로운 세계를 그려 보며 공항을 향해 힘찬 출발을 할 수 있었다네.

짐을 끌고 공항에 도착하니 방학을 맞은 학생들과 여행객들로 대합실은 대만원이었지.

함께 여행할 일행과 여행사 직원을 찾은 우리 부부는 이내 그들과 한마음이 되어 앞으로 펼쳐질 미지의 세계에 대한 기대감으로 흥분을 감추지 못하고 출국 수속을 빨리 마치고 출발하기만을 기다리고 있었다네.

그러나 탑승 예상시간이 훨씬 지나갔지만 탑승은 이루어지지 않고 있었으며 가이드는 우리에게 그 이유를 간단히 설명하고는 별문제가 없다는 듯이 점심티켓을 한 장씩 나누어 주었다네.

모스크바 공항의 안개 때문에 정상보다 3시간 25분 정도 늦어진다는 것이었어.

삼정무역의 조병각 사장과 그의 부인인 심경진 여사 그리고 이정희와 나는 늦어지는 진실을 제대로 알지 못하고 항공사에서 나누어 주는 점심식권을 손에 들고 내심 고마운 마음으로 공항 내의 음식점을 기웃거리며 우리가 원하는 음식을 찾아 허둥서렸나네.

비행기 탑승시간이 이렇게 늦어지는 이유는 나중에 밝혀졌지만 그럴 만한 충분한 이유가 있었지.

우여곡절 끝에 오후 4시 30분 드디어 우리는 비행기에 올랐네. 지정된 gate를 통해 구소련제 인류신 항공기에 탑승했네만 오르는 순간 기내의 시설물과 서비스에서 아직 접해 보지 못한 낮은 수준이라는 것을 금방 눈치 챘네.

기체는 낡아 허름했으며 퀴퀴한 냄새는 코를 자극해 기분이 몹시 언짢았다네.

또한 문 앞에서 우릴 맞이하던 스튜어디스는 비행기 승무원으로는 어울리지 않을 나이인 오십은 되어 보였고 남자 승무원 역시 이쯤 되어 보이는 중년의 사내였지.

초강대국이었던 구소련의 항공기인지라 기대가 컸는데 처음 걸었던 기대와는 사뭇 달라 실망했지만 그래도 오랫동안 기다렸던 터인지라 우리들은 그저 그렇게 자리를 차지하곤 이륙하기만을 기다렸다네.

지루하게 기다렸던 시간은 흘러 오후 5시 20분이 되었네.

인천 공항을 출발하는 비행기는 서서히 움직이더니 속도를 높여 드디어 이륙하는 데 성공했다네.

모든 이들은 조용히 숨죽이며 이 순간을 기다렸다네.

자네도 이륙순간을 많이 겪어 보았겠지만 그야말로 긴장되는 순간이 아닌가?

어떤 이들은 손을 모으고 기도를 하고 또 어떤 이들은 아예 눈을 감고 잠을 청하기도 하지.

난 이때 어찌할 것이라 생각하는가?

난 창밖을 내다보며 빠른 속도로 지나쳐가는 밖의 풍경을 감상하지.

과연 이 속도는 어느 정도나 될까?

자동차의 빠름이 시속 130~140 정도 되니깐 이 정도라면 훨씬 더 빠를 텐데 하면서 말이야.

이내 앞바퀴가 번쩍 들리며 이어서 몸체가 붕 떠오르지.

그때 혈압이 상승하면서 긴장은 최고조에 달하지.

잠시 후 비행기는 공항을 한 바퀴 선회하면서 방향을 잡고 계속 고도를 높여 드디어 정상 궤도에 진입한다네.

자!

이제 한숨 돌리세나!

여기까지가 이륙 시 가장 위험한 순간이 아니었던가!

제아무리 첨단 전자 · 기계기술을 이용하여 만든 정밀기기라도 말일세.

부품 수가 30만 개나 되니 소재 하나하나에 위험이 도사리고 있는 것 아니겠나!

비행기 기장은 이쯤에서 탑승객들에 기내 방송을 한다네!

물론 방송의 구체적인 내용은 알아들을 수 없을지라도…….

얼마나 지났을까 승무원들이 안전벨트를 풀고 자리에서 일어나 바삐 움직이더니 음료수를 한 잔씩 서비스하니 기내의 표정이 이륙할 때의 긴장에서 금방 밝은 분위기로 바뀌었다네. 이어서 1시간쯤 뒤에는 저녁식사가 우릴 기다리고 있었지. 메뉴는 2종류인데 돼지고기 스테이크와 생선 스테이크였지.

항상 그렇듯이 우리 부부는 각각 다른 것을 주문했다네.

두 가지를 다 먹어 보기 위함이지.

어떤가? 내 발상이!

그러나 생각보단 맛이 없었다네.

어쩌다 한 번씩 맛보는 음식이긴 하지만 우리나라 기내식과 비교해 보니 우리의 것이 우리의 입맛에 맞아서 그런지 더 맛이 있었다네. 특히 비빔밥은 일품이지.

이쯤에서 난 구소련의 붕괴와 러시아의 현 상황을 잠시 생각해 보았네.

전후 40여 년이 지난 시점이었던 1985년, 급변하는 세계의 경제 질서에 부응하고 새로운 사회의 건설을 주창한 당시의 서기장 미하일

고르바초프는 개혁과 개방을 내세우면서 자본주의와 상대적으로 열세였던 그들의 사회주의 체제에 대한 대수술을 감행했지.

이렇게 페레스트로이카를 외치면서 발 빠르게 개혁과 개방의 길로 들어섰지만 그들의 체제는 변화와 개혁이 아닌 붕괴의 길로 치달았다네.

이러한 급격한 변화는 경제적으로는 시장경제로 바뀌는 긍정적 측면을 보였지만 정치적으로는 탈공산주의로 옮겨지게 되었고 결국에 가서는 이런 시장 경제와 민주화로의 흐름이 서구 자본주의 모델을 원했고 이러한 단기간의 변화는 여러 분야에서 역효과를 냈던 것이지.

그 결과 1990년부터 소련의 각 연방은 해체되기 시작했으며 마침내 러시아는 1991년 12월 31일에 독립국가가 되었고 각 연방은 각기 독립을 선언하기에 이르렀지.

물론 고르비는 소련의 붕괴와 공산주의의 몰락이라는 대사건으로 인하여 그해 노벨 평화상을 수상했지.

그로부터 십 수 년의 세월이 흐른 지금,

그들은 적당히 일하면서 배급받으며 살 수 있었던 달콤한 추억을 떠올리며 향수에 젖을 수는 있겠지만 옛날로 다시 돌아갈 수는 없는 노릇이 아닌가?

자구책을 강구하고 나름대로 살길을 개척해야 한다는 절박함뿐이겠지?

나는 항공기 승무원의 분주한 움직임에서 그들에게 닥친 생존의 치열함을 읽을 수 있었다네.

그들의 말없는 표정과 빠른 손놀림에서 말이야.

어둡고 비좁은 탁한 공간에서 도저히 넘길 수 있을 것 같지 않던 음식은 특유의 내 입맛 덕분에 접시에서 다 비워지면서 그것도 부족했던지 후식으로 제공하는 커피와 주스까지 마셨다네.

친구!

비행기에 탑승한 후 제법 많은 시간이 흘러가면서 분위기는 상당히 부드러워져 이때까지 꼼짝도 하지 않고 앉아 있던 승객들은 하나둘 자리에서 일어나 서성거리며 기지개를 펴는 등 나름대로의 운동을 하였지.

그로부터 약 5시간 정도 시간이 지나니 또 한 번 분주해지면서 이젠 저녁식사가 우리를 기다리고 있었다네.

조금 전에 먹었던 음식이 소화되기 전이었지만 그래도 책임은 완수한다는 생각에 그들이 나누어 주는 음료수와 케이크 그리고 치킨 한 조각을 받아들었지.

받기는 했지만 해결을 못 하고 다시 그들에게 넘겼다네.

잠시 후 승무원들이 입국 신고서를 나누어 주며 각자 작성하라 하는 것 아닌가?

우린 단체 여행객인지라 그것을 작성할 필요가 없었네.

이미 우리를 인솔하고 있는 여행 안내원이 서울에서 작성해 가져왔기에 수월했지.

특히 러시아 입국 신고서는 영어의 스펠링과 많이 달라 읽기도 어렵고 쓰기는 더 어렵다네.

친구!

러시아 입국 신고서를 작성하는 것을 보니 모스크바 공항에 다 온 모양일세.

우리들은 서둘러 비행기에서 내려 다음 목적지를 향해 비행기를 갈아타야 한다네.

구소련제 비행기인 인류신 96이여 안녕!!

모스크바 공항에서 코펜하겐으로

친구!

지금 난 인천 공항에서 출발하여 우리의 최종 목적지인 덴마크의 코펜하겐까지 가고 있는 중인데 이 코스엔 직항로가 없고 모스크바 공항을 경유해서 가야 한다기에 이렇게 그 절차를 밟고 있는 중일세.

입국절차는 평소처럼 진행된다 하지만 8시간 30분 동안이나 비행기에서 억류 아닌 구금됐던 지친 여행객들에게 복잡한 절차는 참기 힘든 고역이었다네.

모스크바 공항에서 모든 절차를 마치고 transit, immigration 등의 팻말이 붙어 있는 곳을 통과하여 코펜하겐행 비행기로 옮겨 타니 이곳 시각으로는 오후 8시 50분이었고 한국 시간으로 27일 새벽 2시 50분이었다네.

일산에서 출발한 지 12시간 이상 지났구먼.

창으로 보이는 모스크바 공항의 하늘엔 검은 구름이 많이 끼어 있고 한 무리의 새 떼가 날아가고 있었어.

검은 구름은 이내 굵은 빗방울로 바뀌어 한두 방울씩 떨어지기 시작하는데 1841년에 세워졌다는 낯선 이름의 은행이 낡은 건물에 간판을 달고 어둠이 깔린 공항에 외롭게 서 있었으며 활주로에는 우리가 서울에서 타고 온 인류신과 중국 남방 항공기 그리고 몇 대의 러시아산 항공기가 서 있었다네.

이내 빗방울은 창을 두드리며 점점 기세가 세어지네.

맨 뒤(21B) 옆자리에 80대의 노부부가 앉아 있는데 자리가 좁다고 불평이네.

우리와 서울에서 함께 온 여행객으로 노구였으니 얼마나 힘이 드셨겠는가?

그래서 "노세 노세 젊어 노세"란 말이 있지!

자네!

새겨서 듣게나!

탑승 후 40분, 항공기는 소음을 내며 진입도로를 질주하다 멈추기를 계속하더니 드디어 모스크바 공항을 이륙하여 코펜하겐으로 떠나려 한다네.

이렇게 오랫동안 이륙을 하지 못한 것은 공항의 활주로를 한 개만 열어놓고 나머지는 닫았기 때문인데 한꺼번에 많은 비행기들이 줄을 서서 같은 활주로를 이용하다 보니 대기하는 시간이 오래 걸렸기 때문이라네.

비행기가 허공으로 솟구쳐 올라가니 사람들이 박수를 치고 있다네.

떠오름이 반가워서겠지?

창밖으로 펼쳐지는 모스크바 공항 근처는 불꽃놀이가 한창이었는데 나는 10여 일이 지난 후 불꽃놀이를 하는 이유를 알 수 있었지!

내가 나중에 불꽃놀이의 진실을 알려 줄는지도 모르겠네.

친구!

나는 비행기 안에서 식사할 때 사용하는 휴지 한 장을 챙겼는데 빨간색의 예쁜 휴지였다네.

내가 휴지를 왜 챙겼을까? 맞추어 보게.

이유인즉!

집에 돌아가면 우리나라에서 사용하는 휴지와 비교해 보고 또 휴지 만드는 공장에 정보를 제공해서 이것보다는 질이 좋은 제품을 만들라고 주문하고 싶었기 때문이었다네.

어떤가!

꼭 어린 학생 같은 발상이 아닌가?

조금은 어처구니없는 이런 나의 행동이 나 스스로 우스꽝스러워 빙그레 웃으며 밖을 내다본다네.

유유히 떠 있는 뭉게구름 위의 비행기는 출렁거리는 물결 위의 돛단배처럼 여유가 있었으며 창밖으로 내다보이는 코펜하겐이 있는 북서쪽의 하늘은 덴마크가 가까울수록 파란 하늘 밑으로 더욱 더 빨갛게 물들어 있었지.

하늘 위에서 바라보는 빨간 석양의 노을은 지상에서 보는 석양과는 또 다른 멋이 있어 기가 막히게 좋았다네.

현재 밤 11시가 넘은 시각인지라 하늘에서 내려다보는 코펜하겐 근교의 불빛은 빠른 속도로 밝아지고 있었으며 형형색색의 불빛은 천연색 금실로 수를 놓고 잘 짜 맞춘 카펫의 문양처럼 각양각색의 모양을 하고 있었다네.

타오르는 불꽃처럼 이글거리는 불빛 속으로 빨려 들어가던 비행기는 그 불빛에 먹히며 마침내 활주로에 사뿐히 내려앉았다네.

친구!

동화의 나라에 도착하였네.

덴마크의 코펜하겐에 도착하여 입국 수속을 마치고 밖으로 나오니 수많은 인파 속에서 인상이 후덕한 나이가 50은 됨 직한 남자가 우리를 기다리고 있었다네.

11시 23분 스웨덴 국적의 버스 기사가 우릴 마중 나왔던 것이야.

인천을 출발한 지 꼭 12시간 만이었어.

피곤한 몸을 이끌고 우린 서둘러 버스에 몸을 싣고 예약된 호텔에 도착했다네.

서유럽을 여행한 경험이 있는 우리는 여행의 품격을 높이는 것 중의 하나는 먹는 것이고 다른 하나는 잠자리라는 것을 잘 알기에 기대감으로 약간 긴장하면서 첫날 밤의 잠자리에 신경을 곤두세우고 있었다네.

방을 배정받고 짐을 풀어 정리하니 서유럽의 그것보다는 일반적으로 룸 안의 분위기와 치장이 좋은 편이었지.

시작은 좋았다고나 할까!

이렇게 시작된 북유럽의 여행, 오늘은 하루 종일 하늘에서만 지냈기에 땅이 몹시 편안하게 느껴지는군!

친구!

오늘은 이쯤에서 정리하고 내일을 기대해 봄세!

우리는 코펜하겐 입성기념으로 한국에서 공수해 온 소주를 한 캔 꺼내 자축하듯 들이키곤 이내 곤한 잠 속으로 빠져들었다네.

코펜하겐에도 맛난 젓갈이?

친구!

어제는 하루 종일 하늘에서 지냈고 또 한국과 8시간에 걸친 시차를 극복하지 못해 아직은 피곤함이 남아 있지만 힘을 내 본격적인 북유럽의 투어를 시작하려 한다네.

어제저녁 덴마크의 코펜하겐 근교인 로스킬드에 도착하자마자 가이드가 오늘 아침의 스케줄에 대해 세세히 설명하며 시간 지키기에 대해 신신당부했던지라 오전 일곱 시 우리는 서둘러 식당으로 향했다네.

식당에는 이미 부지런한 아니 호기심이 많은 이들이 자리를 차지하고 앉아 아침을 먹고 있었지.

흡사 말 잘 듣는 어린 학생 같은 모양이었다네.

우리에게 제공된 아침식사는 이들의 주식인 빵과 각종 치즈 그리고 육류와 감자 또한 과일 및 음료수 등이었으나, 내가 평소 접해 보지 못했던 것이 있었으니 한쪽 구석의 냉장고에 보관된 생선음식이었다네.

처음 보는 새로운 것이라 자세히 들여다보니 조그마한 글씨로 'Sild Herrings'라 쓰여 있었지!

호기심이 발동한 나는 그것을 조금 가져와 냄새를 맡고 맛을 보았는데 비린내가 조금 나는 것이 우리나라의 젓갈 종류와 같은 것이었다네.

맛을 보니 우리의 젓갈은 짭짤하고 알큰하고 맛이 좋은데 이것은 맛남과는 거리가 멀었고 눈으로 먹을 수 있는 맛깔스러움도 없었으며 심지어는 비위가 상할 정도였어.

다만 고개가 끄덕여지는 것은 '이 나라는 섬이 많은 나라이니 생선 종류가 많고 또 그것을 보관하였다가 먹는 방법이 무척이나 다양할 것이다.'라는 것뿐이었지.

그도 그럴 것이 이곳 덴마크 역시 옛날 바이킹들로 붐비던 곳이 아니겠나?

배를 타고 장기간 바다생활을 하려면 자연히 염장식품에 의존하게 되고 이러한 방법들이 후대에게까지 보존되고 발전하는 것 아니겠나?

친구!

젓갈 이야기가 나오니깐 침이 꼴깍 넘어가는구먼!

짭짤하면서도 감칠맛 나는 그 맛!

우리 한번 젓갈에 대해 논해 볼까?

젓갈 하면 가장 생각나는 곳이 어디인가?

그래 바로 강경이지.

강경은 금강을 끼고 있는 천혜의 내륙 항으로 대구, 평양과 함께 우리나라 3대 젓갈시장으로 옛날부터 그 명성을 날리고 있지.

목포, 강화, 군산 등에서 질 좋은 어물을 수집하여 젓갈을 담가 대

둔산의 석굴이나 저장고에 보관하였다가 전국 팔도로 판매하는 산지로서 전국 젓갈시장의 50%를 차지하면서 수백 년의 전통을 이어오고 있다네.

그러면 이곳에서 팔려 나가는 젓갈류를 생각해 볼까?

창난젓, 명란젓, 어리굴젓, 청어알젓, 낙지젓, 조개젓, 오징어젓, 갈치젓, 연어알젓, 방게젓, 멍게젓, 새우오젓, 꼴뚜기젓, 새우육젓, 밴댕이젓, 멸치육젓, 아가미젓, 새우추젓, 양념 가리비젓, 황석어젓, 까나리액젓 등 숨넘어갈 정도로 다 외우기 어려운 많은 것들이 서해안에서 올라와 전국으로 팔려 나가는데 요즘은 강경 말고도 서해안을 따라 남으로 내려가면서 새로운 젓갈시장이 형성되고 있다네.

이들 중 유명한 곳으로는 곰소와 서산 또 광천을 들 수 있겠는데 그중에서 곰소 하면 새우젓, 갈치 속 액젓, 까나리액젓, 멸치액젓 등이 인기품목이고 서산은 어리굴젓으로 그 세를 서서히 키우고 있다네.

그리고 젓갈을 값으로 따져 본다면 광천의 토굴 새우젓이 으뜸이겠지!

무엇보다도 바다에서 잡히는 수산물은 무엇이든 젓갈로 담아 먹을 수 있는 기술이 우리에게는 아주 옛날부터 발달해 있었던 것이 아닌가?

김치와 더불어 뛰어난 저장 발효식품인 젓갈의 기원은 상하기 쉬운 어패류를 소금으로 저장하여 오래 두고서 먹을 수 있도록 한 데서 비롯되었는데 차츰 다양한 젓갈이 개발되면서 오늘날의 젓갈 문화를 이루게 된 것이지.

특히 해산물이 지천인 전라도지역에서는 젓갈이 중시되며 그 지역 향토음식 중에서 으뜸으로 친다네.

젓갈을 맛나게 담그는 방법의 첫째는 제철에 나오는 놈을 항아리에 담고 재료가 완전히 덮일 만큼 소금을 켜켜이 치고 꼭 봉해서 익히는 데 있다네.

역시 공기가 들어가면 안 된다네!

이렇게 해서 만든 젓갈 중 새우젓·멸치젓·조기젓 등은 김장을 할 때 주로 쓰고, 나머지는 양념에 무쳐 밥반찬으로 먹으면 정말 일품이라네.

이처럼 우리나라는 종류와 용도 면에서 수없이 많은 젓갈류가 우리의 밥상을 더욱 풍요롭게 만들고 있지.

친구!

따끈따끈한 하얀 이밥 한 숟갈에 명란젓 한 토막 떡하니 올려 한 입 가득 물면 모든 시름 다 잊고 식도락의 삼매경에 빠질 법하지 않은가?

연구하고 공부하는 마음으로 아침식사를 마친 우리는 호텔에서 나와 근처의 숲과 호수를 산책했다네.

덴마크에서의 첫 번째 만남이 젓갈이었다면 두 번째 만남은 호수와 숲이었다네.

자연스러운 관목 사이로 펼쳐진 파란 호수와 그 앞에 자리하고 있는 2층짜리 빨간 호텔은 아침 햇살을 받아 더욱 예쁜 모습으로 비치니 우리들은 그저 신기한 나라에 온 듯 착각에 빠지고 말았다네.

자네는 내가 설명하는 이곳의 운치가 어느 정도인가 상상이 가는가?

친구!

그러나 아직 시작도 하지 않은 투어에 앞서 언제까시나 이렇게 호텔 주위의 경치에 빠져 있을 수만은 없지 않은가?

드디어 우리는 현지 가이드를 만났네.

가이드는 서둘러 우리를 버스에 태웠지.

마이크를 잡은 그는 거침없는 말솜씨로 우리의 시선을 한곳으로 모으면서 상상력을 발동시켜 우리를 기쁘게 해 주었다네.

덴마크는 어떤 나라?

친구!

덴마크는 유럽 북서부에 위치하는 입헌군주국으로 정식명칭은 덴마크 왕국인데 가이드의 말에 의하면 덴마크는 아주 옛날부터 스칸디나비아와 중앙유럽을 지리적·문화적·상업적으로 연결시키는 다리 역할을 했다는 것이야.

지도를 보아도 알 수 있듯이 북동쪽으로는 스웨덴과 인접해 있고 남쪽으로는 독일과 유일하게 접하는데, 독일과의 접경 거리는 65㎞에 불과하다네.

우리나라가 휴전선 155마일로 북한과 접하고 있는 것을 생각한다면 국경선치고는 아주 짧은 거리이지?

그러므로 서유럽의 문물은 이곳을 통하여 북으로 전달되는 것이 아니겠나.

그러나 덴마크의 영토를 살펴보면, 500여 개의 섬을 포함해 7,400㎞에 이르는 해안선은 대부분이 리아스식 해안으로 서쪽으로 북해, 북쪽으로 스카게라크 해협, 동쪽으로 발트 해와 카테가트 해협을 따라 뻗어 있고 덴마크령 그린란드와 페로제도를 제외한 면적은 43,000㎢로 우리 남한의 절반에 조금 못 미치는 작은 국가이지.

토지 면적은 우리의 절반 정도이지만 550만 명의 적은 인구가 살다 보니 쾌적한 환경에서 생활한다 할 수 있지.

또한 덴마크 본토는 유틀란트 반도에 자리 잡고 있으면서 평균 해발고도가 30m 이하이며 가장 높은 곳이라야 그 높이가 173m에 불과하다는 것이야.

버스는 평원으로 이루어진 들판을 기분 좋게 달리고 있었는데 동서남북을 둘러보아도 산은 보이지 않았다네.

전 국토의 70%가 농경지이고 낙농업이 발달한 이유를 지금 펼쳐지고 있는 평원의 분위기로 알 수 있을 것 같네.

우리가 하룻밤을 묵었던 로스킬드에서 코펜하겐까지 35분간을 달렸는데도 말이지…….

그래서 이 나라의 땅 모양이 팬케이크와 같다고 했던가?

친구!

우리는 드디어 덴마크의 수도인 코펜하겐에 입성했네.

지금까지 농작물로 덮여 있는 평지를 달려오다 주위의 모양새로 보아 도시인가 했더니 이내 바둑돌과 대리석 등으로 잘 가꾸어진 광장이 나타나지 무언가?

광장에는 몇 기의 청동기마상과 함께 돔형 지붕 위에 침탑을 얹은 고풍스러운 건물이 많은 것으로 보아 분명 이곳은 왕이나 또는 귀족들이 살았던 도시의 중심지라는 것을 알 수 있었다네.

이 도시 역시 서유럽의 여느 도시처럼 거리는 잘 정돈되었으며 건물은 중세의 것을 보는 것 같았지.

[중앙광장을 중심으로 왕궁, 동상 등이 밀집해 있다]

[스칸디나비아 반도의 4나라가 잘해 보자는 의미로 탑을 꼬아놓음]

우리는 자동차에서 내리자마자 카메라의 셔터를 눌러댔지만 막상 이 건물이 무슨 건물이며, 또 이 동상이 누구의 동상인지는 가이드의 설명을 듣고도 잘 알 수가 없었다네.

참 부끄러운 일이 아닐 수 없었네만 이곳 북유럽은 우리와는 역사적으로나 현실적으로 가깝지 못한 곳이다 보니 그럴 수밖에 없었다네.

친구!

자네가 만약 북유럽 여행을 계획한다면 미리 이곳의 역사와 인물 정도는 알고 찾는 것이 도움이 될 것이라 생각이 되네.

그래서 나는 자네를 위해 덴마크의 역사적 인물 및 사건에 대해 공부를 하려 한다네. 자네도 함께 하세나!

덴마크는 서기 960년경 하랄 왕이 통일하였는데 그의 아들인 스벤은 여세를 몰아 잉글랜드를 정복하였으며 하랄의 손자인 크누드 대왕은 덴마크와 잉글랜드 및 노르웨이의 3국왕을 겸하는 대왕국을 건설했다네.

그 후 교회와 국내분쟁으로 깨진 국가를 1157년에 발데마르가 통일하였으며 더 나아가 그는 발트 해의 슬라브인들의 침략에 대비해 셀란 섬에 요새를 구축했는데 이것이 지금의 코펜하겐이라네.

또한 1397년 칼마르 동맹에 의해 마르그레테는 덴마크, 노르웨이, 스웨덴의 3국왕이 되기도 했다네.

그러나 스웨덴은 봉기하여 그들의 구스타브 1세를 스웨덴 국왕으로 선출하여 독립을 이룩하고, 120년간 지속됐던 칼마르 동맹은 1523년에 해체되었지.

해체되게 된 직접적인 동기가 되었던 '피의 광장'을 우리는 며칠 후 스웨덴의 스톡홀름에 가서 보게 된다네.

칼마르 동맹은 해체되었지만 노르웨이만큼은 여전히 덴마크의 속국에서 벗어나지 못했다네.

프레데릭 3세 때에는 왕위의 세습제를 승인받고, 1665년에는 국왕의 절대주권을 승인받아 절대군주제를 확립하였네.

프랑스혁명 당시 프랑스가 나폴레옹 1세의 지휘 아래 유럽의 여러 나라와 싸운 '나폴레옹 전쟁'에서 영국 함대의 공격을 받은 덴마크는 프랑스 쪽에 서게 되고 덴마크는 영국, 러시아·스웨덴 등의 동맹국과 싸운 끝에 패하여, 1814년에 노르웨이를 스웨덴에 할양하고 4세기에 걸친 노르웨이 지배에 종지부를 찍었다네.

아니!

표현이 조금 잘못된 것 같은데?

프랑스에 서게 되자 영국의 공격을 받았다고 해야 할 것 같은데?

나폴레옹이 무서웠거든!

한마디로 나폴레옹에게 붙었다가 망신당했다는 이야기일세.

그 후 1849년에 프레데릭 7세는 전제정치를 포기하고, 자유헌법을 성립시켜서 입헌군주제를 실시해 오던 중 1972년 국왕 프레데릭 9세의 뒤를 이어 현재는 그의 장녀인 마르그레테 2세(Margrethe Ⅱ) 여왕이 통치한다네.

❋ 프레데릭 9세의 유문

친구!

이쯤 하면 덴마크의 왕조에 대해서는 그런대로 공부한 셈이 아닌가?

이와 같이 유틀란트 반도와 발트 해 연안의 중심축을 유지하며 흥망성쇠를 거듭했던 덴마크는 바이킹의 후예답게 그들만의 여유로움을 온몸으로 느끼는 듯 느긋해 보였다네.

자! 이제 그들의 역사와 중요한 인물들에 대한 공부를 했으니 사진을 찍어 보자고.

먼저 우리는 현재의 왕조를 이룩한 크리스티안 9세의 동상 앞에서 그를 사진기에 담았다네.

친구!

여기서 나는 전 세계가 2차 세계대전의 전쟁 포화 속에서 헤어나지 못하고 있던 시절 국민과 함께 호흡하면서 진정으로 국민들을 사랑했던 한 인물을 소개하려 하네.

이병주 님의 글을 통해서 말이야.

바로 프레데릭 9세라네.

한번 들어 볼 텐가?

　　우리나라에 있어서 왕은 '고궁에 서 있는 비석'이다. 유럽의 왕들은 '역사의 이끼'라고나 할까.

　　……중간 생략……

　　나찌 독일의 명령 시행은 엄격하기 짝이 없었다. 그들의 눈엔 왕도 귀족도 그 밖의 어떤 세력도 없었다.

　　그런데 이런 포고가 있자 이튿날 덴마크의 국왕, 즉 프레데릭 9세의 선왕이 '다비데의 별'을 팔에 두르고 거리에 나왔다. 이에 황태자였던 프레데릭 9세가 아버지를 따라 그 완장을 담고 매일처럼 거리로 나왔다.

　　이것을 본 덴마크의 국민들은 국왕과 황태자의 뜻을 알아차리고 한 사람도 빠짐없이 유태인이란 표지가 되는 완장을 둘렀다.

　　그렇게 되니 독일군은 덴마크에서 유태인을 가려낼 수가 없었다. 그렇다고 해서 덴마크 국민 전부를 강제수용소에 보낼 수도 없었다.

　　그런 때문에 덴마크에선 한 사람의 유태인도 희생되지 않았다.

독일군 사령관과 황태자 사이에 다음과 같은 응수가 있었다는 것은 충분히 짐작할 수가 있다.

"전하는 왜 그 완장을 둘렀는가?"

"나도 유태인일지 몰라서 둘렀다."

"왕가는 유태민족이 아니라는 역사적 증명이 있다고 들었는데."

"그러나 내 피의 몇 퍼센트가 될지는 모르지만 유태인의 피가 섞이지 않았다고 단언할 순 없다."

"그건 우리 포고에 대한 반항이 아니냐."

"당신들의 포고에 충실한 까닭으로 이 완장을 둘렀다."

"빨리 그 완장을 떼시오."

"그렇겐 못하겠다. 누구도 내 피에 유태인의 피가 섞이지 않았다고 단정할 수 없을 것이다."

이와 같은 왕과 황태자의 용기가 덴마크에 있어서의 유태인의 생명과 재산을 보호한 것이다.

역사의 이끼가 돌연 바위가 되어 그 바위가 덴마크 국민을 수호한 성벽이 된 셈이다.

－프레데릭 9세의 유문에서/이병주－

친구! 난 곰곰이 생각해 보았다네.

진정한 지도자란 백성 위에 군림하는 것이 아니라 함께 하며 어려운 상황일수록 그들을 위한 버팀목이 되려 할 때가 진정한 의미에서 참 지도자라 할 수 있을 것이고, 그런 의미에서 나는 그들의 국가 지도자와 국민의 거룩함을 다시 한 번 온몸으로 느낄 수 있었다네.

우리는 그들이 존경하는 크리스티안 9세와 프레데릭 3세 그리고 프레데릭 5세, 프레데릭 9세 등의 동상을 한 바퀴 둘러보곤 철학자 키르케고르의 동상 앞에 섰다네.

❊ 철학자 '키르케고르'

친구!

키르케고르는 1813년에 이곳 코펜하겐에서 태어났으며 모직물상을 하는 아버지와 아버지의 하인에서 후처가 된 어머니 사이에서 태어났지.

그의 태생과 철학 세계가 어떤 함수관계에 있는지는 몰라도 백과사전에 의하면 그의 철학세계는 헤겔이 주장하는 보편적 정신의 존재를 부정하고, 인간 정신을 어디까지나 개별적인 것으로 보아 개인의 주체성이 진리임을 주장하고 실존주의자에게 커다란 영향을 주었으며, '신 앞에 선 단독자'란 표현대로 신 앞에 나가는 존재는 오직 자기 혼자가 되어 신과 대면할 뿐 그 어떤 이의 도움도 받지 못할 것을 이야기하며 그때를 위하여 인간은 스스로의 삶에 진정한 주인공으로 그 몫을 다해야 함을 강조했다네.

그로부터 그의 명성은 현대 그리스도교사상과 실존사상의 선구자로서 세계에 알려졌다는 사실이야.

"역사의 이끼가 돌연 바위가 되어 그 바위가 덴마크 국민을 수호한 성벽이 되었다"라고 회상한 이병주님의 글에서도 볼 수 있었듯이 나찌라는 현실의 벽을 넘을 수 없을 것만 같았던, 그러나 꼭 풀어야 할 난제이기에 왕은 키르케고르의 "신 앞에 선 단독자"라는 단어가 모든 것을 해결해 줄 수 있는 키였다고 생각하여 정면 돌파를 시도하여 마침내 성취했다 볼 수 있을 것이다.

결국 키르케고르의 실존주의의 사상이 왕을 주인공으로 만들었고 그 주인공은 덴마크 국민을 구했다라고 해도 좋지 않겠는가?

[실존주의 철학의 창시자 키르케고르, 1813~1855]

자전거 천국

친구!

우리는 자리를 옮겨 400여 년 전 프레데릭 3세에 의해 만들어진 안데르센 거리라 불리는 newhaven(뉘하운)에 도착했네. 이곳은 인공적으로 만들어진 물길로서 당시 세계적인 명성을 얻어 각처에서 몰려든 선원들이 이곳의 주 고객이었다네.

그 시절에는 술집이 운하 양옆으로 즐비하게 늘어섰지만 지금은 노천의 카페와 그때 지었던 건물들이 빛바랜 파스텔 톤의 은은함을 풍기며 물길 앞쪽에 자리한 커다란 닻과 함께 우리를 반기고 있었다네. 그때의 그 흥청거림이 지금 자네 귀에 들리는 것 같지 않은가?

친구!

그 건물들 사이로 우리를 동화의 세계로 안내해 주는 건물이 있었으니 그것은 바로 안데르센이 살던 집이었지.

빨간색의 건물 2층에 달려 있는 'H. C. ANDERSEN'란 명패가 참으로 정겨워 보였다네.

우리는 뉘하운을 떠나 시청사로 발걸음을 옮겼다네.

[티볼리 공원을 바라보는 안데르센]

사람들 사이로 걷다 보니 특히 자전거가 많다는 사실을 알았다네. 어찌나 많던지!

물론 자전거 도로가 별도로 있어 자전거 천국이란 말을 듣기는 하지만 모든 것이 자전거로 해결되는 것 같은 분위기였지. 남녀노소 할 것 없이 자전거를 타고 다녔으니까.

심지어 아기들을 위해 자전거 앞쪽에 유모차를 붙여 특수 제작한 자전거도 심심찮게 눈에 띄었다네!

관광객들이 알아두어야 할 사항은 버스에서 내리다 자전거와 충돌하여 다치면 자전거는 아무런 책임이 없다는 것이야.

더 재미있는 사실은 공용 자전거가 있어 아무 데서나 하나 잡아타고 가다가 아무 데나 놓아두어도 된다는 사실이지.

자네도 한번 시도해 보게나.

덴마크의 자전거 교통을 본떠 프랑스 파리에서는 새로운 시스템을 선보인다고 한다네.

그 내용을 한번 알아볼까?

2007년 7월 15일부터 자전거 1만 대를 시내 곳곳에 배치하여 필요한 사람에게 무료대여해 주고 어느 장소든지 반납할 수 있어 파리를 자전거 천국으로 만든다는 '벨리브(velib) 시스템 프로젝트'.

어떤가? 재미있는 발상이 아닌가?

자전거는 시내 750여 곳의 공용 자전거 주차장에 비치되기 때문에 집이나 사무실에서 가까운 곳에 있는 자전거 주차장을 이용하면 될 테이고, 이 서비스의 장점은 꼭 빌린 곳에 자전거를 반납할 필요가 없다는 것. 출근할 때 집에서 가까운 곳에서 빌린 뒤 지하철이나 사무실 가까운 곳의 주차장에 놔두고 가면 된다네.

상점에 갈 때나 극장에 갈 때, 친구와의 약속 장소에 나갈 때도 마찬가지!

돌아올 때 다시 자전거를 타고 돌아와야 하는 것도 아니며 대여료는 신경 쓸 필요도 거의 없지. 왜냐하면 하루 30분까지 무료이고 30분 초과하면 1유로(약 1200원), 1시간을 초과하면 2유로를 내면 되니깐.

물론 입회비 29유로(35000원)를 내고 시에서 1년짜리 카드를 발급받아야 한다네.

그러나 불편함이 전혀 없는 것도 아니라네.

자전거 주차장에는 약 20대를 수용할 수 있는 사선서내가 실지되는데 자리가 없을 때는 다른 주차장을 찾아 돌아다녀야 하지.

요즘 프랑스 파리에서는 자전거 혁명이 시작된다고 야단법석이라네.

우리도 이러한 제도를 벤치마킹해 보면 어떨까?

프랑스가 덴마크의 자전거 제도를 벤치마킹했듯이!

때마침 다가오는 자전거를 피하기 위해 몸을 돌리니 시청사가 바로 지척일세.

친구!

이 건물은 키가 아주 컸다네.

붉은 벽돌의 중세풍 첨탑 건물인 시청사 건물은 그 나이가 102살로 코펜하겐에서 제일 높은 106m의 종탑을 가지고 있으며 탑에서는 15분마다 한 번씩 종을 울린다고 한다네.

건물의 정면 벽에는 이곳을 창설한 압살론 주교가 부조되어 있으며 건물의 옆쪽 인도에는 덴마크를 동화의 왕국으로 만든 안데르센이 마술 모자를 쓰고 동상이 되어 티볼리 공원을 바라보며 옛날 잘 나가던 그때를 회상하는 듯한 모습을 하고 있지.

❇ 티볼리 공원의 목재 롤러코스터

친구!

우리는 안데르센이 자주 찾아와 동화를 구상했다고 하는 티볼리 공원을 방문했네.

이 공원이 티볼리라는 이름을 갖게 된 유래는 1843년에 이탈리아의 티볼리 시에 있는 '에스테가'의 정원을 본떠 만들었으므로 티볼리 공원이라 이름 지어졌네.

또 이 공원에서 규모가 가장 크고, 1914년에 만들어져 아직 운전 중인 가장 오래된 놀이시설인 목재 롤러코스터는 목재 롤러코스터로서는 세계에서 가장 오래되었다는구먼.

어떤가!

목재 롤러코스터! 어째 기분이 으스스하지 않은가?

❀ 마르그레테 2세 여왕의 아말리엔보르 궁전

다음으로 우리는 현재의 여왕인 마르그레테 2세 여왕이 살고 있는 아말리엔보르 궁전을 방문했다네.

이 궁전은 8각형의 광장을 둘러싸고 있는 4채의 로코코풍 건물로 이루어져 있는데 1794년 이래 덴마크 왕실의 주거지로 쓰이고 있지.

궁전의 내부는 일반에게 공개되지 않으며, 여왕이 근무하고 있을 때는 덴마크의 깃발을 꽂아 외부에 알린다네.

또한 궁전 서쪽에 있는 바로크풍의 프레데릭스 교회는 1894년에 완성된 것으로 중앙 돔에 올라가면 아말리엔보르 궁전의 전경을 감상할 수 있지.

중앙 돔에 오르려면 개방 시간을 알아보아야 할 것이네.

이어서 우리는 현재의 여왕이 살고 있는 아말리엔보르 궁전 이전에 사용했던 크리스티안보르 궁전을 둘러보았으며 이어서 크리스티안 4세의 지시로 지은 후 증축한 붉은 벽돌의 궁전으로 왕실 일가가 아말리엔보르로 옮긴 후에는 이용하지 않고 있으며 덴마크 왕실 소장품을 전시하는 미술관으로 개장한 로센보르 궁전을 방문했다네.

이곳에는 크리스티안 4세와 5세의 대관식에서 사용되었던 2개의 왕관이 있는데 크리스티안 4세의 왕관은 절대군주제 전의 것으로 머리 부분이 열려 있고 크리스티안 5세의 왕관은 국내를 통일했다는 의미로 하나로 막혀 있는 등 비교해 볼 만하다네.

또한 궁전 앞마당의 바닥재는 보통 돌이나 블록으로 마감을 하는데 이곳은 굵은 모래를 깔았다네.

궁전 방문을 마친 우리는 다음 관광지인 게피온 분수대로 이동했지.

❋ 게피온 분수대

이 분수대는 아말리엔보르 궁전에서 500미터 떨어진 곳에 위치하며 북유럽 신화에 등장하는 '풍요의 여신'이 4마리의 황소를 부리는 역동적인 모습을 하고 있다네. 채찍을 휘두르는 그 모습이 정말 실감나고 보는 이로 하여금 저절로 손에 힘이 주어지게 하는 걸작이라 할 수 있네.

코펜하겐이 있는 셸란 섬의 탄생신화에 따르면 스웨덴의 솔피 왕은 이 지역을 경작할 수 있도록 풍요의 여신인 게피온(Gefion)에게 약속을 하였다네.

여신은 그녀의 네 아들을 황소로 변하게 한 뒤 황소를 이용하여 땅을 떼어내서 스웨덴과 덴마크 핀섬(Fyn) 사이를 흐르는 바다에 던져 셸란 섬을 만들었다고 하는 신화가 있는데 사실 이 분수는 1908년에 제1차 세계대전 당시 사망한 덴마크의 선원들을 추모하기 위해 만들어진 것이라네.

지금까지 우리는 코펜하겐의 탄생신화를 그렸다는 여신에 대해 알아보았지만 코펜하겐은 1167년에 로스킬데의 주교였던 압살론이 슬로드스 홀렌 섬에 성을 세우고 성 주변에 물길을 파서 요새화한 데서 발전하기 시작하여 1145년에는 덴마크의 수도가 되었지.

지금 코펜하겐은 136여 만이 살고 있는 큰 도시라네.

그리고 이들은 코펜하겐을 '상인의 항구'라는 뜻으로 쾨벤하운(KØBENHAVN)이라 부른다네.

2차 대전 중에는 독일군의 지배를 받았지만 연합국의 폭격으로 인한 피해는 거의 없어 유적지가 그대로 보존될 수 있었던 것이야.

❀ 인어공주

친구! 다음으로 덴마크의 대표 여인 '인어공주 상'을 만나 보세나. 인어 상은 코펜하겐 북쪽 린게리니(Langeline) 거리를 따라가노라면 해안의 바닷가 돌 위에 다소곳이 앉아 그의 동화만큼이나 슬픈 모습으로 바다를 바라보고 있지.

앉은 키 높이가 약 80㎝에 불과한 자그마한 동상이지만 다소곳하게 앉아 있는 그 모습은 코펜하겐을 찾는 많은 관광객들의 관심을 받기에 충분하지.

지금 보기에는 아주 깔끔하고 세련되게 보이지만 사실은 한때 머리가 잘리고, 또 팔이 잘리는 아픔을 겪기도 했지. 인어 상이 코펜하겐을 대표하는 작품이긴 하지만 역시 이것은 안데르센에 의한 홍보의 효과라 할 수 있을 것이야. 이곳에는 인어 상을 비롯한 처칠의 흉상이 있는데 이 일대를 처칠 공원이라 부른다네. 이곳 '카스텔레' 성채 주변의 처칠 공원과 흉상은 제2차 세계대전 당시 나치 독일에 의해 점령된 덴마크를 구해 준 영국군에 대한 덴마크 국민의 감사 표시라 하는데 카스텔레 성채는 인어 상 위쪽에 자리한 오래된 군대의 요새로 코펜하겐을 관광할 때 뺄 수 없는 코스 중의 하나라네.

우리가 지금까지 둘러본 카스텔레 성채 주변과 남쪽의 성 알반스 교회 공원, 그리고 셸란 섬의 유래인 게피온 샘이 있는 이 일대는 코펜하겐에서 가장 아름다운 코스로 꼽히는 곳이니 반드시 둘러보아야 할 곳이네.

친구!

우리는 아침 일찍 서둘러 로스킬드를 출발하여 코펜하겐 관광에 나섰지만 보아야 할 것은 너무나 많고 시간은 자명종인지라 점심의 식도락을 즐길 틈도 없이 다음 목적지인 헬싱괴르(영어로는 elsinore - 엘시노어)를 향해 출발했다네.

[게피온 여신 상]

[여신 상 하단부의 조각 - 이무기]

[앉은 키 높이 80센티미터의 인어공주 상]

[인어공주 상 앞의 히피족: 북유럽은 이들 때문에 골치를 앓는다]

외레순의 슬픈 전설 '햄릿 성'

친구!

지금 우리는 코펜하겐에서 서북쪽으로 약 100여 리 떨어진 작은 마을 헬싱괴르에서 우리를 태우고 왔던 버스와 함께 카페리를 타고 15분 정도 소요되는 '외레순' 해협을 통과하여 스웨덴 영토인 헬싱보그(헬싱보리라 부른다)로 가고 있다네.

헬싱괴르에 대해 잠시 생각해 보면 16세기에 들어서 덴마크는 강력한 해군력을 바탕으로 대서양과 발틱 해를 항해하는 모든 선박으로부터 헬싱괴르의 크론보그 성에서 통과세를 징수하여 막대한 수입을 올렸고, 스웨덴은 목조 선박에서는 없어서는 안 될 타르를 독점하고 풍부한 자원을 바탕으로 국력을 키워, 이들 두 나라는 발트 해의 지배권을 둘러싼 치열한 경쟁을 벌이게 되었다네.

그러나 스웨덴은 핀란드를 지배하고 있어 러시아와 폴란드의 분쟁에 신경을 쓰게 되어 자연히 막강한 해군을 지닌 덴마크가 바다를 지배하였다네. 이때부터 덴마크의 왕 FREDERICK Ⅱ세는 모든 외국 선박이 덴마크 선박을 보면 중간 돛을 내려 경의를 표하도록 강요하였다는군.

[헬싱괴르 항구: 이곳에서 배를 타고 외레순 해협을 건넌다]

[헬싱괴르의 크론보그성: 이 성을 햄릿 성이라 부른다]

친구!

우리는 헬싱보그를 향해 배를 타고 가면서 출발했던 헬싱괴르에 있는 아주 멋진 성인 크론보그 성을 보고 있다네.

이 성을 우린 햄릿 성이라 부른다네.

이 성이 유명하게 된 것은 16세기 덴마크가 이곳을 통과하는 배로부터 통과세를 거두던 곳이라는 사실 말고도 세계문화유산에 등재되어 있으며 셰익스피어의 소설 햄릿의 무대인 엘시노어 성의 모델이 된 성이기 때문이지!

자! 그럼 셰익스피어의 4대 비극인 햄릿, 오셀로, 리어왕, 맥베스 중 햄릿에 대해 공부해 볼까?

연극은 엘시노어 성(햄릿 성)에서 덴마크의 왕이 급서하면서부터 시작된다네.

왕이 죽자 왕비 거트루드는 왕의 동생인 클로디어스와 재혼하고 클로디어스는 왕이 되지.

어느 날 밤 햄릿 왕자의 꿈에 선왕의 망령이 나타나 자신은 독살되었다고 말한다네.

햄릿 왕자는 가짜 연극 공연을 통해 숙부가 아버지인 왕을 살해했음을 확신하게 되고 원수를 갚고 결국 자신도 독이 묻은 칼에 상처를 입어 죽는데 다음 왕위는 애석하게도 노르웨이의 왕자에게 돌아간다는 내용의 연극으로 햄릿의 사색적 성격은 19세기 낭만주의에 의해 더욱 높이 평가되었다네.

아!

멀리 바라다 보이는 크론보리 성은 아름다운 모습으로 발틱의 푸른 물결과 어울리며 내게로 다가와 햄릿의 아픈 마음을 어루만져 주지만 비극으로 끝난 연극처럼 서글퍼지는 나의 마음은 어찌해야 하는지……

햄릿의 고뇌를 함께 아파하다 문득 창가를 바라보니 버스는 어느새 헬싱보리를 벗어나 스웨덴 영토를 달리고 있었다네.

예테보리임을 알리는 사장교는 멀리서 그 위용을 자랑하며 우리를 맞이하고 있었네.

노르웨이를 가기 위해 통과하고 있는 이곳은 스웨덴 영토인데 밀밭이 계속되더니만 밀밭 대신 옥수수밭이 이어지고 있었으며 풍력발전용 프로펠러는 20여 기가 군락을 이루어 끝없이 펼쳐지는 평야와 조화를 이루며 장관을 연출하고 있었다네.

또한 산림과 호수가 어우러지는 멋진 곳에는 항상 캠핑촌이 보이고 농가 주택이 있는 동네에서는 주민들로 보이는 노인들 서너 명이 골프를 즐기고 있는 여유로운 모습도 보였다네.

우리가 잘 아는 세계적인 프로 골퍼인 '여제 소렌스탐'이 바로 이 스웨덴 사람 아닌가?

친구!

우리의 여행일정을 보면 스웨덴은 며칠 후 다시 찾을 곳 이지만 지금 우리가 가야 할 곳이 오슬로이다 보니 서두를 수밖에 없다네.

오슬로까지는 아직도 500킬로미터를 더 가야 하는데 무려 7시간이 소요된다네.

우리는 차 안에 비치되어 있는 물을 1유로와 바꾸면서 때론 맥주와 음료수 등을 3유로에 구입하여 마시며 즐거운 마음으로 비스기시와 한마음으로 노래를 부르면서 달려가고 있다네.

한참을 달린 보람이 있어 드디어 버스는 노르웨이로 접어들고 있다네.

1000년 전 바이킹들이 객지로 작업을 나갔다가 금의환향 하는 기분으로 우리도 오슬로에 도착했다네.

덴마크에서 스웨덴을 거쳐 노르웨이까지.

꽤 먼 거리였지만 우린 벅찬 일정을 잘 소화해 내고 있다네.

우리가 오늘 지나온 곳의 기후를 잠시 더듬어 보면 덴마크의 코펜하겐은 약간 무덥다고 할까?

반소매를 입어도 전혀 지장이 없는 25℃ 정도의 날씨였지만 스웨덴을 지나 노르웨이에 도착하니 이곳의 날씨는 서늘한 기운이 감도는 것이 꼭 가을을 닮아 있었네.

길가의 가로수는 어느새 말라 버린 몇 장의 잎사귀를 붙들고 서 있고 바람에 뒹구는 낙엽은 가을을 재촉하고 있는 분위기였다네.

우리나라는 한창 더운 7월 27일인데 말일세.

❋ 오슬로의 김치사건

지금 이곳의 시간이 밤 9시. 너무 늦은 시간인지라 가이드가 나누어 준 도시락으로 저녁을 해결해야 한다기에 우린 한국에서 준비해 간 김치봉지를 꺼내기 위해 짐을 풀려 하는데…….

짐을 풀기도 전에 풍겨오는 짙은 김치냄새는 우리를 긴장시키기에 충분했다네.

이것이 바로 오슬로의 김치사건…….

이 김치사건은 다음 기회로 미루고…….

아직도 오슬로는 해가 중천이지만 몸이 피곤하니 잠을 청해야 하겠네.

나는 눈을 감고 덴마크를 생각해 보았네.

스칸디나비아 반도의 바이킹 왕국으로 유럽 본토와 연결된 유일한 나라. 유럽에서 유일하게 맛볼 수 있었던 젓갈을 가진 나라. 스칸디나비아 3국은 물론 영국도 통치했던 강성했던 왕국. 키르케고르와 안데르센을 끔찍하게 사랑하는 나라.

세계문화유산인 르네상스 시대의 크론보리 성과 북유럽 최고의 고딕성당인 로스킬데 대성당이 있음을 자랑스럽게 생각하는 나라.

세계 행복지도에서 가장 행복한 나라로 선정된 덴마크.

나는 그들을 생각하며 어느새 잠 속으로 빠져들었다네.

제2부 노르웨이 편

1 말뫼후스
2 블레킹게
3 크로노베리
4 할란드
5 칼마르
6 이왼최핑
7 엘브스보리
8 외스테르예틀란드
9 고틀란드
10 쇠데르만란드
11 스톡홀름
12 웁살라
13 베스트만란드
14 외레브로
15 베름란드
16 코파르베리
17 예블레보리
18 엠틀란드
19 베스테르노를란드
20 베스테르보텐
21 노르보텐

[출처: Encyclopaedia Britannica, Inc.]

☞ 공식명칭: 노르웨이왕국(Kingdom of Norway)
☞ 인구: 4,659,000 ☞ 면적: 385,199㎢.
☞ 수도: 오슬로. ☞ 독립연월일: 1905. 10. 29.
☞ 정체, 의회 형태: 입헌군주제, 단원제

비겔란 조각 공원

❄ 오슬로의 김치사건

친구!

피곤함도 잊고 일찍 일어나 주변을 정리하다 보니 어제의 김치사건이 생각나지 무언가?

그래서 짐을 꺼내어 자세히 살펴보았으나 다행스럽게도 가방 속 짐에는 김치의 흔적은 없었다네.

다만 냄새만큼은 지워지지 않고 하룻밤이 지난 지금까지도 나의 코를 자극하고 있었지.

거의 악취에 가까웠다네.

친구!

외국에 나가면 늘 먹을거리가 문제이지.

물론 김치를 포기한다면 아무 문제가 없겠지만 웬만한 사람은 이것을 포기 못 하지!

나도 예외일 수 없었던 모양이야.

한국에서 준비한 김치가 덴마크의 따뜻한 날씨 덕(?)에 한껏 부풀어 올라 터지기 일보 직전이었지만 다행스럽게도 가방 속에 잘 모셔져 있었던 것이지!

정말 일보 직전이었다네.

가방에서 김치를 꺼낸 다음 폭발을 했기에 망정이지…….

지금 생각해 보아도 정말 아슬아슬했었지.

가방 안에 장시간 비닐 팩 김치를 넣어두면 안 될 것이네.

어제의 그 순간을 뒤로하면서 창밖을 내다본다네.

호텔 앞 건물의 지붕 위에는 잔디가 깔려 있었지.

어제저녁 9시에 도착하여 피곤함에 저녁을 먹는 둥 마는 둥 하고 잠에 떨어졌는지라 주위를 둘러볼 기회를 갖지 못해 건물 지붕의 모양을 볼 수 없었던 것이었네.

그러나 지붕 위에 잔디가 심어져 있다는 것은 좀처럼 납득이 가지 않았어.

❋ 비겔란 조각 공원

우리는 지붕의 모양에 대한 의문점을 숙제로 남기고 노르웨이의 세계적인 명소인 비겔란 조각 공원을 방문했다네. 이 조각 공원은 구스타프 비겔란(1866~1943)이 1915년 10만 평의 부지에 단일 주제(1인 1주제)를 가지고 작품을 만들기 시작하여 1943년에 완공시킨 세계에서 가장 큰 조각 공원이라네.

이곳에 있는 모든 작품의 주제는 '인생'이라 하는데 인간의 생로병사와 사랑 그리고 인간의 애환을 형상화한 조각 작품들로 모두 193점이 전시되고 있다네.

공원을 조성한 사람은 비겔란이지만 현재 이 공원의 주인은 오슬로 시인데 주인이 바뀌게 된 내막을 알아보니 그는 이곳에 설치된 조각 작품은 하나라도 옮기거나 팔아서는 안 되고, 모든 사람에게 무료로 개방해야 하며 또 자기가 죽으면 이곳에 묻힌다는 조건을 제시했으며 이 조건을 오슬로 시에서 받아들임으로써 이 공원을 오슬로 시에 기증하게 된 것이라네.

지금 이 조건은 잘 지켜지고 있으며 비겔란은 공원 한쪽에 자리한 노란색 2층 건물의 작업실 앞 화단 가운데에서 오른손에는 망치를 왼손에는 조각칼을 들고 작업할 때의 모습 그대로 동상이 되어 공원을 내려다보고 있었다네.

자, 그럼 우리 한번 둘러볼까?

정문을 들어서면 중앙에는 넓고 반듯하게 잘 가꾸어진 잔디밭이 펼쳐지고 잔디밭 양쪽으로 낸 좁은 길은 사람들을 바삐 실어 나르고 있었으며 길옆에는 따뜻한 햇살을 시기하듯 키 큰 보리수나무가 늘어서 있었다네.

가로수가 끝나면 조각 공원 광장과 분수대 조각상, 모노리스의 탑이 시원하게 전개되는데 이 조각 공원은 전체적으로 조화롭고 균형이 잘 잡힌 하나의 커다란 작품이지!

친구!
자! 그러면 하나하나 자세히 살펴볼까?

잔디밭을 지나면 호수 위에 설치된 길이 100미터의 돌다리가 나오는데 이 '비겔란 다리(인생의 다리)' 난간에는 인간의 일생을 표현한 50여 개의 벌거벗은 청동인물 상이 줄을 지어 서 있다네.

우는 아이를 달래는 엄마, 포옹하는 남녀, 엄마 뱃속의 태아, 두 손으로 아이를 받들고 있는 아빠, 둥근 링에 갇혀 있는 사내 등 다양한 인간의 모습을 한 조각품들이 장기자랑을 하듯 줄을 지어 서 있지.

[상: 화난 아이, 하: 작품과 닮고 싶은 필자]

[모노리스 탑]

그중에서도 관광객들에게 가장 인기 있는 조각품은 얼굴을 찌푸리고 한쪽 다리를 들고 양쪽 팔을 벌리고 서서 앙탈을 부리고 있는 3살 꼬마의 청동상 '신나타켄(화난 아이)'인데 1992년 겨울에 누군가가 다리를 잘라 갔었지만 이탈리아 어느 섬에서 발견되어 다시 이곳으로 돌아왔다고 하더군.

또한 조각품이 있는 광장의 동서남북 4귀에는 각각 바이킹의 신화인 이무기와 여신이 껴안고 있는 조각상이 높은 석주 위에 올라 광장 전체의 균형을 잡아주고 있었다네.

비겔란 다리를 지나면 기하학적 문양의 타일로 장식된 인생을 형상화한 동그란 문양이 있는데 이 문양에 있는 미로는 그 길이가 무려 3㎞에 이른다네.

그야말로 인생이란 미로와 같다고나 할까?

또한 광장 중앙에는 6명의 근육질 장정들이 큰 수반(인생)을 들고 서 있는 힘이 용솟음치는 모습의 2단 분수대가 장엄하게 서 있다네.

분수대 주변 난간 위에는 인간이 태어나서 나이 먹고 늙고 죽을 때까지의 갖가지 모습의 군상을 나무와 조화시켜 조각해 매달아 놓았는데 그 사실적 표현에 홀린 관광객들은 그저 입을 다물지 못하고 있다네.

분수대 뒤쪽 10m 정도의 높은 언덕 위로는 4단 화강석 계단을 만들고 그 위에 작은 광장을 조성했으며, 중앙에 높은 탑을 세웠는데 이것이 유명한 모노리스(Monolith)라는 조각품일세.

'하나의 기둥' 또는 '모든 것은 하나로'라고나 할까!

이 작품은 높이 17m의 화강석 기둥에 121명의 인간 군상이 서로 먼저 하늘로 오르려는 모습으로 조각되어 있는데, 원래 이 돌은 다른 곳에 있었으나 2개월에 걸쳐 이곳으로 옮겨 왔고 비겔란은 그의 조수 4명과 14년 동안 깎고 또 다듬어서 만든 작품이라네.

이 조각품은 비겔란의 인생관이 그대로 배어 있는 걸작으로 밑에서 위로, 노인에서 어린아이까지 밀고 밀리고 겹쳐지면서 서로 먼저 올라가려고 발버둥치는 모습을 실감나게 표현하고 있다네.

이 밖에도 모노리스를 중심으로 수많은 나신의 남녀노소 군상들이 서로 다른 모습으로 광장을 가득히 메우고 있었으며 모노리스 뒤쪽에도 넓은 공원이 조성되어 사람들의 마음을 푸근하게 했다네.

이렇게 프로그네르(Frogner parken) 공원이라고도 불리는 비겔란 조각 공원에는 입구의 잔디 광장에서부터 850미터 뒤에 있는 후문에 이르기까지 돌다리, 분수대, 모노리스, 수레바퀴 청동상 등 수많은 조각 작품들을 배치했고, 그 양옆에는 가로수 숲과 잔디 공원을 조성해서 시민들의 휴식공간으로 제공하고 있었다네.

구스타프 비겔란이 일생을 바쳐 표현하고자 했던 인간의 참모습과 또 그의 내면에 있는 높고 깊은 뜻은 알 수 없지만 한 조각가의 필생의 작품을 대할 수 있었음에 감사하면서 난 다음 목적지를 향해 출발했다네.

살아서는 공포, 죽어서는 전설

❈ 바이킹 박물관

친구!

우린 비겔란의 조각 작품을 감상하고 지금 바이킹 박물관 앞에 서 있는데 이 박물관 현관 앞 명패에는 오슬로 대학에서 운영하는 자연사 박물관이라 써 있다네.

바이킹 박물관에 왔으니 먼저 바이킹에 대해 알아보아야 할 것 같군!

바이킹의 바이크는 영어로 vike라 쓰는데 이는 피오르드가 시작되는 곳에서 온 사람들이란 뜻이네.

피오르드란 과거 빙하가 쓸고 간 깊이 파인 계곡을 바닷물이 육지 깊숙이 들어와 만든 지형을 말하는데 바로 이러한 곳을 '만'이라 부른다네.

그런데 이러한 만은 북쪽에 많았으므로 만에서 온 사람, 즉 북쪽에서 온 사람이란 뜻이겠지!

이들은 서기 8~10세기경 덴마크를 포함한 스칸디나비아 반도가 통일되자 지위를 얻지 못한 소집단의 우두머리들이 농토를 소유하지 못한 농민들을 이끌고 노르웨이나 덴마크, 스웨덴 등으로 흩어져 살

앉는데 이들 중 덴마크계는 프랑스의 센강 하류에 노르망디공국을 세운 후 영국에 노르만 왕조를 열었고 노르웨이계는 아이슬란드 그린란드에 도착하고, 그 일부는 북아메리카까지 진출하였다네.

또한 스웨덴계는 러시아에 상륙하였고, 그 일부는 지중해의 시칠리아 섬에서 왕국을 건설하는 등 유럽 전역을 휩쓸면서 악명을 떨치고 있었다네.

이와 같이 이들 노르만(북 게르만)인들은 처음에는 약탈적이었으나 나중에는 원주민들과의 유대를 통해 중세 유럽의 세력판도에 지대한 영향을 끼친다네.

친구!

이러한 기초지식을 전수받고 입구에 들어서니 영화에서나 볼 수 있었던 날렵한 바이킹 배가 우리를 기다리고 있었지.

이렇게 자그마한 배가 살아서는 공포, 죽어서는 전설이 된다는 그 바이킹들이 타고 다니던 배란 말인가?

도무지 믿어지지 않았지만 가이드의 설명을 듣고는 믿을 수 있었지. 그의 설명은 대략 이러했지.

첫째, "바이킹 배의 흘수는 아주 작다."

흘수가 작다는 것은 배가 물 위에 떠 있을 때 물에 잠겨 있는 부분의 깊이가 얕다는 것인데 학술적인 것은 아니지만 배가 가볍다고 해도 옳지 않겠나!

노르웨이의 해안선은 굴곡이 많은 해안으로 아주 복잡하게 해안선이 발달했기에 이러한 지형을 빠른 몸놀림으로 빠르게 이동하기 위해서는 몸집이 아주 큰 무거운 배보다는 가볍고 자그마한 배가 훨씬 유리했을 것이네.

즉 바다에서 적에게 쫓길 때 이들은 육지 깊숙한 만 쪽으로 피하다 더욱 불리하게 되면 배를 들고 이동한다는 것이었어.

둘째, "배는 앞쪽과 뒤쪽의 모양이 모두 같아 앞뒤의 구별이 없었으며 앞뒤가 몹시 뾰족하고 높았다."

역시 이유를 들어 보니 이 배가 풍랑을 만났을 때 파도를 뚫고 앞으로 전진하려면 배의 앞쪽이 아주 높아야 물이 들이치지 않으매 가능한 일이었고, 또 좁고 얕은 협만에서 배를 돌리지 않고 빠져나오려면 앞뒤 구분이 없어야 신속하게 움직일 수 있다는 것이야.

그러면서 노잡이는 좌우로 15명씩 30명이, 키잡이 1명, 부족장 1명, 선장 1명 등 총 33명 정도가 정원이었다네.

이 조그맣고 가벼운 배를 30명의 노꾼이 빠르게 노를 저어 쏜살같이 나아가다 상대를 만나면 뛰어내려 모두 용감한 전사로 돌변하니 덩치 큰 배라도 이들의 속전속결에는 속수무책 아니겠는가?

얼마나 과학적인 아이디어인가?

나는 조그마한 배의 위력을 피부로 느끼면서 1904년에 발굴된 오세베르그 여왕의 바이킹 배를 감상한다네.

이 배는 당시 오세베르에 살던 오사여왕의 관으로 쓰여 매장된 것으로 추정되며 발굴 당시 함께 출토된 여왕의 장식품, 부엌용품, 마차, 신발, 각종 집기류 등 서기 812년에 만들어져 사용했던 것들이 그대로 복원되면서 바이킹의 실상이 공개된 것이었어.

발굴된 장소가 오세베르그였기에 사학자들은 이 배를 '오세베르그 여왕의 배'라 명명했다네.

이 밖에도 이곳 박물관에는 고크스타호, 투네호 등 3척의 바이킹 배가 전시되어 있는데 배의 이름은 배가 출토된 지역의 이름을 따서 지었다는 것이야.

하얀 피부에 금발머리, 파란 눈의 바이킹이 도끼를 든 모습을 생각하면서 우리는 오슬로 시청사를 방문했다네.

❈ 오슬로 시청사

오슬로 시는 1050년에 바이킹의 마지막 왕 '하랄'에 의해 만들어지는데 현재의 시청사는 노르웨이인에 의해 노르웨이 자재만으로 만들어져 오슬로 시 창립 900주년을 기념하는 1950년 5월에 개관을 했다네.

이 건물에는 15그램에서 3.8톤까지의 각기 다른 종 53개가 아침 7시부터 저녁 12시까지 매 30분마다 각각 다른 멜로디로 종소리를 들려준다 하네.

또한 오슬로 시청사에서는 매년 노벨상 6개 분야 중에서 평화상을 이곳에서 수상하는데 노벨평화상은 노벨의 숨진 날을 기려 매년 12월 10일에 이곳 오슬로 시청건물에서 수여한다네.

물론 나머지 5개의 시상식은 스웨덴의 스톡홀름에서 이루어지고 있지.

노벨평화상 최초의 수상자는 1901년 적십자를 창설한 스위스의 '앙리 뒤낭'이었으며, 2000년도에는 우리나라의 김대중 대통령이 수상한 바 있다네.

오슬로 시민들의 자랑거리인 오슬로 시청사를 떠나 우리는 다음 목적지인 아케르후스 거성으로 이동했다네.

부두 가까이에 있는 이 성은 중세 때 노르웨이 왕궁으로 호콘 5세가 지었으나 화재로 파괴된 것을 1624년에 크리스티안 4세가 현재의 도시를 계획하고 복원하였다네.

또한 제2차 세계대전 당시에는 나치가 이곳을 감옥과 사형장으로 사용하기도 했으며 현재는 박물관으로 사용하고 있지.

성 밖에서 올려다본 성의 모양은 성안에 있는 건물의 지붕까지 축대를 쌓아 올려 웬만한 적의 공격에는 끄떡도 하지 않을 철옹성처럼 보였다네.

성안으로 들어가 여러 채의 건물을 지나 언덕 위로 올라가니 수백 살은 족히 됨 직한 고목들이 우릴 반기고 있었으며 멀리 발 아래로 오슬로 시의 전경과 함께 항구에 정박 중인 각종 요트가 한눈에 들어온다네.

이 밖에도 왕궁과 국회의사당이 이 성 가까이에 있었지만 시간이 허락하지 않아 우린 버스를 타고 식당으로 이동하여 점심을 먹고 다음 목적지인 릴레함메르를 향해 출발했다네.

멕시코 난류의 영향으로 겨울에도 얼지 않는 부동항으로 북유럽 최대의 항구이면서 바이킹의 근거지였던 오슬로…….

1624년에 큰 화재가 발생하여 당시 노르웨이를 통치하던 덴마크 왕인 크리스티안 4세가 재건하여 크리스티아니아로 개명했다가 1925년에 다시 자기 이름을 찾은 오슬로…….

덴마크에 400년간, 스웨덴에 100년간, 독일에 5년간 지배를 받았던 슬픈 역사를 가진 노르웨이의 수도 오슬로…….

작은 망치와 8

친구!

나는 지금 끝없이 이어지는 노르웨이 최대의 호수인 미외사 호수를 왼쪽으로 놓고 달리고 있다네.

호수에 드리운 산이 거울처럼 비치는 것으로 보아 이 물은 아주 맑고 투명하고 깨끗한 물이라는 것을 알 수 있겠지?

미외사라는 낱말의 뜻이기도 하다네.

이 호수의 물은 1급수로서 송어, 산천어 등 20여 종류의 각종 어류가 살고 있고 아주 특이한 것은 모기가 물어도 그 독이 약해 10분만 지나면 가려움증이 가신다는 점이지.

그것은 중북부의 산악지방으로 올라갈수록 계속되는 호수의 지형이 층계 형태로 이어지기 때문에 물이 밑으로 떨어질 때 자연 정화가 이루어지고 산소가 원활히 공급되기에 물이 깨끗하다는 이야기겠지.

이와 같이 층계로 이루어진 호수의 지형은 크고 작은 낙차를 자연적으로 얻을 수 있어 노르웨이는 천혜의 수력발전 국가가 되었다네.

바로 16만여 개의 호수가 내뿜는 자연적인 힘의 과시라고나 할까?

노르웨이는 전기가 남아 이웃나라로 수출을 하고 있다네.

수력발전은 공해가 전혀 없는 환경 친화적인 산업이라 할 수 있는데 자연적인 낙차를 이용하는 이들의 수력발전 방식은 우리나라에서 이용하는 낙차를 얻기 위한 어려운 방식과 비교하면 그야말로 누워서 떡 먹기 아닌가 말이야!

에스파부터 눈앞에 펼쳐지는 이 호수는 길이가 100킬로미터, 깊은 곳의 깊이는 무려 450미터로 겨울이 되면 얼음이 2미터로 두껍게 얼며 호수의 폭은 한강의 2∼3배 정도로 아주 넓지만 이곳 사람들은 스키를 신고 크로스컨트리로 호수 반대편의 건넛마을과 왕래한다네.

미외사 호수의 맑은 물과 물고기, 모기에 대한 이야기를 듣다 보니 어느 휴게소에 도달했는지 창밖에는 빨간 해당화 꽃이 활짝 웃는 얼굴로 우릴 반기고 있었다네.

모두 내려 화장실에 다녀오십시오.

검은 통나무로 만든 2층집은 미외사 호수가 잘 보이는 나지막한 언덕에 자리하고 있었는데 화장실은 1층에 있었다네. 그런데 화장실을 가던 사람들이 우왕좌왕 장소를 찾지 못하고 있는 것이 아닌가?

살펴보니 남녀를 구별하는 그림 표시가 없는 것이었어.

동전을 손에 쥐고 살펴보니 남자는 'H', 여자는 'D'로 표시되어 있었다네!

참고로 동전 한 잎이면 (1노르웨이 크로네(1NKr＝145원 정도)) 화장실 가기에는 충분하다네.

통나무 카페가 있는 언덕에서 빨갛게 핀 해당화와 미외사 호수를 배경으로 한 컷씩 앵글에 담은 우리는 다음 목적지를 향해 계속 타고 다녀야 할 스웨덴 제품의 멋진 대형 scania 버스에 올랐다네.

잠시 후 우리는 스키의 본고장인 릴레함메르에 도착하겠지만 우리가 달리고 있는 차도에는 사슴이 그려진 교통 표지판이 계속 나타나고 있다네.

야생동물이 출현하니 조심하라는 뜻이지.

이 표시는 노르웨이뿐만 아니라 스칸디나비아 반도의 모든 국가들에서도 계속 볼 수 있는 표지로 각 나라들은 동물 보호용 철재 펜스를 쳐 놓아 동물이 도로 가운데로는 넘어오지 못하게 하였지만 그래도 또 조심하라는 말이야.

동물 표지 말고도 앞으로 계속 보게 될 침엽수림의 잘 가꾸어진 울창함이야말로 관광객들의 탄성을 자아낼 정도로 끝없이 펼쳐지고 있다네.

창밖으로 보이는 풍경이 우리가 탄 자동차의 대형 모니터를 통하여 그대로 비치니 우린 영화를 보는 기분으로 여행을 할 수 있어 또 다른 여행의 맛을 느낀다네.

자동차의 모니터를 통해서 길옆의 가로수가 멋들어지게 다가오는가 하면 창밖으로는 짐을 싣고 떠나는 캠핑카와 자전거 하이킹을 즐기려는 사람들이 도로를 메우는 등 노르웨이의 여름은 휴가의 절정기를 보내고 있었다네.

이제 3일 후면 8월로 접어들기 때문에 바로 이때가 이들에게는 황금과도 바꿀 수 없는 아주 소중한 시간이라네.

이제 11월이 되면 겨울이 오고 눈이 몇 덜씩 세속되기 때문에 눈속에 파묻혀 꼼짝 못 할 것을 생각하니 가만히 집에만 있지는 못할 노릇이 아니겠는가?

가끔씩 보이는 가정집 앞마당에서 옷을 벗어버린 남녀가 선탠을 하면서 시간을 보내는 것이 눈에 띄었다네.

이러한 자연의 조건에 맞추어 살다 보니 이곳 산속의 집은 모두 통나무집으로 지었으며 겨울이면 내리는 눈 때문에 지붕의 물매를 아주 급하게 했고 또 창문은 크고 커튼이 이중으로 설치되어 있는 것을 확인할 수 있었다네.

햇볕이 너무 강렬해 6월, 7월, 8월에 이어지는 3개월간의 백야 때에는 가구가 햇볕에 바래기 때문이라네.

왜냐하면 밤의 길이가 겨우 3시간밖에 안 되기 때문이지.

그렇다고 백야만 있는 것은 아니라네.

11월부터 1월까지는 '흑야'라고 하는 현상이 있는데 백야와는 정반대의 개념이지.

자!

그렇다면 오슬로에서도 보았지만 지붕 위에 잔디는 왜 심었으며 지붕의 물매는 왜 급한가 하는 이유를 이제 알겠지?

맞아!

눈과 추위 때문이라네.

친구!

노르웨이는 우리와 다른 점이 몇 가지 있다네.

먼저 언어의 종류가 아주 많다는 점이야.

물론 표준어는 '부크몰'이고 사투리의 종합을 '뉘 노쉬크'로 묶어 놓기는 했지만 말일세.

노르웨이는 수백 년 동안 남의 나라 식민지로 살았으며 산세가 험하고 또 피오르드가 많아 마을과 마을 사이의 교통이 발달하지 못하여 단절된 생활을 했다네.

그러다 보니 마을마다 지방마다 독특한 그들만의 언어가 있고 풍습이 다르다고 하네.

이들의 언어는 대략 100가지 정도가 되는데 그러다 보니 심지어는 방송국에서 쓰는 말도 사투리가 있고 영화도 지역적으로 달라 사투리를 사용하기 때문에 자막을 이용하여 알린다고 한다네.

그래서 말이 안 통할 때는 영어를 쓴다고 하지.

교통 표지판도 사투리로 쓰인 것이 있다고 가이드가 말할 정도였으니까!

그리고 이 나라는 신문 구독률이 높은 나라인데 각 가정이 평균 2부 이상은 본다고 하네.

한 부는 중앙 일간지이고 또 한 부는 지방신문인데 지방신문이 더 인기가 있으며 지방신문에는 어느 집 개가 새끼를 배고 염소가 병이 나서 죽었으며 또는 박 씨네 자전거를 본 사람은 없는가라는 기사가 실린다는 것이야.

직접 눈으로 확인하진 못했지만 마을의 규모가 작다 보니깐 신문 역시 규모가 작지 않을까?

어때?

재미있지 않은가?

❀ 릴레함메르와 동계올림픽

자연을 감상하며 가이드의 말을 듣다 보니 저 멀리에 바이킹의 배를 뒤집어 놓은 것 같은 건물이 우리를 반기고 있네.

이곳은 릴레함메르 시와 함께 동계올림픽 경기를 공동 개최했던 하얄 시인데 쇼트트랙 경기가 열린 곳이라네.

바이킹 배를 뒤집어 놓은 멋진 모습의 경기장이 아주 인상 적이었다네.

900년 전 오슬로에서 떠나온 바이킹들이 오랫동안 햇빛이 비치고 기온이 따듯한 지방까지 오다 보니 릴레함메르까지 오게 되었다는 이 지방의 유래처럼 우리도 멋진 곳을 찾다 보니 어느새 에스파를 지나 릴레함메르에 와 있었다네.

우리는 이곳 릴레함메르에서 과거 바이킹끼리 싸우다 어린아이였던 이 지역의 왕인 '호콘왕'을 피신시켰다는 경사 급한 브리켓바이네르(자작나무 껍질을 이용하여 스키를 타는 사람) 언덕을 올라가고 있다네.

비록 이곳의 크기는 우리의 5일장에도 못 미치는 작은 규모지만 이 도시가 노르웨이 10대 도시라네.

멋진 미외사 호수가 내려다보이는 산자락에 자리한 이 도시는 우리나라도 참가하여 좋은 성적을 거둔 1994년 제17회 동계올림픽이 열렸던 곳일세.

지금은 그 당시 사용하였던 시설물들을 관리하지 않아 손상이 많이 되어 있었지만 자연 그대로의 경사면을 이용한 스키 활강 점프대와 성화대 그리고 몇 동의 건물을 보니 이들의 자연보호 정신과 함께 그때의 함성이 들려오는 듯하네.

이 대회는 특히 환경 올림픽으로 유명한데 각종 식기류는 감자전분을 이용하여 만들었고 또 썩는 비닐을 사용하는 등 자연보전형 올림픽의 모범을 보인 것으로 유명하다네.

또한 올림픽 당시 숙박시설은 유람선과 조립식 아파트, 그리고 빌라를 이용하였으며 대회 종료 후 조립식은 해체하고 빌라는 별장으로 임대하는 등 효율적이고 경제적인 운영을 하였다네.

우리는 작은 망치라는 뜻을 가진 릴레함메르를 떠나 다음 목적지인 숫자 '8'을 의미하는 오따를 향해 출발했다네.

이내 하늘에서는 빗방울이 한두 방울씩 떨어지며 갈 길 먼 나그네의 옷깃을 적시고 있네.

[하얄 시의 쇼트트랙 경기장: 배를 뒤집어 놓은 형상]

[오따 풍경: 산자락 끝부분에만 농토가 조금 있음]

건너편 미외사 호수의 하늘은 맑기만 한데…….

변덕이 심한 날씨가 노르웨이의 날씨라고 하더니만 꼭 맞는 말인 것 같네.

빗속을 뚫고 달리던 자동차는 어느새 뭉게구름이 높게 떠 있는 멋진 풍경의 호숫가를 달리고 있네.

이곳의 날씨가 정말 시시각각으로 변하는 변화무쌍한 날씨다 보니 정말 염치가 없구먼.

그러나 이러한 날씨는 어제오늘의 일이 아닌 노르웨이의 전형적인 날씨라는 것이야.

그러나 끝없이 펼쳐지는 호수만은 변함이 없네.

호숫가를 따라 올라가다 우린 빈스트라에 도착했다네.

입센이 노르웨이의 설화를 바탕으로 글을 쓰고 그리그가 곡을 붙인 페르귄트의 배경마을이지.

솔베이지와 페르귄트에 대한 사랑의 이야기는 모레 베르겐에 당도하여 잔잔하게 이야기해 보세나.

오염되지 않은 노르웨이의 깨끗함과 평생 페르귄트만을 기다리며 애타게 살아왔던 순정의 여주인공 솔베이지의 노랫소리를 뒤로하고 다음 목적지 오따로 출발했다네.

❅ 오따에 얽힌 전설

친구!

이제는 슬픈 솔베이지의 노래를 잠시 접고 오따 지방에 얽힌 이야기를 해야겠네.

옛날 중세 때(1347년 중국과 아시아 내륙에서 유래) 유럽에서 1억

명 이상을 죽인 흑사병이 이곳에도 창궐해 사람들이 다 죽고 오직 8
명만 살아남았다는 것이야.

그래서 후대 사람들이 이곳의 명칭을 8에 해당하는 '오따'라고 지
었다네.

우리가 노르웨이의 각 지방에 얽혀 있는 재미있는 유래를 듣는 동
안 버스는 엔진의 출력을 높여 꼬불꼬불한 길을 따라 산 정상을 향
해 힘들게 올라가고 있었네.

산허리를 돌고 돌아 멀리에 있는 건너 산을 바라보니 동양화에서
나 볼 수 있는 운무 가득한 뾰족 산들이 우리들의 눈을 즐겁게 해
주었다네.

드디어 버스는 하룻밤 묵어갈 오따 산장에 도착했어.

RONDESLOTTET 산장은 8부 능선에 자리한 2층 건물로 붉은 벽돌
을 이용하여 벽을 쌓았고 지붕은 검은색으로 칠해 놓은 아담한 별장
식 건물이었다네.

짐을 풀고 밖으로 나온 우리는 산 정상이 눈에 보이자 누가 먼저
라고 할 것도 없이 서둘러 등산 준비를 했다네.

우린 키 작은 관목과 이끼가 가득한 산을 올랐다네.

지금 시간이 밤 10시인데 해는 서쪽 하늘에 걸려 있구면.

가이드의 말을 빌리면 오늘은 밤 12시가 되어야 해가 진다고 하네.
백야 현상이 벌어진다는 것이야.

산 정상에 올라 아래쪽을 내려나보니 밀리 오싸의 아름다운 모습
이 아련하게 보였다네.

주위의 경치에 취해 시간의 흐름을 잊고 있으려니 안개가 내려앉
더니 이내 빗방울이 되어 떨어지는 것이 아니겠나?

우린 서둘러 내려왔네.

굵은 빗줄기로 변한 안개비는 우리를 산장 밖으로 나오지 못하게

하고 창문을 힘차게 두들기고 있었지.
비 때문에 백야는 보지 못했다네.
산장의 밤은 깊어만 가는데…….

바이킹과 요정

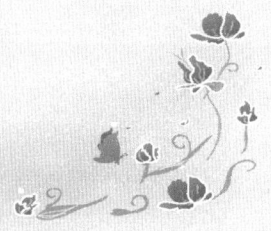

친구!

새벽까지 줄기차게 내리던 장대비는 아침이 되자 우리의 떠남을 반기는 듯, 아쉬워하는 듯 잘 가라 가랑비가 되어 내리더니 점점 가늘어져 이내 멈추었다네.

아침식사로 배를 적당히 불리고 우린 버스에 올랐다네.

어제의 약 사건으로 건강이 조금은 걱정되었지만 그래도 컨디션은 괜찮았지.

친구!

자네는 말이야 장거리에 특히 상시산에 걸쳐 외국 여행을 하다 보면 가장 걱정스러운 것이 무엇이라고 생각하나?

먹는 것이라고! 병나는 것이라고!

나도 그렇게 생각한다네.

그래서 항시 상비약은 미리 준비해야 할 것이야.

아니!

그것보다는 건강한 몸과 마음을 평소에 다져두는 것이 더 바람직하지 않겠나?

버스에 올라 어제의 그 사건을 떠올리면서 자동차 안의 온도계를 보니 바깥 기온은 13도이고 버스 안의 온도는 25도를 가리키고 있군. 이 정도면 괜찮은 기온이지.

이때 떠날 준비를 마친 버스 앞으로 양 한 마리가 후다닥 가로질러 달려간다.

우리를 떠나보내는 것이 못내 아쉬운 듯…….

우리가 하룻밤 묵었던 800m의 산장(rondeslottet)에서 내려다본 안개 속 오따(otta)의 풍경은 가히 사진 속에서나 봄 직한 예쁜 모습을 하고 있었다네.

옹기종기 모여 있는 빨간 이층집 풍경은 지난해 서유럽을 여행할 때 스위스나 오스트리아의 산악지방에서 보았던 바로 그 풍경이었지.

바로 그 오스트리아의 인스부르크를 닮았던 것이었어.

개인적인 관광이라면 이곳에서 며칠 묵어가면 좋으련만…….

아쉬웠지만 어쩔 수 없는 노릇이 아니겠나?

❄ 감자의 고장 보고

친구!

우린 아쉬움을 뒤로하고 미외사 호수로 흘러 들어가는 오따 강을 따라 35분을 달려 보고(vaga)에 도착했다네.

보고는 감자의 고장이라네.

산악지방인지라 물 농사는 생각할 수 없어 이곳의 지형에 알맞은 농사를 생각하다 보니 감자 농사를 택한 것이라 할 수 있지.

노르웨이의 인구분포를 보면 오슬로에서 2시간 이내의 거리에 전체 인구의 70% 가량이 살고 있다네.

그 마지막 지점이 동북방향으로는 바로 오따라는 곳이야.

오슬로에서 2시간 거리 이후부터는 지형이 험하고 토질이 척박해 농사를 짓기에는 거의 불가능하다는 것이야.

그래서 정부에서는 어려운 환경조건이지만 균형 있는 국토의 발전을 위해 농사짓기 힘든 산골에서 농사짓는 사람들에게는 1년에 가구당 7천여만 원의 농업 장려금을 지급하고 그와 함께 그 사람들이 염소를 기르면 염소 1마리당 얼마씩의 보조금도 지급한다는 정책을 펼치고 있더군.

이러한 정책 덕분에 농사꾼들도 휴가철이면 빠짐없이 휴가를 즐기는 것 아니겠나?

바로 석유가 가져다준 복일세.

여기서 노르웨이의 산업에 대해 잠시 생각해 보세.

노르웨이의 산업은 대체로 서비스업, 경공업, 중공업, 석유, 천연가스 생산업 등에 기반을 둔 혼합경제라네.

그중에서 농업생산품은 전 국토의 5%에서 전체 GNP의 4% 미만이 생산되고 전체 노동력의 7%가 농업 부문에 종사하는데 경작지는 주로 골싸기·호수·협만 주변에 집중되어 있다네.

주요 작물은 보리·감자·귀리·밀 등이며 주요 가축으로는 양·소·돼지 등이 있지.

그리고 국토의 약 1/3이 침엽수로 이루어져 노르웨이에서의 임업은 아주 중요한 산업이라네.

1971년 Stat Oil사가 북해에서 석유를 생산하기 이전까지만 해도 국민들은 감자만 먹던 아주 가난한 나라였지만 지금은 주요 석유수출국이 되었고 노르웨이의 국민총생산(GNP)은 세계에서 가장 높은 수준에 속한다네.

우리는 아침밥을 먹고 오따를 출발하여 보고를 지나 룸지방에 도착했다네.

❄ 룸의 스타브 교회

이곳 룸 지방은 인구 2800명의 소도시인데 이곳에는 아주 옛날에 지어져 보존된 교회가 있어 유명해진 곳이라네.

교회는 환상적인 형태를 하고 있었는데 특히 교회 지붕의 형태가 세계 어느 나라 건축물에서도 볼 수 없었던 모양으로 지붕의 재료는 돌과 흙 그리고 나무 등으로 만들었으며 경사가 몹시 급했다네.

또한 지붕을 덮은 기와의 모양이 생선비늘이나 바둑판 모양으로 아주 특이했다네.

오따를 출발하여 1시간 30분 만에 도착한 룸 지방에는 멋진 교회가 있었던 것이야.

노르웨이에는 바이킹이 서구에서 배운 기술로 지은 약 1,000여 채의 교회가 있었는데 그중 29채가 남아 있으며 그 29채 중에서 보존상태가 가장 좋은 교회가 바로 이곳 룸 지방에 있는 스타브 교회라네.

세계문화유산이기도 하지.

이 스타브 교회의 지붕은 물고기의 비늘모양으로 나무기와를 얹은 아주 독특한 것으로 용머리에는 이들의 자연신인 용이 자리하고 있는데 우리가 잘 아는 덴마크에 본사를 두고 있는 장난감 만드는 회사인 레고는 이 스타브 교회의 지붕을 보고 아이디어를 얻었다는 일화가 있더군. 여기서 잠깐!

나의 직업이 직업인지라 학교에 대해 생각해 보아야 할 것 같네.

노르웨이는 자연환경이 특이하여 오슬로에서 2시간 이내의 거리에 전 인구의 70%가 살고 있다 했는데 거리상으로 2시간 밖의 거리에 있는 이곳에서 학교를 찾아보니 학교는 한 곳을 찾을 수 있었으며 그것도 초·중·고교가 모두 한 울타리 안에 있었다네.

같은 울타리 안에 초등학생부터 고등학생까지 있기 때문에 학생들끼리 다툼이 일어날 가능성이 있지만 그것은 기우에 불과하다네.

왜냐하면 동네 청년들이 자원하여 청원경찰 역할을 하기도 하며 같이 놀아 주기도 한다는 것이야.

그래서 아이들끼리 싸움은 없다는 것이었지.

또한 겨울이 길어 전체 방학 기간은 상당히 길 것이라 예상했지만 4개월이 조금 안 되었고 중학교 2학년까지는 시험이 없었으며 사설학원은 없지만 가정에서 예체능 과목은 개인교습을 시키는 부모들도 있다네.

우리처럼 국영수 위주의 과외는 할 필요성을 느끼지 않고 있다는 것이야.

초등학교 4학년부터 영어를 배우고 중 2부터 각종 제2외국어를 배우기 때문에 영어는 거의 모든 국민들이 아주 잘하고 있다네.

이곳의 지형은 우리나라와는 정반내라네.

우리는 동고서저형이지만 이곳은 서고동저형이라 서쪽지방인 북해로 갈수록 산이 높아진다네.

나무의 모양을 잠깐 살펴보면 이곳은 겨울이 길기 때문에 우리와는 조금 다르다네.

[룸 지방에 있는 바이킹의 스타브 교회 건물: 고기비늘 모양이다]

[산속 집의 지붕 위에는 언제나 잔디가 깔려 있다]

즉 해발 800~900미터 사이가 되면 나뭇가지가 꺾기고 휘어지며 키가 작아진다네.

그리고 1000미터가 되면 나무가 없어지고 대신 이끼가 아주 두껍고 넓게 분포하지.

친구!
노르웨이의 3대 관광자원이 무엇인가 아는가?
그것은 피오르드와 빙하 그리고 산악열차라네.
잠시 후 피오르드와 빙하 그리고 산악열차에 대해 알아보기로 하자고.

우리는 대자연의 향기를 쫓아 스타브를 뒤로하고 룸 지방을 지나 20여 분간을 내달리니 병풍처럼 두른 산허리엔 폭포가 장엄하게 내리치고 있었고 그 주위를 웅장한 운무가 띠를 드리우며 그 아래쪽에는 별장촌과 캠핑카가 머무르기 좋은 곳이 있었으며 그 폭포수 뒤로 요정이 곧 나타날 것만 같은 신비로운 곳에 다다를 수 있었다네.

이제부터 서서히 노르웨이의 참모습이 우리 앞으로 다가옴이야.

❄ 노르웨이의 요정 '트롤'

이쯤에서 돌발퀴즈?
노르웨이의 요정 중에서 발가락과 손가락이 각각 4개이며 특히 코가 큰 요정 이름이 무엇인지 아는가?
응! 바로 트롤 요정이지.
빙하가 녹으면서 얼음이 밀려 내려올 때, 사람들은 남쪽으로 삶의 터전을 옮겨 오게 되었지.

그리고 삶의 터전을 잡고는 자신들이 걸어온 길을 노르웨이라고 부르고 자신들을 북쪽에서 온 사람이란 뜻으로 노르만이라고 불렀다네.

그들은 이곳에 살면서 특이하게 생긴 생물인간을 만나게 되는데 바로 트롤(TROLL)이었다네.

생물인간 트롤은 모두 다른 모습을 하고 있었으며 어느 트롤은 난장이, 어느 트롤은 머리가 두 개, 또 어느 트롤은 눈이 이마 한가운데에 박혀 있는 등 가지가지였다네.

햇빛에 견디지 못하는 트롤은 오직 밤이나 희미한 불빛에서만 활동할 수 있었는데 밤새워 놀다가 해뜨기 전까지 산속에 숨지 못한 트롤은 모두 돌덩어리나 나무 등으로 변해 버렸다네.

평상시 이들의 생김새는 사람과 비슷하게 생겼지만 무척이나 낯설었다네.

덥수룩하게 털이 난 트롤은 꼬리도 있었지.

하지만 무섭게 생긴 외모에도 불구하고 그들은 모두 순진하고 착했다네.

초자연적인 능력을 가진 이들은 자신이 원하는 대로 무엇이든 바꿀 수 있는 능력도 있었지.

예쁜 처녀로 둔갑한 트롤은 농부를 유혹하여 산으로 끌고 가기도 했다네.

그러므로 트롤과는 충돌을 피했으며 그들과는 항상 절친하게 지내야 했다네.

만일 축제 때 농부가 트롤에게 선물하는 것을 잊는다면 그가 기르고 있는 가축들은 모두 저주를 받아 죽게 된다네.

그래서 이들은 성탄절 축제가 되면 트롤을 달래기 위해 대접에 술을 철철 넘치게 따라 문밖에 놓아두는 풍습이 생겼으며 그래야만 사람과 트롤이 잘 지낸다고 믿었다네.

　노르웨이의 전통 요정인 트롤(Troll),

　상점이든 공원이든 어느 곳에서나 볼 수 있는 트롤.

　자네도 노르웨이에 오게 되면 트롤과 사이좋게 지내야 하네.

　혹시 혼자 숲속을 거닐 때도 혼자가 아니라는 사실을 상기해야 하네.

　트롤은 항상 모든 사람들의 곁에 있으니깐!

[트롤 요정]

눈 장대와 피오르드

친구!

노르웨이의 3대 관광자원 중에는 빙하가 포함되지.

그런데 이곳의 빙하는 그 두께가 무려 1000미터에 이르는 것도 있다는데 이렇게 두껍게 얼려면 눈이 6킬로미터 높이로 쌓여야만 가능하다고 하더군.

상상이 가는가?

이렇게 눈이 쌓여 굳어진 빙하는 그 무게를 견디지 못하고 미끄러지게 되는데 이때 휩쓸고 간 자리에 바닷물이 들어와서 생긴 계곡을 피오르드라 부른다네.

또한 협만, 협강, 협곡 등도 이루며 빙하의 위력을 과시하고 있지.

이곳은 눈이 얼마나 많이 오는지 긴 대나무 장대를 도로 양쪽으로 쭉 박아 놓았다네.

겨울이 되면 그 장대 사이를 제설차가 다니면서 눈을 친다는 것이야.

장대를 꽂아 놓지 않으면 도로가 어디인지 모르기 때문이지.

눈이 얼마나 많이 내리는지 상상이 안 되는 말이지만…….

나는 해발 1030미터의 '그로틀리'에 있는데 이곳에서 멀리 왼쪽으로 보이는 산 위의 만년설이 아주 인상적이라네.

이발소나 달력 사진에서나 볼 수 있는 광경일세.

그로틀리의 뒤빠스히타 휴게소 2층 테라스 위에서 아래를 내려다보니 만년설이 녹아 만들어진 호수는 그 깨끗함이 옛날의 그 맑음을 그대로 간직하고 있었으며 병풍을 펼쳐 놓은 듯 절벽 위의 폭포는 나로 하여금 이곳이 바로 그곳이구나 하는 감탄사를 절로 나오게 했다네.

❄ 게이랑에르 피오르드

저 멀리 앞쪽으로 내려다보이는 낮은 곳!

환상적으로 펼쳐지는 운무 아래쪽의 인간 세계는 태곳적 순수함이 녹아 있는 현재의 모습에서 인간과 자연이 얼마든지 함께할 수 있다는 것을 알려주는 노르웨이 최고의 걸작인 '게이랑에르' 피오르드가 펼쳐지고 있었다네.

이러한 이곳의 아름다움은 그냥 그렇게 더도 덜도 않은 자연적인 순수함이니 이곳에서 태어나고 자란 이들의 습성 또한 자연을 닮아 꾸밈없는 자연 그대로가 아니겠는가?

친구!

우린 게이랑에르가 보이는 전망대를 출발하여 해발 0미터까지 내려가고 있는데 그 지형이 어찌나 험하고 꼬불꼬불한지 동해안으로 넘어가는 미시령이나 한계령보다 훨씬 경사가 급하고 회전반경이 급했다네.

86번의 급커브를 돌아 종종걸음마냥 바삐 그러나 조심스럽게 내려온 우리는 한숨을 돌렸지.

이렇게 험한 도로를 이미 120년 전에 만들었다니 그들의 노고에 감사할 따름이었다네.

그러나 이 도로를 확장하고 다듬었으면 좋으련만 그때의 모습 그대로라니 정말 노르웨이인들의 생각이 무언지…….

드디어 해발 0미터의 게이랑에르에 도착했다네.

산꼭대기의 전망대에서 보았던 게이랑에르는 아주 조그마한 마을이었는데 이곳에 도착하여 살펴보니 집도 제법 많은 아름답고 동화 같은 마을이었다네.

이제 우리는 이곳 게이랑에르에서 헬레쉴트까지의 20킬로미터 구간을 카페리를 타고 약 1시간에 걸쳐 피오르드를 감상하려 한다네.

드디어 우리를 태우고 갈 카페리가 물살을 가르며 접안하고 있구먼.

많은 사람들과 그들이 타고 온 버스를 함께 태우고 가야 할 배이기 때문에 그 크기도 정말 대단하구먼.

이러한 큰 배가 어찌 바다도 아닌 곳에서 다닐 수 있을까 하는 의구심을 가졌지만 그것은 피오르드란 무엇인가 하는 것을 생각하니 나의 이러한 생각을 접을 수 있었다네.

왜냐하면 피오르드는 그 깊이가 아주 깊거든.

깊은 곳은 수심이 1000미터 이상이 되거든!

말이 계곡이지 사실 바다보다도 깊은 곳이니 말이지.

여기서 노르웨이의 피오르드에 대해 잠시 생각해 보세.

자넨 노르웨이의 지도를 본 적이 있지?

올챙이 모양 같기도 하고, 또 어찌 보면 숟갈 모양 같기도 하지.

그중 서해, 즉 북해에 접한 노르웨이의 해안선은 복잡하게 내륙으로 파여 있음을 알 수 있지?

지금으로부터 100만 년 전 북유럽은 천 미터가 넘는 빙하로 덮여 있었는데 그 빙하의 두께가 차츰 늘어나면서 그 무게를 견디지 못하고 계곡으로 흘러내리게 되었다네.

그때 거대한 빙하는 계곡 사이의 하천 바닥을 파 내려가면서 계곡을 마치 칼로 절단한 것처럼 깎아 내렸고 그곳에 바닷물이 들어와 현재의 피오르드가 형성된 것이지.

노르웨이는 수백 개에 이르는 피오르드가 있고 거리로 따지면 1750킬로미터나 된다네.

노르웨이 여행의 하이라이트는 바로 이 피오르드 관광이지. 감히 어느 곳이 더 아름답다고 말할 수 없을 만큼 노르웨이의 어느 곳을 가나 협곡, 폭포, 호수 등 피오르드 지형이 만들어 내는 절경과 만날 수 있다네.

대자연이 만들어 내는 놀랍도록 아름다운 풍경 앞에 여행객들은 그저 감탄사를 연발할 뿐이라네.

이렇게 피오르드가 많다 보니 피오르드 안에 사는 사람들은 버스 대신 페리로 이동을 하는 경우가 일상화되어 있다는 것이야. 우리도 이번 여행 중에 피오르드를 건너기 위해 페리를 3번 이용해야 하네. 그런데 이 페리는 전혀 흔들림이 없기 때문에 뱃멀미는 걱정하지 않아도 된다네.

자네도 알다시피 우리 와이프가 누군가?

멀미 하면 한 가닥 하는 사람이 아닌가 말일세!

그런 사람이 이번 여행 중 뱃멀미는 한 번도 안 했다는 것에서도 피오르드 페리는 흔들림이 전혀 없다는 것을 증명해 주는 것이 아니겠나!

바다이면서도 파도가 없다는 것 말일세.

그러니 자네도 멀미 걱정은 아예 붙잡아 매어 두게나.

그리고 멋진 경관 덕에 관광객들이 많이 찾는 피오르드는 주로 서해안 중부 이남지역에 분포되어 있다네.

또한 피오르드를 관광하려면 폭이 넓은 곳보다 폭이 좁은 부분을 관광하는 것이 더 인상적이며 아기자기하다네.

왜냐하면 폭이 좁으면 계곡이 깊고 깎아지른 절벽과 폭포의 웅장함이 더하기 때문이지.

또 겨울 동안 내렸던 산 위의 눈들이 녹는 5월이 되면 수십 미터나 쌓였던 눈 녹은 물이 폭포를 이루어 흐르다가 여름이 끝날 즈음인 8월 말이 되면 점차 수량이 줄어 많은 폭포가 점차 사라진다네.

자네도 피오르드를 감상하려면 계절을 생각해야 할 것이야.

우리를 실은 카페리는 피오르드 양쪽 절벽 끝에 걸려 있는 농장을 보여주며 시공을 초월한 항해를 계속했다네.

이곳 게이랑에르 피오르드의 절벽농장은 1960년까지만 해도 경작을 하였던 가난했던 그 시절을 보여주는 상징이 되었으며 그 옛날 이곳의 어린아이들은 아래로 떨어질까 줄로 몸을 묶어 놓고 키웠다는 눈물이 담겨 있는 곳이기도 하다네.

정말 격세지감을 느끼지 않을 수 없었네.

100만 년 전!

지금의 이 물을 만든 그 빙하는 오늘도 새로운 녹색의 물을 만들어 피오르드를 유지하면서 우리가 타고 있는 카페리를 안내하고 있다네.

[피오르드는 파도가 없어 물가에 집을 지어도 안전하다]

✳ 7자매 폭포와 구혼자 폭포

친구!

잠시 후 우린 굉음을 내며 떨어지는 7가닥의 폭포와 그 건너편에 있는 병 모양의 폭포와 마주하게 되었는데 이곳에서는 이 폭포를 7자매 폭포와 구혼자 폭포라 부른다네.

여기서 이 두 폭포에 얽힌 전설을 듣고 가야 하지 않을까?

자, 그럼 어디 한번 들어 볼까?

아주 옛날 이곳에는 술을 정말 좋아하는 일곱 자매가 살고 있었다네.

또한 그 맞은편에는 총각이 한 명 살고 있었는데 혼기를 맞은 그 총각은 큰 언니로부터 막내에 이르기까지 모든 자매에게 구혼을 했지만 모두에게 퇴짜를 맞았다는 거야.

퇴짜를 놓은 이유는 자매 모두가 술을 마시느라 정신이 없어 그 총각을 거들떠볼 수 없었다는 것이지.

결국 이 불쌍한 총각 구혼자는 일곱 자매의 맞은 편 언덕에서 폭포가 되어 버렸는데…….

바로 이런 와인 병 모양이 되어 버린 것이라네.

7자매도 술에서 깨어서는 후회하다가 이내 마주보고 폭포가 되었다는 재미있는 전설이 전해 온다네.

우리는 노르웨이의 피오르드 중 가장 웅장한 폭포가 있는 게이랑에르 피오르드를 감상하면서 1시간 10분 후 헬레쉴트에 도착했네.

친구!

우리는 지금까지 타고 다니던 그 버스에 올라 이번에는 푸른 빙하를 직접 보기 위해 브릭스달로 이동하고 있네.

브릭스달로 가는 도중 올덴(OLDEN)이란 곳을 지나고 있는데 이곳엔 세계적인 생수공장이 있다네.

생수란 땅속에서 끌어올린 자연 상태의 물을 말하는데 올덴 생수야말로 옛날의 원시적인 상태의 빙하가 녹아 흐르는 물을 이용하여 만드는 미네랄 생수이기 때문에 세계적으로 유명하다고 하다네.

푸른 빙하와 송내

❄ 브릭스달의 푸른 빙하

올덴을 뒤로하고 조금 더 올라가니 빙하가 녹아 흐르는 물줄기는 그 위세를 점점 더하면서 마침내 크고 작은 폭포를 이루더니 그 세기가 하늘을 찌를 듯 난폭해지더니 이내 그 근원이 되는 푸른색의 얼음 덩어리를 서서히 보여주기 시작했다네.

우리는 입을 벌리고 닫지를 못했지.

멀리서 보면 흡사 우리나라 지도를 닮은 푸른색의 빙하 덩어리!

큰 산의 계곡 사이를 녹아 흐르는 푸른빛을 띠는 빙하의 위쪽으로는 가히 상상할 수 없을 정도의 크기로 얼어 있는 것이 아닌가?

우리는 6인승 무개차를 타고 직접 올라가기로 했다네.

6명이 한 조가 되어 올라가는 브릭스달의 빙하계곡은 우리를 옛날 원시 시절로 돌아가는 듯한 착각에 빠뜨렸다네.

과거에는 노새가 마차를 끌고 관광객을 실어 날랐는데 언제인가 사고가 나서 마차가 뒤집히는 바람에 일본인 관광객들이 사망하는 사고가 있고부터는 자동차로 바뀌었다네.

[브릭스달의 푸른 빙하: 푸른색이 신비로웠다]

[까만 점들이 빙하에 오르려는 사람들이다]

빙하가 있는 산의 중턱까지 올라간 우리는 또다시 입을 열고 닫을 수 없었다네.

바로 빙하의 파란 색깔 때문이었지.

어찌 그렇게 파란 색을 보여줄 수 있을까?

나는 빙하 위를 살금살금 기어가 납죽 엎드려 갈라진 틈새를 쳐다보곤 뒤도 돌아보지 못하고 도망치듯 내려왔다네.

깊이를 가늠하기 어려운 갈라진 그 틈새 속에서 머리를 삼발하고 눈이 한 개인 트롤 요정이 나를 빤히 올려다보는 것(?) 아닌가?

빙하 아래쪽에 있는 호수에 손을 담그며 나는 생각했다네.

어찌하여 빙하의 색깔은 파란색인데 그 빙하가 녹은 물은 엷은 회색을 띤단 말인가?

무개차를 운전하는 할아버지와 몇 마디 일상적인 이야기를 주고받고는 이내 그곳을 떠났다네.

우리가 길을 재촉하며 내려올 때에 한 무리의 염소가 풀을 뜯고 있었다네.

가이드는 염소에 대한 이야기를 하면서 "여러 마리의 염소 중에서 리더는 어느 놈일까요?"라고 물었다.

정답은 뿔 달린 놈이지.

그 녀석이 무리를 이끄는 대장 염소란 것이야.

길을 건너는 것도 대장 염소가 먼저 건너야 함께 따라 건넌다는 것이었어.

그 얘기를 들으니 생각나는 것이 있었지.

몇 년 전 경북의 청송 시골길을 자동차로 달리는데 염소 5마리가 길옆에서 우리를 기다리고 있는 것이었어.

나는 그 녀석들이 길을 건널 것이라 짐작하고 속도를 줄이면서 건너가기를 기다리는데 건너갈 생각이 없는지 녀석들은 빤히 내 차를 바라볼 뿐 차가 가까이 다가가도 움직일 생각을 하지 않는 것이었어.

나는 생각했지!

저놈들이 내 차가 지나가고 난 후에 길을 건너려나 보다 생각하고 그 앞을 통과하려는 순간 바로 그때 한 마리의 염소가 후다닥 내 차 앞을 뛰어 건너는 것이 아닌가?

급정거를 하니 브레이크 밟히는 소리와 함께 차는 염소 바로 앞에 서 정차하고 그 염소들은 혼비백산하여 꽁지가 빠지게 길을 건너 도 망가는 것 아니겠나?

아니 혼비백산한 것은 염소가 아니라 나였는지 모르지.

지금 생각해 보니 그때 맨 앞장을 섰던 놈이 뿔 달린 놈이었어.

자네도 혹시 길옆에서 염소 떼를 만나면 조심하게.

염소란 놈들은 아주 무서우니 말일세.

그런데 말이야 친구!

노르웨이에서는 동물을 치어 사고를 내면 자네가 그 동물 값을 물 어내야 한단 말이야. 그래서 더욱더 조심해야 한단 말이야.

그러나 다음 여행지인 스웨덴에서는 오히려 동물을 치어 자동차가 찌그러지면 수리비를 보상받는다네.

나라마다 조금씩 차이는 있지만 항상 조심하자고.

가이드의 말이 계속되었다네.

이곳 사람들의 주식은 빵과 소시지, 햄, 육 고기, 비닷고기 등이지 만 그중에서도 결코 치즈를 빼놓지 않는다고.

치즈는 동물의 젖을 이용하여 만드는데 여러 종류의 치즈 중 갈색 의 치즈를 먹어 보았느냐고 우리들에게 물어보는 것이었지.

자네는 치즈를 좋아하는가?

❋ 맛난 치즈 '야이토스트(Geitost)'

친구!

치즈는 인류가 동물을 길들여 함께 살던 시절부터 즐겨 왔던 음식으로 유럽의 모든 지역과 방목을 주로 하는 몽골까지 다양한 종류의 치즈가 전통적으로 만들어져 전해지고 있는데 본격적으로 인류가 치즈를 즐겨 먹은 시기라면 아마도 중세의 유럽이라 할 수 있지 않을까?

요즘 우리가 먹는 치즈 중 대표적인 치즈가 Camembert와 munster인데 치즈 이름을 사용하려면 그 치즈를 만든 원산지의 허가 없이는 생산할 수 없도록 하고 있다네.

예를 들면 덴마크 Camembert는 덴마크에서 생산이 가능하나 원산지 국가인 프랑스가 모든 권한을 갖는다는 것이지.

그러고 보니 아침 메뉴 중 하얀색의 일반 치즈 옆에 놓여 있던 갈색의 음식이 있었던 것이 생각나더군.

나는 그것이 무엇인지는 모르지만 꼭 양잿물의 양이 조금 많이 첨가된 세탁비누의 색깔과 같다고 생각했다네.

그런데 그 탁한 갈색의 세탁비누와 같은 것이 치즈 중에서도 귀해서 아주 먹기 어려운 산양 젖 치즈라는 것이야.

이름이 야이토스트(Geitost)라고 하더구면.

아무튼 그 말을 듣고 난 후부터는 그 색깔의 치즈만 나오면 먼저 먹느라 서둘렀다네!

맛은 어떠하더냐고!

내 입맛에는 딱 맞더군.

훨씬 덜 느끼했네.

그러나 조금은 독했던 것 같았네.

자네도 기회가 되면 한번 먹어 보게.

곁들여 까망베르, 브리, 콩테, 에멘탈, 레티바, 그뤼에르, 바농, 살레 등 세계적인 치즈가 많이 있다는 것을 잊지 말고.

우리는 염소에 대하여 이야기꽃을 피우며 세계에서 가장 길고 깊은 송네 피오르드를 향해서 내달리고 있었지.

그런데 우리나라 같으면 물이 많고 산수가 수려하니 낚시하는 사람들도 많을 텐데 낚시꾼의 모습은 볼 수 없었고 또한 길에 나와 있는 사람들도 통 볼 수가 없었다네.

물론 도시가 아니라서 그럴 수는 있겠지만 말이야.

알고 보았더니 거의 모든 사람들은 여름휴가를 만끽하고 있었던 것이야.

외국으로 여행하는 사람.

캠핑카를 타고 옆 나라인 스웨덴이나 핀란드로 떠난 사람 등.

아무튼 낚시에 대한 이야기를 몇 마디 해야겠네.

이곳 노르웨이는 낚시가 아주 유명한데 낚시 하면 주로 연어 낚시를 말하며 낚는 연어는 그 크기나 무게가 미달되면 반드시 풀어주어야 한다더군.

연어잡이로 이름난 지역은 송네 피오르드의 지류인 '라르달'이라는 곳인데 이곳은 현 노르웨이 국왕인 하랄 5세가 여름이면 낚시를 하는 곳이기 때문에 더욱 유명해졌다네.

이들이 낚시를 하려면 필요한 허가증을 발급받아야 하는데 비디에서는 허가증이 필요 없고 호수와 강에서는 1일짜리 라이선스가 필요한데 가격은 7만 원씩 한다더군.

나 같으면 7만 원의 거금을 내고는 안 하지.

친구!

나는 띄엄띄엄 보이는 낚시하기 좋은 여울에서 펼쳐지는 플라이낚시꾼의 한가로움과 방목되는 평화로운 소떼를 바라보며 브릭스달을 떠나 올덴과 샤이를 거쳐 2시간 30분여를 달린 끝에 송내 피오르드에 도착했지.

이곳 만헬레르에서 페리를 타고 포드네스까지 유람하며 송네 피오르드의 장엄함을 다시 맛볼 것이네.

우리는 타고 왔던 버스와 함께 배에 승선하여 송내를 감상하고 있다네.

❈ 송내 피오르드

송내 피오르드는 길이가 204㎞에 달하며 가장 깊은 곳은 1309m로 세계에서 가장 인기 있는 피오르드로 좁은 협만 주변으로 장엄하고 숨 막히는 대자연의 아름다운 경관이 펼쳐지는데 육지 쪽으로 난 길은 화강암의 단애를 기어오르고 있고, 물과 맞닿은 꾸불꾸불한 길은 위로부터 에메랄드빛의 해면을 흘러내릴 것 같은 분위기라네.

가깝게 보이는 산꼭대기는 만년설을 이고 있고 양안의 절벽에서는 은빛의 실타래를 아래쪽으로 풀어 내려뜨린 모양으로 폭포수가 되어 일렁거리는 해면을 타고 흘러내리고 있다네.

지금 우리는 페리를 이용하여 감상하지만 기차를 이용해서 돌아볼 수도 있으며 유레일패스나 스칸레일패스도 이용할 수 있다 하네.

이 구간의 기차와 페리여행은 노르웨이의 웅장한 자연의 아름다움을 경험할 수 있는 코스로 산과 피오르드, 바다는 물론 바람, 안개, 마을, 호수, 폭포, 빙하 등과 함께 할 수 있는 코스라네.

송내 피오르드 구간의 페리 선착장만 250군데나 된다 하니 어느 곳을 선택할지 고민이 되네.

꼭 한번 감상하여 보게나.

❋ 세계 최장 터널 라르달스 터널

친구!

아스라이 흘러내리던 송내 절벽의 가는 물줄기를 생각하면서 우리는 지금 포드네스와 플롬 사이에 있는 세계 최장 터널인 24.5킬로미터의 라르달스 터널을 통과하고 있다네.

이 터널은 1995년에 착공해 2000년에 완공한 터널로서 시속 80킬로미터 이상을 달릴 수 없다네.

그 이유는 이곳에서 사고가 나면 또 다른 사고를 부르기 때문이지.

이들은 이러한 제2의 교통사고를 막기 위해 몇 가지 아이디어를 내고 있다네.

들어 보겠는가?

터널에는 13만 개의 조명이 설치되어 있는데 사고가 나면 조명의 색깔이 변한다는 것이야.

또한 터널의 조명을 우리나라처럼 대낮같이 밝게 하는 것이 아니라 아주 어둡게 했다네.

어두우면 사고가 더 많겠지 생각하셨시만 그렇시 않나네.

어둡기 때문에 오히려 운전에 신경을 더 쓴다는 것이야.

물론 모든 차량은 밤이나 낮이나 항시 헤드라이트를 켜고 다니긴 해도 말일세.

그뿐만이 아닐세.

터널 속의 차선은 직선이 아닌 곡선을 그리고 있다네.

그래야 정신을 집중할 수 있다는 것이야.

조금은 이상한 이론이네만 이렇게 하는 것도 사고를 방지할 수 있는 방안이겠구나 생각하면 고개가 끄덕여지는 부분도 있지 않은가?

이들은 전 국토의 80%가 산악지방이면서 그중에서 서고동저형인지라 우리가 지금 통과하는 서쪽의 험한 지형을 이용하기 위해 유효적절하게 터널을 뚫어 이용하는 것이지.

기네스북에 올라 있는 터널 중 가장 긴 터널을 지나니 더 이상 버스로는 진입할 수 없는 험난한 지형이 나왔다네.

그래서 우리는 버스를 돌려보내고 지금부터는 스릴을 만끽할 산악열차여행을 할까 하네.

그러나 시간이 너무 늦어 열차여행은 내일 하기로 하고 오늘은 일단 호텔에서 쉬고 산악열차는 내일 탑승하기로 했네.

우리는 노르웨이 서부의 피오르드 해안을 따라 이동하면서 내일 다시 와야 할 곳인 플럼을 지나쳐 다음 목적지인 옾하임에 여정을 풀었다네.

친구!

옾하임의 호텔에서 저녁을 먹으면서 브릭스달에서 가이드가 말한 대로 산양 젖으로 만든 치즈를 찾아보았다네.

역시 음식의 끝부분에는 갈색의 야이토스트(Geitost) 치즈가 보통의 치즈 옆에 자리를 잡고 있었으나 사람들은 그대로 지나치고 있었지.

나는 버스에서 가이드의 이야기를 귀담아들은 터라 주저하지 않고 치즈 깎는 칼로 2조각을 썰어 가지고 왔다네.

호밀 빵에 넣어 연어와 함께 꼭꼭 씹으니 정말 그 맛이 구수했지.

선생님 말씀을 잘 들어야 얻는 것이 많은 법일세!

잘 들어 두어야 할 명언이지.

늘 그랬지만 저녁식사 후 우린 산책을 나갔네.

호수가 많은 지역이라 어디에 가던 호수천지였지.

호숫가에 당도하니 현지에 사는 남녀 청소년 서너 명이 자전거를 타고 와서 멱을 감는데 그 천진난만한 모습에서 60년대 나의 모습을 보는 것 같아 잠시나마 그때의 그 추억을 떠올렸다네.

조금 전 그 아이들과 헤어져 호텔에 들어와 시간을 보니 밤 10시 20분인데 아직 하늘은 푸른색일세.

내일의 산악열차 탑승을 위해 눈을 붙여야 할 것 같군.

플롬스바나 산악열차

오늘은 2006년 7월 30일 여행 5일차의 일요일.

평소 일요일 아침이면 할 일이 없는데도 일찍 일어나 서두르게 되더니만 역시 오늘도 마찬가지일세.

이곳이 집이 아닌 여행지 노르웨이인데도 꼭두새벽부터 일어나 서성거리는 것은 몸에 밴 습관 때문만은 아니겠지?

새벽 2시에 잠에서 깨었으나 일어나지 않고 뒤척이다 보니 아침 햇살이 희뿌옇게 비치기 시작하는 것이야.

깜짝 놀라 시계를 보니 아직 새벽 3시가 아닌가?

준백야 현상이라고나 할까?

그리고 보니 어제저녁이 생각나네.

밤 11시였는데 그때까지 해가 지지 않았거든.

이곳은 6, 7, 8월 3개월간은 밤이 고작 2~3시간뿐인 백야가 있는 달이라네.

하기야 11, 12, 1월의 3개월간은 '흑야'가 있다 하니까!

희한한 노르웨이의 흑야와 백야 현상을 생각하며 잠시 눈을 붙이고 햇빛 가득한 5시가 돼서야 아침 산책을 나섰다네.

어제 도착하여 동네를 한 바퀴 돌아본 뒤인지라 자신 있게 호숫가를 따라 조깅을 했네.

호숫가 길옆에는 십여 년 전까지만 해도 우리나라에서 많이 볼 수 있었고 또 즐겨 먹었던 시큼한 맛의 '싱아'가 여기저기 돋아나 있었는데 이 싱아와 함께 구절초를 꼭 닮은 들국화가 고상하게 피어 있어 파란 하늘과 뭉게구름, 잔잔한 호수와 병풍처럼 우뚝 솟아 있는 산이 아주 잘 어울리고 있었으며 그 산속에서 곤두박질치는 가느다란 폭포는 자연과 어울려 가히 절경이라 아니할 수 없었다네.
수반 위에 담겨 있는 멋진 산수경석이라고나 할까?

주위의 풍경을 벗 삼아 달리던 나는 땅바닥에 무엇인가 기어 다니는 것이 있음을 감지했다네.

놀라 피하면서 내려다보니 다름 아닌 달팽이였다네.

달팽이를 보고 깜짝 놀랐다는 것이지.

한국에서 보던 그런 민달팽이가 아니었기 때문이었지.

크기도 크지만 그렇게 새까맣게 생긴 것은 처음 보거든.

아주 징그러웠다네.

유럽에 있는 생물들은 우리나라의 그것과 몹시 다르고 이상하게 생긴 것들이 많단 말이야.

호텔로 돌아와 와이프에게 촬영한 사진을 보여주니 기절초풍을 하며 징그럽다고 당장 지우라고 하지 무언가?

그렇다고 사진 속의 그놈이 나오는 것도 아닌데 말일세.

달팽이를 가지고 승강이를 벌이다 아침식사 시간이 되었는지라 식당으로 이동하여 아침을 먹으면서 노르웨이의 자연과 오늘 우리들이 거쳐야 할 일정에 대해 각자 이야기를 하며 하루를 시작하고 있다네.

우리가 묵었던 오프하임(Oppheim) 호텔은 그 나이가 100살이 넘은 낡은 건물이지만 내부는 겉모양과는 달리 새로 개조를 하여 여느 호텔 못지않은 시설을 갖추었다네.

하지만 우리가 여행할 때 대부분의 호텔에서 보았듯이 우리에게 주어지는 아침식단은 마음에 꼭 드는 메뉴를 기대할 수는 없었다네.

❋ 플롬과 미르달

식사를 마친 우리는 오프하임의 호텔을 출발하여 어제 왔던 길로 되돌아가서 플롬스바나 산악열차를 타야 하는데 그렇게 하려면 일단 플롬까지 버스를 타고 간 다음 플롬에서 내려 버스는 보스로 보내고 우리는 산악열차로 갈아타야 한다네.

그래야 송내의 지류를 감상할 수 있고 이 지역이 가장 멋진 산악의 풍광을 감상할 수 있는 곳이기 때문이라네.

플롬스바나 산악열차를 타고 플롬과 미르달 구간을 감상하는 계획이라네.

어때? 좀 복잡한가?

이 플롬스바나 산악열차는 우리가 평지에서 이용하는 일반열차가 아니고 경사가 굉장히 급한 곳에서도 갈 수 있는 특수열차라네.

자!

그럼 지금부터 열차를 타고 관광을 시작하세.

열차는 보통의 열차가 아니라 폭이 좁은 협궤열차였다네.

과거 수원에서 인천을 오가던 조그마한 열차 말일세.

가족적인 색다른 분위기라고나 할까?

앞사람과의 간격이 좁아 옹기종기 모여 있는 분위기였지.

열차에 탑승하는 순간 원활하지 못한 좁은 곳을 운행하는 기차라는 것을 짐작할 수 있었지.

열차가 움직이기 시작하자 곧바로 사람들은 환희와 함께 공포를 느끼기 시작했다네.

철길 아래로 펼쳐지는 수천 길 낭떠러지 바로 위를 달릴 때면 모든 이들이 전율을 느낄 정도였으니깐!

노르웨이의 피오르드를 여행할 때 가장 아름다운 출발지가 플롬인데 이 마을이 세계적으로 널리 알려진 이유는 플롬 철도의 영향이 매우 크다네.

자! 그럼 이 플롬스바나 철도에 대해 공부를 해 볼 까?

플롬스바나 열차는 노르웨이의 수도인 오슬로와 오슬로의 서쪽에 자리한 제2의 도시인 베르겐 사이를 달리게 되는데 1909년에 시작되고 그 뒤 베르겐에서 서북방면에 있는 송네 피오르드까지 연결하는 공사가 진행되어 1940년에는 증기기관차, 1944년에는 전철이 운행하기 시작하였다네.

이 중 베르겐과 송네 사이에 위치한 플롬에서 미르달에 이르는 플롬 산악 구간은 1시간이 소요되는 약 20킬로미터의 구간이라네.

그런데 이 20킬로미터의 구간 중에서도 아주 위험하고 험한 6킬로미터 구간에 20개의 터널을 만들었는데 과거 이 터널을 굴착하기 위하여 인부들은 기계를 사용할 수 없어 수작업으로 공사를 해야만 했던 아주 힘든 구간이라네.

얼마나 힘든 작업이었는가 하면 터널 1미터를 뚫기 위해 한 달씩 공사를 한 적도 있다고 하네.

요즘은 TBM공법을 사용하는데 말이야

TBM공법은 터널 굴착 단면에 맞는 원형 Boring Machine을 사용하여 굴진하고 이를 뒤따라가면서 Shortcrete 작업을 병행함으로써 터널을 굴착하는 공법이라네.

그러나 그때는 이러한 첨단기술이 없었으니 얼마나 힘들었겠나?

이 플롬스바나 산악열차는 눈사태 지역을 피하기 위해 강과 계곡 그리고 기슭을 3번이나 교차하고 강에는 교량을 건설하는 대신 철도 밑에 터널을 뚫어 강물을 철도 밑 터널로 흐르게 한 곳도 있지.

또한 중간 중간에는 8개의 역을 만들어 관광객들에게 경치를 감상하며 사진을 찍을 수 있는 약간의 공간을 제공해 주기도 한다네.

이렇게 만들어진 플롬스바나 열차는 세계에서 가장 매력적이고 장엄한 철도 중의 하나란 찬사를 듣고 있다네.

즉 해발고도 2미터의 플롬에서 해발고도 866미터의 미르달까지 20킬로미터 구간인 것이야.

이곳을 여행하노라면 다듬어지지 않은 자연 상태를 그대로 볼 수 있고 인상적인 노르웨이의 산악 풍경을 그대로 만끽할 수 있다네.

깊은 계곡을 가로지르면서 강이 흐르고, 눈 덮인 산의 가파른 절벽에는 폭포가 흘러내리고 농장은 깎아지른 산비탈에 아찔하게 매달려 있어 눈을 떼지 못할 지경이라네.

열차가 잠시 멈추었네.

등 뒤로 보이는 엄청난 규모의 폭포가 사정없이 물을 퍼붓고 있네.

정말 그 위력이 대단하다네.

팻말이 붙어 있네.

읽어 보니 93m 높이의 Kjosfossen 폭포라 쓰여 있었지.

정말 장관일세.

친구!

우리는 지금 세계에서 가장 긴 송네 피오르드의 지류인 아우즐란 피오르드의 장관에 경탄을 금치 못하고 있다네.

유람선이 아닌 열차를 타고 말이야……

구간의 80%가 55도 기울기를 가지는 이 플롬스바나 산악철도는 가파른 경사면과 급격한 모퉁이를 따라 놓여 있어 가파른 산비탈을 상하좌우로 굽이치며 나아간다네.

고소 공포증이 있는 관광객은 겁을 먹게 되어 있지.

그러나 겁이 많은 여행객이라도 이 기차가 5개의 독립 브레이크 시스템을 갖추고 있으며 그중 장치 하나만 조작해도 기차를 멈출 수 있다는 사실을 알면 다소 안심할 수 있을 것이야.

또한 우리가 열차를 타고 올라온 궤도의 모양새를 산 위에서도 볼 수 있도록 구불구불 펼쳐지게 만들어 놓은 아이디어도 괜찮았다네.

뿐만 아니라 열차에서 바라다볼 수 있는 건너편 계곡의 자전거 도로는 전율을 느끼기가 충분했다네.

자전거를 열차에 싣고 올라와서는 높은 곳에서 꼬불꼬불 만들어진 수직에 가까운 좁은 도로를 따라 S자 형태로 내려가는 자전거 하이킹의 스릴과 묘미를 한번 느껴 보게나.

도로의 끝 지점은 바로 폭포와 낭떠러지가 아닌가 말일세.

이름하여 플롬스바나 산악열차와 함께 펼쳐지는 플롬 자전거 하이킹이라고나 할까!

여보게! 친구!

언제 한 번 같이 할 수 있는 날이 있을까?

대자연을 상대로 한 놀이공원에서도 감히 타 볼 수 없었던 플롬 열차를 뒤로하고 우린 미르달에서 빨간색의 일반열차로 갈아타고 버스가 기다리는 보스로 출발했다네.

미르달에서 보스까지는 열차로 1시간이 소요된다네.

친구!

그러고 보니 노르웨이에 와서 모든 교통수단을 다 이용한 셈이 되었군.

버스에 일반열차 그리고 산악열차와 페리.

우린 파란색의 산악열차에서 빨간색의 일반열차로 갈아타고 노르웨이의 산과 계곡 그리고 협만, 협곡과 협강, 빙퇴석이 깔려 있는 평원과 바닷물이 들어온 피오르드를 감상하며 편한 마음으로 버스가 기다리는 보스까지 올 수 있었다네.

도중에 이어지는 호수와 피오르드는 그야말로 명경지수를 보는 것 같았다네.

이러한 잔잔함을 보고 가이드는 다음과 같이 말했다네.

"거울과 같은 물속의 풍경이 곧 노르웨이 사람들의 성격이며 이러한 자연환경이야말로 노르웨이인들의 검소함과 정직성을 세계 1위에 올려놓은 환경요인"이라고 자랑을 했네.

어느 대학에서 정직성 실험을 하기 위해 지갑 100개를 길 위에 떨어뜨려 놓았는데 이탈리아는 100개 모두가 돌아오지 않았고 노르웨이는 100개 모두가 분실물 센터로 돌아왔다는 것이야.

믿거나 말거나!

보스에는 미리 와서 대기하던 버스가 우릴 기다리고 있었지.

버스에 오른 우리들은 산악열차를 함께 타고 험로를 개척하며 극한 상황에서 살아 돌아온 투사처럼 의기양양해져 경치 좋은 곳을 골라 처음으로 단체 사진을 찍었다네.

어떤가?

경치가 그만 아닌가?

스위스 같다고?

그러나 이곳은 스위스가 아닐세.

노르웨이의 일반적인 민가 풍경이란 말일세.

사진에서나 볼 수 있는 아름다운 풍경을 뒤로하고 우린 버스에 올랐다네.

플롬스바나 산악열차를 타고 노르웨이의 대자연을 감상하며 빠르게 변화하는 자연환경에 시달리다 버스를 타니 버스 좌석의 안락함과 함께 대자연이 주는 포근함으로 인하여 나는 잠시 동안 곤한 잠에 빠져들었다네.

시간이 얼마나 흘렀을까!

한자동맹과 베르겐

　손님 부르는 왁자지껄한 소리에 깜짝 놀라 잠에서 깨어나니 우리
를 태우고 왔던 버스는 알록달록 치장한 건물들이 나란히 줄지어 서
있는 그 옛날 명성을 날리던 베르겐 시의 브뤼겐 거리 한복판에 서
있었다네.

　나는 깜짝 놀랐다네.

　혹시 독일 프랑크푸르트의 '뢰머 광장'에 온 것이 아닌가 하고 말
이야.

　왜냐하면 2년 전 독일을 방문했을 때 뢰머 광장에서 보았던 그 집
들과 똑같은 집들이 쭉 늘어서 있었으니깐.

　유네스코에서 지정한 세계문화유산인 이 브뤼겐 거리는 수백 년
전 독일 한자(Hansa) 상인의 북유럽 발트 해 거점으로 상업 활동의
중심지였다네.

　현재시각 12시 30분.

　보스에서 버스로 갈아타고 이곳 베르겐까지 2시간 30분이나 소요

되었지만 피로에 지친 우리는 잠 속에서 좋은 풍경을 대부분 놓치고 베르겐에 당도한 것이라네.

금강산도 식후경인지라 우리는 350년 전 지어진 낡은 목조 건물에서 유럽 상인을 대표하는 한자동맹국의 일원이 되어 이 나라가 자랑하는 맛있는 대구탕과 함께 가져온 소주 한잔을 반주 삼아 점심을 해결하였다네.

❋ 한자동맹을 기억한다

여기서 사전에 있는 한자동맹에 대한 이야기를 조금 해 볼까?

12, 13세기경 유럽에는 한자(Hansa)라고 불리는 편력상인(遍歷商人)들의 단체가 많이 있었는데, 14세기 중반에 이르자 그들 사이에서 '독일한자'또는'한자동맹'이라는 도시동맹(都市同盟)이 성장하여, 중세 상업사상 커다란 역할을 하게 되었다. 즉 독일 본국의 도시 사이에는 자치의 확보, 치안의 유지 등의 필요성에서 도시 상호간의 정치적·군사적 동맹을 결성(예컨대 1230년의 뤼베크·함부르크 간의 조약 체결)하는 기운이 높아졌다. 14세기 전반 플랑드르에서 압박을 받은 독일 상인이 대항책으로서 본국 도시에 연합적인 지원을 요구한 것이 직접적 계기가 되어 한자동맹이 성립되었다. 또, 1358년 플랑드르에 대한 상업봉쇄 선언을 할 때 라인 강부터 북해·빌드 해에 면한 많은 도시가 '독일한자'라는 도시동맹을 결성하였다. 그리고 1366년부터 외지에서의 한자 무역의 특권은 동맹에 가입한 도시 시민에 한하게 하여 그 기초가 더욱 견고해졌다.

한자동맹의 실체는 극히 탄력성 있는 경제적·정치적 연합이었기 때문에, 한자 특권을 가지는 도시의 수는 그때그때의 사정에 따라서 증감하였다. 흔히 '한자의 도시는 77'이라고 했지만, 최성기에는 100을 헤아릴 정도였다. 뤼베크를 맹주로 하여 브레멘·함부르크·쾰른 등이 4대 주요 도시이며, 뤼베크에 '한자회의'를 두고 다수결로 정책을 결정하였다. 한자 상인이 취급한 상품은 지중해 무역과는 뚜렷하게 대조적이었으며, 후자가 주로 사치품이었던 것에 비하여 전자는 모피·벌꿀·생선·곡물·타르·목재·호박(琥珀)·모직물·양모 등이었다. 그러나 국내에서는 브란덴부르크 -프로이센 같은 군주국 통합체로부터 압박을 받고, 한편으로는 영국·네덜란드 등 신흥국에 밀려서 한자는 점차 쇠퇴하여 1597년 런던 상관(商館)이 폐쇄되고, 1669년에 한자회의가 마지막으로 열렸다.

- 네이버사전에서 -

❄ 베르겐 연구

친구!

베르겐은 노르웨이의 수도인 오슬로에서 서쪽으로 492㎞ 떨어져 있으며 북대서양 연안의 작은 만 깊숙한 곳에 자리하고 있는 항만도시라네.

노르웨이 제2의 도시로서 과거 12세기경에는 노르웨이의 수도였으나 지금은 낭만적인 도시로 여행객들의 발걸음을 멈추게 하는 아주 아름다운 도시이지.

북위 60도 이상의 고위도에 위치하나 멕시코 만류의 영향으로 기후가 따뜻하고 1년 중 300일 동안이나 비가 와서 연 강수량도 2,000㎜에 이른다네.

물론 겨울에도 멕시코 난류의 영향을 받아 비가 내리지만 비는 부슬비가 되어 내리며 그래서 이곳 사람들은 우산을 거의 받지 않고 다닌다오.

우리가 갔을 때에는 다행스럽게 비가 오지 않았으므로 가이드는 3

대가 덕을 쌓아야 이렇게 좋은 날씨를 만날 수 있다고 우리를 치켜세워 주었다네.

그것을 증명할 수 있는 광경이 실제로 우리의 눈앞에 나타나 한동안 눈을 뗄 수 없었다오.

바로 선텐을 하는 여자들이었어.

아가씨 넷이 사람들이 다니는 대로변 잔디밭에 팬티와 브래지어 차림으로 햇볕을 쬐는 모습이었지.

그것도 자연스러운 모습으로 말일세.

우리나라의 정서로는 설명할 수 없는 일이었지만 1년 중 300일이나 비가 오다 보니 오늘같이 청명한 날 그냥 넘어갈 수 없는 일이 아니겠나?

나름대로 이해를 하는 수밖에……

우리에게 그들을 맞출 수는 없는 일이니까!

아가씨를 뒤로하고 우린 브뤼겐의 집들을 둘러보았다네.

모두 목조건물인 3층의 건물들은 낡고 삐걱거리는 구옥이 가끔 보였지만 대부분은 화재로 소실되어 지금은 복원을 하였지만 그래도 그 모양과 그 구조는 그 옛날의 것을 그대로 간직하고 있었으며 그 점포에서 옛날 방식대로 물건을 팔면서 관광객들을 향수에 젖게 하고 있었다오.

브뤼겐 광장의 호프집과 노천카페에는 햇살 따가운 한낮인데도 많은 사람들이 햇볕과 함께 호프를 슬기고 있었으며 세계 삭처에서 몰려온 값나가는 요트와 대형 호화 유람선은 가뜩이나 비좁은 베르겐 항을 가득 메우고 있었지.

또한 북유럽에서 가장 유명한 베르겐 어시장엔 풍성한 해산물 먹거리가 우릴 기다리고 있었으며 직접 맛을 볼 수 있는 익힌 해산물도 풍성하였다네.

뿐만 아니라 멀리 북쪽에서나 나왔을 법한 동물들의 가죽과 모피도 관광객들의 눈길을 끌었어.

그러나 왠지 모를 아쉬움이 짙게 남아 있으니 과거의 이곳을 생각한다면 충분히 공감이 가고도 남음이 있을 것이네.

그러면 우리 한번 그때를 생각해 보세.

친구!

이곳 어시장은 한자동맹(도시동맹) 시절에 젊고 잘생긴 독일계 청년 상인들이 집단으로 몰려와 장사를 시작했고, 당시 귀족부인들을 상대로 거위 간이며 연어 알, 케비어, 질 좋은 바다가재 요리 등 고급음식을 값싸게 판매함으로써 이들 귀족부인들에게 인기 있는 시장이 되었고, 뒤에는 귀족부인들이 일부러 젊은 독일계 청년들이 보고 싶고 그들과 이야기하고 싶어 모여들었기에 어시장은 더욱 크게 번창하였다네.

지금까지도 그때의 독일의 후손들이 이곳에서 장사를 하고 있다고 하며, 옛 모습과 형태를 그대로 지키며 이어가기에 세계 각국의 관광객들이 모여드는 유명한 관광지로 남게 되었지.

유네스코에서는 구가옥들과 이곳 어시장을 세계문화유산으로 지정하고, 무분별한 시설 확장과 노점상의 밀집으로 인한 환경파괴를 막기 위해 점포의 크기나 취급 품목, 그리고 장사하는 모습까지 하나하나 간섭하기 때문에 더 늘어나지도 줄어들지도 않는다고 한다네. 그러나 우리가 본 어시장은 그때와는 거리가 너무 멀어 보였다네. 세계적이라고 하는 어시장엔 천막 수십여 채에 몇 가지 안 되는 수산물과 통조림, 대구, 연어 같은 생선 그리고 잡화 의류, 민속 공예품 등을 파는 잡동사니 포장마차 수준을 넘지 못하고 있었으니 말일세.

[베르겐의 브뤼겐 거리 풍경]

부산의 자갈치 시장은 말할 것도 없고, 노량진의 수산시장이나 동네의 웬만한 어시장의 규모보다도 작았기에 옛날의 그런 호화스러움을 생각했던 우리로서는 정말 실망하지 않을 수 없었다네.

　그래도 우린 그 옛날의 영화를 생각하면서 어시장 바로 뒤로 펼쳐지고 있는 항구에 나가 도시를 배경으로 사진도 찍고 구경도 하면서 항구의 풍광을 즐길 수 있었다네.

　친구!

　잠시 호젓함을 맛보며 베르겐의 옛 향수를 떠올리는데 항구에 떠 있는 수많은 요트와 유람선 사이에서 누군가가 불러주는 구슬픈 노랫소리가 우리의 발길을 멈추게 하였지.

　구슬픈 이 노래는 노르웨이의 극작가인 입센이 노르웨이의 설화를 바탕으로 글을 쓰고 노르웨이의 민족 음악파를 창시한 그리그가 페르귄트 모음곡 22곡을 작곡했는데 그 곡의 일부일세.

　구슬픈 노래는 '솔베이지 노래'였다네.

　그리그는 늘 "스칸디나비아의 음악이 아니라 노르웨이의 음악을 만들어야 한다."며, 64세를 일기로 고향 베르겐에서 세상을 떠날 때까지 작곡활동을 계속 하였다네.

솔베이지와 질마재 신화

친구!

저 음악소리가 들리는가?

가련한 여인 솔베이지가 그의 남편인 페르귄트를 애타게 기다리는 슬픈 '솔베이지의 노래'가!

우리 한번 그 사연이나 들어 볼까?

노르웨이의 산간마을에는 페르귄트와 아름다운 소녀 솔베이지가 살고 있었다네.

둘은 사랑했고 결혼을 약속했지.

가난한 농부였던 페르귄트는 돈을 벌기 위해 어머니와 솔베이지를 남겨두고 외국으로 떠나간다네.

세월이 흘러 '페르귄트'는 늙고 병들어 어머니와 처가 기다리는 고향으로 돌아오지만 고향의 오두막집에는 계셔야 할 어머니 '오제'는 이미 돌아가셨고 사랑하는 연인 '솔베이지'만이 백발이 되어 버린 노인 페르귄트를 맞는다네.

솔베이지 역시 호호백발의 할머니가 될 때까지 페르귄트가 살던 옛날 그 오두막에서 옷감을 짜며 그가 돌아올 날만을 기다리고 있었던 것이야.

늙고 지친 페르귄트는 그녀를 껴안고 그대의 사랑이 나를 구해 주었으며 그대가 있음에 지금의 내가 있었다고 말하나 병들고 지친 그는 솔베이지의 무릎에 기대어 눈을 감는다네.

꿈에도 그리던 연인 페르귄트를 안고 '솔베이지의 노래'를 부르며……. 솔베이지!

외로움에 함께 살던 어머니를 눈물로 보냈고 뒤늦게 찾아온 그토록 사랑했던 남편 페르귄트도 가버린 지금!

홀로 남은 그녀는 결국 페르귄트를 따라간다네.

Solveig's Song
The winter may pass 긴 겨울이 지나고
and the spring disappear 봄이 가면
And the spring disappear 그리고 봄이 가면
The summer, too, 여름도 가겠지
will vanish and then the year 한 해가 가고 또 가면
And then the year 그 해는 멀리 사라져 가겠지
But this I know for certain, 그러나 나는 믿고 싶다네
that you'll come back again 당신은 내게로 돌아온다는 것을
That you'll come back again 내 님은 내게로 돌아온다는 것을
And even as I promised, 당신은 약속 했지요
you'll find me waiting then 기다리는 나를 찾아 올 것이라고
You'll find me waiting then 기다리는 나를 찾아 올 것이라고
Yes, even as I promised, 그래요, 나에게 약속한 대로
you'll find me waiting then 당신은 나를 찾을 거에요
You'll find me waiting then 당신은 나를 찾을 거에요

친구!

페르귄트 농장의 옛집에 다다르면 지금도 페르귄트를 애타게 기다리는 솔베이지의 연가가 들리는 듯하네.

우리는 그 소리에 홀린 사람들처럼 발걸음을 옮겨 그가 살던 옛집을 향해 올라가기 시작했지.

이곳 베르겐의 그리그 기념관 옆 경사진 언덕에는 작고 아담한 콘서트홀이 꾸며져 있으며 조금 떨어진 곳에 그가 살던 집이 원형대로 보존되어 있지.

이 집은 베르겐 출생인 그리그(Edvard Grieg, 1843~1907)가 그의 나이 39세 때 이사를 와서 64세로 죽을 때까지 살았던 집으로 집 안으로 들어가면 거실, 침실, 주방 등이 소담스럽게 꾸며져 있으며 그가 사용하던 생활용품과 집기, 피아노 등이 그때 그 자리에 그대로 남아 옛 주인을 기다리고 있다네.

그는 이 집에서 드넓은 북해와 아름답고 장엄한 피오르드를 내려다보면서 악상을 떠올렸고, 가난했던 노르웨이 국민들을 위한 수많은 국민음악곡을 작곡했다 하네.

그가 사망하자 그리그와 그의 아내 니나의 무덤은 그의 유언에 따라 오두막집에서 그리 멀지 않은 바닷가 암벽을 뚫어서 그 속에 안치했다고 하는데, 그는 죽은 후에도 아름다운 피오르드를 내려다보며 파도소리와 함께 노르웨이 국민들을 생각하며 영면할 것이네.

오염되지 않은 노르웨이의 *깨끗함*과 평생 **페르귄드민**을 기다리며 애타게 살아왔던 순정의 여주인공 솔베이지를 뒤로하고 떨어지지 않는 발걸음을 재촉한다네.

플뢰엔산 중턱의 그리그 기념관을 보았지만 여기서 한 가지 아쉬움이 남는다면 아름다운 피오르드의 항구도시 베르겐 여행의 필수 코스라고 하는 플뢰엔(Floyen) 산 전망대를 보지 못했다는 것이야.

[상: 그리그가 살던 집, 하: 그리그와 아내 니나의 무덤]

플뢰엔 산 전망대는 시가지에서 320m 산 정상까지 등산열차를 타고 올라가는데 전망대에서 내려다보는 베르겐 시가지는 아름답고 장엄한 피오르드와 함께 하기에 더욱더 아름답게 보인다고 하는데 시간 때문인지 아니면 경비 때문인지는 몰라도 현지 가이드가 안내를 해 주지 않아 올라 보지 못해 두고두고 아쉬움으로 남을 것 같았다네.

1350년 한자동맹에 가입한 이래 200년 이상 스칸디나비아 서해안의 모든 무역을 지배하며 25만 명이 살 수 있는 노르웨이 제2의 도시로 발전한 베르겐.

노르웨이의 국민적 영웅인 작곡가 E. H. 그리그의 출생지이기도 한 베르겐을 떠나 우린 다음 목적지인 브루라빅과 브림네스 사이의 하르당에르 피오르드를 향해 출발하였다네.

❋ 미당의 '질마재 신화'

친구!

나는 '하르당에르 피오르드'를 향해 출발하면서 입이 간지러워 견딜 수 없구먼.

"노르웨이에 입센이 있다면 우리나라에는 미당이 있다고." 두 사람은 모두 '바다'라는 환경을 보고 자랐다는 점에서 상통하는 바가 있다네.

입센은 노르웨이의 어디에서나 볼 수 있는 피오르드와 산을 벗 삼아 일생을 보냈지만 우리나라의 미당은 고창이라는 바닷가에서 태어나 자랐다는 공통점을 가지고 있지.

입센은 서정성 넘치는 가사를, 그리그는 은은한 감동의 멜로디를 작곡했고 서정주 님은 우리의 심금을 울리는 서정시와 수필을 우리에게 남겼다네.

우리 미당의 시 한 편을 감상해 보세나.

> '신부(新婦)는 초록 저고리 다홍치마로 겨우 귀밑머리만 풀리운
> 채 신랑하고 첫날밤을 아직 앉아 있었는데 신랑이 그만 오줌이
> 급해져서 냉큼 일어나 달려가는 바람에 옷자락이 문돌쩌귀에 걸
> 렸습니다.
> 그것을 신랑은 생각이 또 급해서 제 신부가 음탕해서 그 새를
> 못 참아서 뒤에서 손으로 잡아 다리는 거라고, 그렇게만 알 곤 뒤
> 도 안 돌아보고 나가 버렸습니다.
> 문돌쩌귀에 걸린 옷자락이 찢어진 채로 오줌 누곤 못 쓰겠다며
> 달아나 버렸습니다.
> ……. 중략
> 그러고 나서 사십년인가 오십년이 지나간 뒤에 뜻밖에 딴 볼일
> 이 생겨 이 신부네 집 옆을 지나가다가 그래도 잠시 궁금해서 신
> 부 방문을 열고 들여다보니 신부는 귀밑머리만 풀린 첫날밤 모양
> 그대로 초록 저고리 다홍치마로 아직도 고스란히 앉아 있었습니
> 다. 안스러운 생각이 들어 그 어깨를 가서 어루만지니 그때서야
> 매운 재가 되어 폭삭 내려앉아 버렸습니다. 초록 재와 다홍 재로
> 내려앉아 버렸습니다. '
>
> — 서정주 '신부'에서 —

미당은 '질마재 신화'의 신부 설화에서 1930년대의 전통적인 우리
나라의 도덕적 가치관에서 여성이기에 그렇게 할 수밖에 없었던 현
실을 신부라는 소재를 통해 여성에 대한 사회적 편견을 우회적으로
지적했으리라.

사실 솔베이지의 노래에서나 미당의 신부에서나 깊은 속내까지는
이해하지 못한다 해도 읽는 이에게는 애틋한 사랑과 기다림이 피부
에 와 닿는다고 말할 수 있지 않을까?

국립공원 뷔달

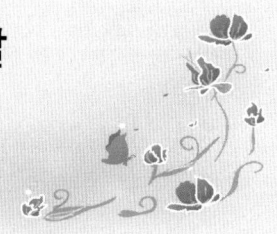

❊ 하르당에르 뷔달의 뵈이링 폭포

친구!

노르웨이의 피오르드를 방문하는 사람들은 주로 5월부터 9월까지 여행을 하는데 이 기간 동안 베르겐을 거점으로 하르당에르 피오르드를 여행한다네.

하르당에르 피오르드는 송내 다음으로 큰 피오르드로 짙은 코발트빛 깊은 물속에 비친 산봉우리 위의 빙하와 만년설은 수만 년의 신비를 간직한 채 정지된 아름다움을 보여주고 있었지.

하르당에르 피오르드의 계곡과 산자락 초원에는 그림 같은 마을들이 줄지어 늘어서 있어 나그네의 마음을 평온하게 해 주었다네.

우리는 하르당에르 피오르드를 건너 해발 1000고지에 펼쳐지는 광활한 50킬로미터 구간인 하르당에르 뷔달 국립공원을 통과하고 있는데 공원 입구에서 천애의 절벽과 함께 그 절벽을 굉음과 함께 흘러내리는 우람한 뵈이링 폭포가 우릴 반겨주었다네.

160미터의 폭포수가 떨어지며 만들어 놓은 일곱 빛깔 무지개는 정말 깨끗하고 아름다웠다네.

우리는 너무 무서워서 떨어지는 폭포의 끝자락은 보지 못하고 그저 납작 엎드려 폭포수만 바라볼 정도였네만.

이곳 하르당에르 뷔달 국립공원의 풍경을 잠시 소개하면, 노르웨이에서 계속 보이던 침엽수림은 간데없고 풀 한 포기도 구경하기 힘들 정도였으며 단지 푸른 이끼와 만년설이 녹아 이룬 호수가 띄엄띄엄 자리하고 있었으며 늪지와 함께 여기저기 산발적으로 흩어져 있는 바위와 돌멩이만이 우리를 반기며, 끝없이 펼쳐지는 불모지와 도로 양옆으로 박혀 있는 폭설 대비용 4미터 높이의 대나무 말뚝만이 황량한 고지대 벌판을 지키고 있었다네.

한 시간 가량 이어지는 평온으로 말이 국립공원이지 우리가 생각했던 아름다운 숲과 야생동물이 뛰어노는 환상적인 그런 곳이 아니었다는 것이야.

피오르드와 하르당에르 뷔달 국립공원을 건너 우리는 하룻밤 묵어갈 야일로의 파크인 호텔에 도착했네.

저녁 7시였지만 아직 대낮이었지.

저녁을 먹고 지붕 위에 잔디가 가득한 이 지방의 전통가옥을 견학했네.

겉에서 보기엔 엉성하게 만들었지만 직접 올라가 내부를 확인해보니 나무판자의 두께가 두껍고 또한 짜 맞춘 이음이 견고하였으며 통나무판에 기름을 먹여 전체적으로 오래갈 수 있을 것 같았다네.

이곳에서 독일 가족을 만났는데 우릴 보고 일본 사람이냐고 묻더군.

종종 당하는 일 아닌가?

조금은 씁쓸했지만 현실이니 어쩔 수 없었다네.

그래서 함께 간 여행객들과 오랜만에 밤이 이슥해질 때까지 늦도록 술을 하였다네.

밤 10시 20분!

아직 파란 하늘이 고스란히 보이는 낮 같은 밤에⋯⋯.

[하르당에르 뷔달 국립공원의 대나무 말뚝: 눈에 대비한 도로 표시]

[노르웨이의 전통가옥: 통판을 짜 맞추어 견고함]

타베와 리니에 아쿠아빗

친구!

아침에 눈을 떠 보니 노르웨이의 소도시 야일로에는 장대비가 내리고 있었다네.

여름철에 비 내리는 것이 이상할 것이 하나 없지만 그래도 왜 지금 내려야 하는 것이야?

그것도 스칸디나비아 반도까지 날아와서 말이야!

그리고 하필이면 오늘!

그러나 이곳의 날씨는 변덕이 죽 끓듯 하니 기대를 해 보세나. 이제 곧 그칠지 누가 알겠나?

그나마 다행스러운 것은 오늘 일정이 걷는 관광코스가 없고 단지 점심을 먹기 위해 오슬로에 잠시 들르는 것을 제외하곤 스웨덴의 칼스타드로 달려가야 한다는 것뿐이었지.

빗소리를 들으며 나는 일찌감치 식당으로 향했다네.

식당의 벽난로에는 장작 두어 개가 지펴져 가느다란 연기를 내며 타고 있었으며 그 앞에는 타베가 혼자 앉아 아침식사를 기다리고 있었다네.

남들은 가족들과 함께 있으나 타베만 홀로인 것이지.

홀로 앉아 있는 모습에서 측은지심이 동하지 무언가?

핀란드 태생이면서 스웨덴 국적의 항상 웃는 얼굴에 흡사 옆집 아저씨 같은 인품의 타베는 모처럼 자신의 이야기를 내게 해 주었지.

어릴 때 릴레함메르에서 스키 점프를 배웠으며 고교시절엔 아이스 하키 선수였다고. 나이는 나와 같은 또래이고 스톡홀름의 집에는 두 아들과 부인이 자기를 기다리고 있다고!

그는 집 자랑을 빼놓지 않았지.

집에 승용차가 두 대 있는데 한 대는 BMW이고 또 한 대는 벤츠라고.

차 자랑하는 그가 밉지 않았지만 그와 헤어진다는 것을 생각하니 왠지 오래된 친구와의 이별인 것처럼 서운하고 섭섭한 마음이 들었지 무언가?

국적과 피부색은 달라도 며칠간 함께 했다고 벌써 정이 든 것이야. 인지상정이 아닌가 생각하네.

이제 오늘 중으로 이곳 야일로(게일로)에서 오슬로를 거쳐 노르웨이와 스웨덴의 국경을 넘어 스웨덴의 칼스타드에 도착한 다음 그곳에서 하룻밤을 묵은 뒤 다음 날 스웨덴의 수도 스톡홀름에서 실자라인을 디고 핀란드의 투르그 항에 입성히는데 스톡홀름에서 실가라인에 오르기 전까지 우리와 함께 여행했고 또 해야 할, 정이 많이 든 기사였기에 더욱 그러했지.

그도 우리와 헤어지는 것이 못내 아쉬운지 애꿎은 벽난로의 재를 뒤적거리며 하늘을 원망하였다네.

친구!

비는 그치지 않았지만 스케줄에 맞추기 위하여 아침을 먹고 9시 정각 버스에 올라 파크인 호텔을 출발했지.

버스에 오르자 타베는 우리들을 칭찬했다네.

지금까지 3박 4일 동안 같이 여행하고 있지만 우리들이 버스에 쓰레기를 버리지 않아 청소를 할 필요가 없었다고 말이야.

칭찬을 들으니 기분이 좋았다네.

❋ 노르웨이의 명주 리니에 아쿠아빗

친구!

오늘은 비가 오는 관계로 차창 밖 침엽수림의 아름다운 풍경을 감상하는 일보다는 가이드의 말을 더 많이 들어야 할 것 같네.

인원파악을 마친 가이드는 말문을 열기 시작했지.

술 이야기로 시작하였다네.

술 좋아하는 자네는 잘 들어두어야 할 이야기일세.

북유럽에서 술을 사먹기는 꽤나 어려운 일이고 관광객들에게는 더욱더 그러하다는 것이야.

왜냐하면 관광을 마치고 버스에서 내리면 이미 모든 술 판매점들이 문을 닫고 난 후이니깐……

일반적으로 술집은 밤 6시가 되면 문을 닫지만 그래도 슈퍼마켓에서는 밤 8시까지는 맥주와 위스키를 판매한다네.

이러고도 먹고 사는 것을 보면 용하지!

이 나라의 술 이야기를 조금 더 해 볼까?

노르웨이는 겨울이 긴 나라이기 때문에 추운 지방에서 먹는 이들만의 독특한 독한 술이 있다는데 바로 linje aquavit(리니에 아쿠아빗)라 부르는 술이라네.

아쿠아빗의 내력을 이야기해 봄세.

1800년대 노르웨이는 아주 가난한 최약소국가였다네.

그러나 이들에게도 술을 즐기며 살 권리는 있었기에 집에서 밀주를 만들어 먹었다네.

그 밀주란 것이 우리나라의 농주인 막걸리처럼 우리 몸을 보호하면서 여러 사람들과의 친목도모용으로 만들어 먹었던 것이 아니라 집에서 아주 독한 위스키를 몰래몰래 만들어서 먹었던 것이었지.

너도 나도 밀주를 만들어 먹자 이것으로 인한 폐해가 늘게 되고 이렇게 되니 노르웨이 정부에선 금주령을 내린다네.

우리나라에서도 과거 1960년대에는 밀주를 만들지 못하게 엄하게 다스리던 시절이 있었어.

자네!

그때를 한번 생각해 보게나.

당시 밀주 점검반이 들이닥치면 집집마다 부엌에 숨겨 놓은 농주를 볏짚으로 가려 보이지 않게 했던 기억을…….

잘못하여 들키기라도 하면 손이 발이 되게 빌었고 또 그 단속반은 못 이기는 체하여 봐 주곤 하던 그 풍경을 …….

노르웨이에서도 1857년에 금주법이 발효되고 주정이 곡물에서 감자로 바뀌니 이에 따라 증류장비가 복잡해져 밀주를 만들어 먹는 집의 수가 줄어들게 되었다네.

어찌되었던 노르웨이에서는 위스키 제조가 더 이상 확산되지 않고 수그러졌다는 것이지.

그러나 이렇게 해서 탄생의 기원을 갖는 리니에 아쿠아빗(linje aquavit)은 노르웨이와 유럽에 널리 알려져 있다네.

이런 이름이 붙은 데는 특별한 사연이 있지.

이 리니에 아쿠아빗이란 이름은 적도, 즉 선(linje)을 넘어왔다는 데서 생긴 이름이네.

예전에 트뢴델라그 지방의 배들이 노르웨이산 위스키를 배 한 가득 싣고 희망봉을 지나 멀리 오스트레일리아로 수출을 했다네. 그러나 때론 선적된 위스키를 다 팔지 못하고 그대로 배에 싣고 노르웨이로 돌아오는 일이 생겼지.

한번은 이렇게 돌아온 위스키의 상태를 확인하기 위해서 맛을 보았는데 적도를 넘나들며 오래 떠돌아 온 위스키에 전혀 색다른 멋진 향이 생겼다는 것을 알게 되었다네.

노르웨이에서 호주까지의 거리가 얼마나 먼 곳인가?

위도상으로 보아도 북쪽 끝에서 남쪽 끝 아닌가 말일세.

이때 그들은 손뼉을 치며 기뻐했다네.

그래! 바로 이것이야.

이렇게 해서 탄생된 술이 노르웨이산 위스키인 리니에 아쿠아빗이었다네.

호주에서 돌아오는 길에 발효가 되어 아주 맛있는 술이 된 것이었지.

그때부터 노르웨이에서는 이 아쿠아빗을 오크통에 담아 오스트레일리아와 노르웨이를 오가는 배에서 묵히게 되었다네.

그때부터 술병의 라벨에는 다음과 같은 내용이 들어가기 시작했다는 것이야.

원료는 무엇인가?

반드시 감자이어야 하네.

그리고 이 주정을 싣고 간 배의 이름은 무엇인고?

도중에 어느 항구에 기항했지?

언제 출발하여 언제 돌아왔는가? 등 말일세.

사실 냉동시설이 제대로 갖추어져 있지 않았던 당시의 기술로 북유럽에서 남쪽지방인 호주까지 항해하고 돌아온다는 것은 온도만 따져본다면 냉장고에서 시작하여 뜨거운 솥에 들어갔다 나온 격 아니겠나?

북위 70도에서 남쪽으로 출발하여 적도를 지나 남반구 호주까지 갔으니 말이야

거리를 계산하면 대단히 먼 거리일 테지?

자네가 한번 계산해 보게.

어찌됐건 분명 감자를 주정으로 해서 만들어진 이 술이 발효되는 데 좋은 조건이었을 것이야.

이렇게 해서 탄생된 아쿠아빗을 이 나라 사람들은 다이어트식으로 먹는다는 것이지.

냉장고에 보관했다가 소주잔 한 잔에 따라 원샷을 하면 지방 분해 효과가 특별해서 살이 쏙 빠진다는 것이지.

자네도 이 술을 먹어 볼 수 있는 기회가 주어진다면 정말 조심해야 할 것이야.

술이 좋고 또 술을 즐기믹는디고 넙죽 받이 한 번에 덜어 넣었다가는 혀는 화끈거리고, 눈이 튀어나오고 목에 불이 붙고 가슴은 시커멓게 그을릴 테니까 말일세.

정말 조심해야 할 맛좋은 술이라네.

그러는 나는 이 술을 마셔 보았냐고?

대답은 한마디로 No.

단지 우리의 가이드가 한 말을 옮겼을 뿐이네.

노르웨이에는 리니에 아쿠아빗 이외에도 '바이킹 피오르드'와 '아문센 보드카'란 술이 있다네.

또한 보드카와 더불어 아문센이 탐험하며 먹었다는 초콜릿 '프라이아'는 아주 유명하지.

그런데 이 초콜릿은 맛이 어찌나 쓰던지 먹기가 쉽지 않았다네.

친구!

여기서 아문센에 대해 잠시 생각해 볼까?

뭉크가 심판 본 아문센과 스콧의 대결

아문센은 노르웨이가 자랑하는 유명한 탐험가라네.

당시 세계는 미지의 땅을 한 곳이라도 더 찾아내기 위하여 총력전을 펴고 있었는데 미국의 탐험가 피어리는 1909년에 전 세계 이목의 집중을 받으며 북극을 찾았네.

선수를 빼앗긴 영국과 노르웨이는 1911년에 영국에서는 스콧경을 그리고 노르웨이에서는 아문센을 앞세워 남극을 향해 공격을 했다네.

부를 앞세운 영국의 로버트 팰콘 스콧과 가난하지만 그래도 희망을 얻기 위해 로널드 아문센을 앞세운 노르웨이와 한판 승부가 시작된 것이야.

여기서 결론부터 말한다면 남극 탐험은 노르웨이의 탐험대상 아문센의 승리로 끝이 났지.

아문센은 소년시절부터 북극탐험을 꿈꾸었으며 오슬로 대학에서 의학을 공부했으나 1등 항해사로 진로를 바꾸고 벨기에에서 모집했던 남극탐험대에 참가하기도 했으며 노르웨이의 탐험가였던 난센의 조언을 얻어 북자극 및 북서항로의 탐험을 기획하고 그린란드의 해양을 조사하기도 했지.

이와 같이 짜임새 있는 해양탐사활동과 훈련을 연마한 아문센은 북극은 미국의 피어리에게 빼앗겼지만 남극을 얻기 위해 드디어 팀을 이끌고 탐사선 프람호를 타고 북쪽 끝에서 남쪽 끝을 향해 대양을 건넜다네.

아문센과 그 일행은 개썰매를 이용하여 짐을 수송하였으며 때론 단백질의 보충을 위하여 썰매를 끌던 개를 잡아먹기도 하면서 영국의 스콧일행보다 35일이나 앞선 1911년 12월 14일에 인류사상 최초로 남극점 도달에 성공하였다네.

어릴 때부터의 희망이었던 미지 탐험의 꿈이 용기와 개척정신으로 승화되어 빛을 발하는 순간이었지.

물론 영국의 스콧경은 실패를 했네.

스콧은 교통수단으로 개썰매 대신 새롭게 개발된 캐터필러 스쿠터와 말을 사용했다네.

자네도 알다시피 캐터필러(무한궤도)가 눈길에선 미끄럽지 않고 잘 굴러가지만 엔진은 극한 추위 앞에선 무용지물 아닌가?

얼어 터져 엔진이 작동하느냐 말이야?

설상가상으로 함께 간 말들은 얼어 죽고 스쿠터는 얼어 터져 버리고 결국 스콧 일행은 그들의 식량과 짐을 직접 지고 옮기는 고생을 하면서 남극점에 도달했지만 남극은 이미 노르웨이의 아문센이 꽂아 놓은 국기가 펄럭이고 있었다네.

낙심하며 영국으로 발걸음을 되돌리지만 남극을 공격하며 돌아올 때 사용할 식량을 보관하는 과정에서 너무 멀리 떨어진 지점에 보관하는 바람에 짐을 찾지 못하여 큰 낭패를 보게 된다네.

결국 스콧 일행은 남극점에 도달하는 것까지는 성공하지만 개썰매를 이용하여 짐을 최소화하면서 돌아올 것을 철저히 대비하며 전진한 아문센에게 남극점에 국기 꽂는 타이밍을 수십 일 양보하며 통한의 눈물을 삼켜야만 했다네.

굶주림과 추위에 지친 스콧 일행은 돌아오는 길에 전멸을 하고 말았다네.

정말 가슴 아픈 일이 아닐 수 없네.

친구!

여기서 우리는 한 가지 교훈을 얻을 수 있지.

"아무리 하고자 하는 집념과 용기가 하늘을 찌른다 하여도 철저한 준비와 검증에 의한 계획이 없으면 그 뜻이 웅대할지라도 결코 현실이 될 수 없음을 말이야."

아문센이 직접 차출한 스키 선수 출신의 탐험대원들과 혹한에서도 앞만 보고 전진하는 잘 훈련된 썰매 견, 그리고 그들이 탐험을 하기 위하여 준비한 계산된 식량 등, 이 모든 것들은 한 치의 오차도 없이 철저하게 준비된 승리를 위한 하모니였다고 표현하는 것이 타당할 것 같네.

이러한 아문센의 승리는 최빈국이었던 노르웨이의 국민들을 희망찬 내일을 향해 달려갈 수 있는 미래지향적이며 긍정적 국민들로 만들기에 충분했다네.

이 공로로 그는 노벨 평화상을 수상한다네.

친구!

물론 지금은 가난했던 옛날의 그 노르웨이가 아닐세.

스웨덴의 6개월이 노르웨이의 3개월이란 말이 있다네.

이는 노르웨이의 임금이 스웨덴보다도 2배나 더 비싸다는 말이기도 하다네.

물론 물가도 노르웨이가 비싸지만 말이야.

그러다 보니 노르웨이에서 서빙하는 사람들의 80%는 스웨덴 사람들이라는 것이야.

물론 이것이 아주 옛날부터 이런 것은 아니라네.

1968년까지만 해도 스웨덴은 빈국 노르웨이를 도왔는데 1969년에 노르웨이의 북해 유전에서 석유가 나오기 시작하면서부터는 완전히 역전되어 모든 면에서 스웨덴보다는 노르웨이가 앞서게 되었다네.

❄ 다시 오슬로로

버스는 어느새 크뤠단 호수를 지나 오슬로를 향하고 있었지.

비는 아침에 출발할 때보다 훨씬 가늘어져 별 어려움 없이 물먹은 아스팔트 위를 내달리고 있었다네.

이제 버스는 서서히 그 속도를 늦추고 있다네.

우리가 덴마크에서 둘째 날 들어왔던 바로 그 오슬로에 또다시 들어온 것이지.

그러니까 오슬로 북쪽에 위치한 릴레함메르를 지나 오따에서 1박을 했고 또다시 스타브 교회가 있던 룸 지방을 지나 게이랑에르 피오르드를 건너 올덴 생수공장, 24.5㎞에 이르는 세계 최장의 라르달스 터널을 통과하여 플롬 열차를 타고 옾하임에서 1박을 하였으며, 베르겐을 거쳐 하르당에르 피오르드를 건너 야일로에서 또 1박을 하고 크뤠단 호수를 건너 이곳 오슬로에 재입성한 것이라네!

친구!

지금부터 900여 년 전쯤 북유럽을 주름잡던 바이킹들이 가장 사랑했던 도시 오슬로는 여름철은 물론이고 해를 거의 찾아보기 힘든 겨울철에도 늘 젊고 패기 있는 분위기를 발산했다고 생각할 수 있겠지?

사람들이 들어와 살기 시작한 8세기 이후로 바이킹의 활동이 두드러져 바이킹의 수도라는 별명을 얻기도 한 오슬로이지.

지금 막 오슬로 대학건물을 오른쪽으로 놓고 버스가 통과하고 있네.

오슬로 사람들의 표정은 예나 오늘이나 밝으며 결코 바쁘지 않고 내가 아닌 다른 사람을 배려하고 있다는 것을 알 수 있다네.

최근 중국 상하이 대학에서는 전 세계의 유수한 대학 500개를 조사하였는데 그중 오슬로 대학은 유럽에서 20위, 북구 국가 중 4위, 전 세계의 대학 중 69위로 랭크되어 있을 만큼 세계적인 대학이라네. 물론 세계 1위 대학은 여전히 하버드 대학이고, 2위는 영국의 캠브리지 대학으로 발표되었는데 나머지 순위는 자네가 알아서 찾아보게나.

❋ 뭉크의 절규

길가 담벼락에는 뭉크의 그림이 인상을 쓰며 입을 벌리고 절규하며 우리를 반기고 있군.

인상을 쓰고 있는 모양이 흉하지만 이 그림이 노르웨이가 자랑하는 화가 뭉크의 '절규'라는 작품일세.

여기서 뭉크라는 화가에 대해 공부를 해 봐야 그림의 얼굴이 왜 이렇게 일그러졌을까를 알 수 있을 것 같네.

뭉크는 19세기 중반에 출생한 노르웨이의 화가 및 판화가로서 그는 표현주의의 선구자였으며 그의 부친은 빈민가의 의사였지. 어릴 때 어머니와 누나가 결핵으로 일찍 죽자 병약한 어린 마음에 깊은 충격을 받았다네.

누이동생은 정신병으로 시달렸고 아버지와 남동생도 뭉크가 어렸을 때 죽었다네.

친구!

뭉크는 그의 어린 시절을 가득 채운 죽음의 공포와 죽음에 이르는 질병이 주는 불안함으로 나이 든 이후에도 그 괴로움은 그를 놓아주지 않았으며, 그의 작품세계에서 가장 중요한 주제가 되었지.

뭉크는 그의 작품에서 어릴 때부터 자기에게 주어졌던 인간의 비극과 절망에 빠진 인간의 모습을 실감나게 표현한 것이라네.

뭉크의 절규는 하늘·땅·다리가 모두 절규의 혼탁함으로 소용돌이치며 섬뜩한 외침이 우리의 뇌리에 오랫동안 남게 하는 작품일세.

조용히 감상해 보세.

> 두 친구와 길을 가고 있었다.
> 해가 저물었다.
> 나는 우울증을 느꼈다.
> 갑자기 하늘이 붉은 핏빛으로 변했다.
> 나는 우뚝 서 버렸다.
> 죽을 것같이 피곤해 난간에 기댔다.
> 그리고…….
> 검푸른 도시의 피오르드에 피와 칼같이 걸린 타오르는 구름을 보았다.
> 내 친구들은 걸어가고 있었다.
> 나는 그 자리에 서서 무서움에 떨었다.
> 그리고 나는 자연을 찌르는 크고 끝없는 절규를 느꼈다."
>   - 뭉크의 1892년의 일기 中 -

[표현주의의 선구자 에드와르 뭉크의 '절규' 1893]

　말년에 뭉크는 부동산, 그림, 판화 및 소묘 작품 등 그가 갖고 있
는 모든 것들을 오슬로 시에 기증했으며, 오슬로 시는 1963년에 그를
기려 뭉크 미술관을 설립했네.

　뭉크의 그림을 감상하며 그를 생각하다 보니 어느새 버스는 점심
을 해결해 줄 식당으로 우릴 안내하였다네.

　버스에서 내린 우리는 1층을 지나 2층으로 올라갔고 눈에 익어 살
펴보니 이곳은 우리가 둘째 날 덴마크에서 스웨덴을 거쳐 노르웨이
에 입성해서 들렀던 바로 그 식당이었지. 구면인지라 그런지 그곳의
주인은 우리를 오랜만에 만난 이웃을 대하듯 아주 친절미 있게 대해

주더군.

알고 보니 과거 이곳 노르웨이의 오슬로 주재 한국 대사관의 외교관이었지만 지금은 퇴직하여 이곳에 자리잡은 교민이었다네.

오슬로에서는 아주 귀한 쌀밥에 김치였지만 부족하면 얼마든지 드시라고 권할 정도로 아주 인심이 후한 교민이었지.

오슬로의 교민이 운영하는 식당에서 맛나게 점심을 먹은 우리는 뒷골목의 정취를 느끼고 싶어 가랑비를 맞으며 길 가 골목 시장의 과일가게며 지나다니는 노르웨이 사람들을 두루두루 살피며 그곳의 풍경을 하나라도 더 머리에 남기기 위해 분주하게 눈동자를 굴렸다네.

그런데 오가는 사람들 중에서 유독 흑인이 눈에 많이 띄었다네.

흡사 아프리카의 어느 도시를 연상하리만큼 검은 피부의 사람들이 많았던 것이야.

이유를 알아보니 이 나라는 원칙적으로는 이민을 받지 않지만 난민과 전쟁 중인 나라의 피난민들은 받아들인다는 것이야.

예를 들면 소말리아 같은 나라말이야.

그래서인지 황색인종은 전혀 눈에 안 띄는데 이들 검은 피부가 유독 많았던 것이야.

이민법에 의하면 입양아와 결혼을 하면 역시 시민권이 주어진다는군.

바로 가이드가 그러한 케이스였다네.

이 가이드는 한국인이면서 노르웨이의 국적을 가지고 있었는데 그것이 가능하게 될 수 있었던 것은 그의 부인 덕이었다네.

그의 부인은 한국에서 어릴 때 이곳으로 입양되었는데 그녀와 결혼을 하게 된 것이 계기가 되어 자연스럽게 노르웨이의 국적을 가질 수 있었던 것이야.

우리는 마음속으로 그의 성공을 기원했다네.

우리는 출발에 앞서 지금까지 3박 4일간 노르웨이에 대해 열심히 설명을 해 준 가이드에게 우리가 가지고 있던 것들 중에서 한 가지씩 주기로 했다네.

고마움의 표시라고나 해야 할까?

그는 우리에게 노르웨이의 자연을 구경시켜 주었네.

4일간의 결코 짧지 않은 기간 동안 너무나 열심히 노르웨이를 소개해 준 그였기에 가이드와 정이 들었는지 헤어지기 싫었지만 우리는 그를 홀로 그곳에 남겨둔 채 오슬로를 떠나고야 말았다네.

❄ 오슬로 카드(Oslo kortet)

친구!

오슬로에서 여행하려면 반드시 구입하여 이용해야 할 카드가 있으니 명심하게.

바로 오슬로 카드(Oslo kortet)인데 많은 여행객들이 이구동성으로 권하니만큼 반드시 사서 이용해 보게!

카드는 관광안내소에서 구입하며 시내의 교통수단은 무료로 이용.

오슬로 카드 요금은 시간에 따라 달라지는데 24시간용이 130Nkr, 48시간용이 200Nkr, 72시간용이 240Nkr이라네.

이 카드를 갖고 다음 명소들을 찾아가 보게나.

스키 박물관
뭉크 박물관
국립 박물관
국방 박물관 - - - - - 무료
바이킹선 박물관

콘티키 박물관
민속 박물관
노르웨이 디자인 전시장
공예미술관
예술가의 집
우라니엔 보르그 공원[교회]
왕궁과 드로닝 공원
국립미술관

등이 있는데 현지에 근무하는 사람들이 관광명소로 추천하는 곳이기
도 하다네.

자연에 순응하고 함께 살 줄 아는 나라,
자연과 함께 인생을 즐길 줄 아는 나라,
자연이 주는 고마움을 몸소 느끼며 자연에게 되돌려 줄 줄 아는 나라,
이제 우리는 자연의 나라 노르웨이를 떠나 스웨덴으로 입성하려
한다네.
오슬로에서 스웨덴의 스톡홀름까지는 522㎞ 남았다네.
점심 먹고 e18번 도로를 따라 약 1시 30분 정도 달리니 노르웨이
와 스웨덴의 국경이라네.
이곳 국경에 이르기까지 줄곧 밀과 보리의 경작지만 눈에 보였다네.
농토가 상당히 많은 것처럼 보이지만 사실은 노르웨이의 농업은
전체 GNP의 4%도 안 되는 몫을 차지하고 노동력의 7% 정도가 이
부문에 종사하고 있으며 전 국토의 약 5%만을 경작할 수 있다네.
노르웨이에서 스웨덴으로 들어가기 전 우리는 노르웨이의 세관에
잠시 들렀다네.
노르웨이를 떠나기 전에 물건을 구입할 때 내었던 세금을 환급받
기 위해서였지. 세금을 리펀드한 우리는 국경을 넘었다네.

스웨덴의 엘리베이터 카드

국경지대는 바리게이트를 치고 헌병과 경찰이 삼엄하게 경계하는 과거의 삼엄함이 아니라 평범함 그 자체였지.

경찰도 바리게이트도 없었으니까.

국경이라고 하는 간판이 없으면 이곳이 어디인지도 모를 지경이었다네.

이제 스웨덴의 영토 안으로 들어왔네.

노르웨이와는 많이 다른 풍경일세.

우선 노르웨이는 길옆으로 줄서 있는 산림이 일정하게 정돈된 느낌이었는데 이곳 스웨덴은 나무의 종류도 조금씩은 다르고 잡목들이 섞여 있었으며 또 노르웨이만큼은 풍성함도 덜하다는 느낌을 받았네.

국경지대의 해발고도가 1000미터라 그런지 귀가 먹먹하고 약간은 차멀미도 나려 하네.

아내가 드디어 멀미를 호소하고 있네.

참으로 난감한 일이 아닐 수 없네.

지금까지 잘 참고 견디어 주었는데 말일세.

여행 중에 이러한 불상사가 생기면 함께 하는 일행도 불편하고 기분이 상하기 때문이지.

그러니 본인의 기분은 어떠하겠는가?

다행스럽게도 주위의 경치와 신선한 공기는 정신을 맑게 해 주어 멀미를 늦추어 주었고 그와 함께 시간이 빨리 흘러가 주어서 우리는 5시 정각 스웨덴 칼스타드 시의 rica호텔에 도착할 수 있었다네.

호텔에 투숙하기 위하여 방을 배정받아 방 키와 함께 받은 엘리베이터의 카드를 받은 우리는 쇼를 하고 있었다네.

엘리베이터를 간신히 찾았으나 문이 열리지 않는 것이야.

이런 난감할 때가 어디 있나?

문은 냉장고의 문과 같은 여닫이이었기 때문이었다네.

간신히 열고 그 속으로 들어간 우리는 층의 버튼을 눌렀지만 엘리베이터는 움직이질 않는 것이야.

왜 그런지 맞추어 보게나.

맞아!

바로 그것이야. 카운터에서 한 장씩 나누어 준 카드를 안 꽂아서 그랬다네.

카드를 꽂으니 엘리베이터가 움직이질 않겠는가!

우리는 박장대소를 하면서 저마다 한 마디씩 하였다네.

"유럽은 서유럽이든 북유럽이든 간에 엘리베이터 때문에 관광객들은 즐겁단 말이야!"

친구!

오늘 아침, 노르웨이를 출발할 때부터 내리던 비는 스웨덴의 칼스타드 시에 도착해서도 그치지 않고 줄기차게 내리고 있다네.

하루 종일 달려온 길이었기에 피로를 풀 겸 목욕탕 샤워기의 물을 틀었는데 물의 세기가 빗줄기만큼이나 세었다네.

지금까지 지나왔던 유럽의 모든 호텔을 통틀어 이만한 물줄기는 처음일세.

시설도 이곳이 제일 나은 것 같으이.

비용이 문제되겠지만 …….

샤워를 마치고 나왔지만 아내는 멀미로 인해 녹초가 되어 있었다네.

우리는 저녁식사를 하기 위해 중국 음식점인 북경반점으로 향했다네.

안사람은 저녁밥은커녕 물조차 한 모금도 넘기지 못하고 있다네.

상비약으로 대충 달래긴 했지만 내일이 걱정일세.

지친 나 역시 저녁을 대충 먹고 동네의 과일가게에서 사과와 바나나 등 과일을 몇 개 사 가지고 들어와 아내에게 억지로 먹였다네.

다 내일을 위해서였지.

내일 아침은 한국에서 준비해 간 비상식량인 누룽지로 아침을 대신해야 할 것 같네.

스웨덴에 입성했는데 그냥 있을 수 없는 일…….

옆방에 투숙한 치과의사인 닥터 최와 프로 사진작가임을 자칭한 조 사장 등 몇몇 일행과 함께 소주잔을 기울이며 긴 인생 항로에서의 인연과 또 술의 미학에 대해 논해 본다네.

주룩! 주룩!

가을을 재촉하는 비는 계속되는데…….

제3부 스웨덴 편

[출처: Encyclopaedia Britannica, Inc.]

☞ 공식명칭: 스웨덴왕국
☞ 인구: 9,082,000
☞ 면적: 450,295㎢
☞ 수도: 스톡홀름
☞ 의회 형태: 입헌군주제,
☞ 국가원수/정부수반: 국왕/총리

누룽지와 스웨덴의 자랑

어제 노르웨이의 오슬로에서 스웨덴의 칼스타드까지 오는 도중에 멀미를 심하게 하여 저녁을 거른 아내는 아침이 되자 제법 기운을 차려 산책을 하자 하네.

간밤에 걱정을 많이 했었는데 역시 멀미란 그때만 벗어나면 언제 그랬냐는 듯이 멀쩡해진단 말이야.

어제 오슬로에서 점심 먹고 아직 아무것도 안 먹었으니 얼마나 속이 허전하겠는가?

한국에서 준비해 간 누룽지를 멀겋게 끓여 깻잎과 함께 차려 주니 후루룩거리며 제법 많이 먹었다네.

산해진미가 따로 있는 것이 아니라니깐!

비상식량은 꼭 준비를 해야 할 것 같네.

특히 누룽지와 깻잎을.

요기를 하는 것을 보니 어제의 괴로움은 이제 뚝.

어제 그 멀미는 흡사 오늘 아침을 닮아 있었다네.

맑게 갠 파란 하늘,

그 사이로 두둥실 떠 있는 하얀 뭉게구름, 바다를 닮아 있는 파란 하늘은 어제의 비가 만든 또 하나의 작품이었다네.

친구!

우리는 RICA호텔을 나와 시내 산책을 하며 칼스타드의 중앙공원에 만들어진 동상을 보았다네.

한 손에는 부러진 칼을 높이 쳐들고, 왼쪽 발로는 철모를 쓴 병사의 잘린 머리를 밟고 서 있는 여인상이었다네.

아마도 어느 전투를 기념하는 상징인 것 같았다네.

잘린 병사의 머리는 철모의 모양으로 보아 흡사 독일군인 것처럼 보였다네.

유럽은 어느 도시를 가던 그곳에 어울리는 조형물이 자리하고 있어 도시의 분위기를 한결 멋지게 해 준다네.

호텔로 돌아온 우리는 다른 팀과 합류하여 아침을 먹으러 식당으로 갔다네.

식당에는 일찌감치 각국의 관광객들이 줄을 서서 그들의 식사 순서를 기다리고 있었지.

마음 같아서는 우리나라처럼 속 풀이 얼큰 찌개가 있었으면 좋으련만 서유럽보단 식단이 좋았지만 '아메리칸 스타일'이 아닌 '컨티넨탈 스타일'이라 그런지 마르고 딱딱한 빵에 커피 그리고 약간의 야채가 전부였지.

알고 있는 사실이었지만 호텔에서의 식사는 아침만 되면 어디를 가든 문제가 된다네.

우리가 항상 이야기하는 든든한 아침은 아예 꿈도 꾸지 말아야 할 것이야.

식문화 자체가 달라요.

아내는 아침 산책을 하기 전에 누룽지를 끓여 속을 달래 놓은 덕에 약간의 과일과 계란 그리고 커피로 아침을 대신할 수 있었다네.

나 역시 어젯밤 몇몇이서 함께 한 술 때문인지 입맛은 없었지만 경험상으로 보아 배를 채울 수밖에 없었지.

방으로 돌아와 지금까지의 어떤 곳보다 풍부한 물이 맘에 들었던 리카의 418호를 나와 어제의 노르웨이와는 다른 냄새와 색깔을 띤 스웨덴을 감상하려 하네.

아침 8시 버스에 오른 우리는 어제와는 전혀 다른 청명한 하늘과 땅과 나무를 보면서 룰룰랄랄 스웨덴의 스톡홀름을 향해 힘차게 달려가고 있다네.

가끔 도로 위에 흩어진 각종 동물들의 사체를 보면서 우리나라나 이 나라나 동물들에 대한 보호는 철저하게 이루어지지 않는구나 생각해 본다네.

어제는 e6번 도로를 통해 노르웨이에서 달려왔었는데 오늘은 방향을 약간 변경해 e16번 도로를 달리고 있다네.

잠시 휴식을 하기 위해 우린 작은 읍과 같은 도시에 정차했다네. 도시를 설명하는 홍보판을 살펴보니 이 도시는 1400년 초에 건립된 오래된 도시로 운하를 파서 배의 운항을 도왔으며 당시는 꽤 발전된 형태의 도시였다는 것을 알 수 있었다네.

600여 년 된 아보가를 지나 끝없이 펼쳐지는 대평원에 이르니 어느새 배꼽시계가 12시를 알리고 있다네.

넓은 벌판에는 봄철 유채꽃이 만발했다네.

유채 하면 제주도가 생각나고 관광지가 떠오를 테지만 여기서 나오는 기름을 이용하여 자동차가 구른다는 사실이지.

친환경 자동차 말일세.

자동차에 대해서는 잠시 후에 논해 보세나.

칼스타드에서 출발하여 이제 4시간을 달려왔으니 앞으로 스톡홀름

까진 1시간이 남은 셈이지. 조금 더 달려가니 커다란 공장이 즐비한 곳을 지나며 그와 함께 대형 간판들이 우리를 반겼다네. 그 간판은 다름 아닌 스웨덴이 자랑하는 자동차 조립 공장이었다네.

버스기사인 타베는 운전보다는 연신 그 간판을 설명하느라 정신이 없다네.

다름 아닌 그들이 세상에 자랑스럽게 내세울 수 있는 볼보와 스캐니아 자동차 공장이었다네.

물론 볼보는 지금 생산지는 스웨덴이지만 사실은 미국 포드자동차 회사의 계열이지.

지분이 포드로 넘어갔다는 말일세.

다국적 기업이라고 할 수 있지.

❋ 사브와 볼보

친구!

자동차 이야기를 해 볼까?

자동차는 우리나라가 내세울 수 있는 몇 안 되는 수출 효자 품목 가운데 하나지.

그런데 지금 내가 말하려 하는 것은 자동차의 생산대수가 몇 대고 또 생산량이 세계 6위고 하는 것을 따지려 하는 것이 아니라 스웨덴은 환경 친화적인 자동차를 생산하고 있다는 점일세.

스웨덴의 자동차라면 볼보인데 '사브'라고 하는 자동차도 스웨덴에서 생산되는 자동차일세.

자동차는 편리함으로 인하여 어느 가정에서나 한두 대는 가지고 있는 생활필수품이 되었는데 지구 환경에 끼치는 악영향도 그냥 간과해서는 안 될 것이네.

미래의 지구에 큰 재앙을 가져올 것이라 여겨지는 지구 온난화는 어느 나라이건 간에 초미의 관심사가 되었는데 지구 온난화의 주범이 바로 이산화탄소 아니겠나?

그 이산화탄소를 내뿜는 것 중에서 기술력으로 반드시 해결해야 할 것 중의 하나가 바로 자동차일세.

아니 자동차 연료로 석유를 사용하는 한 이 문제가 그리 쉽사리 해결이 안 되겠지.

자동차 연료를 기존의 석유에서 친환경 물질로 바꿔야 한다는 말이야.

어렵다고 손 놓고 가만히 앉아만 있을 수는 없는 일.

이러한 문제를 해결하기 위하여 자동차 선진국에서는 탈 석유 시대를 대비하기 위한 하이브리드 차와 연료 전지 차 개발에 박차를 가하고 있고 바로 스웨덴도 이러한 친환경 자동차 개발에 한몫을 단단히 한다는 사실일세.

바로 사브 자동차인데 스웨덴에서 바이오-에탄올 차를 자국에서 가장 많이 판매한 것으로 알려졌다네.

사브는 스웨덴뿐만 아니라 노르웨이와 아일랜드 등에도 바이오-에탄올과 관련된 판매환경이 좋아져서 판매는 더욱 탄력을 받을 것으로 예상하고 있다네.

친구!

자연환경이 우리나라보다도 훨씬 깨끗하지만 그것을 지키려는 그들의 노력이 가히 일품일세.

우리가 노르웨이에서 스웨덴으로 들어오자 광활하게 펼쳐진 농토에서 유채와 같은 작물이 자라고 있었는데 이러한 작물을 이용하여 바이오 연료의 원료를 생산한다는 말이야. 사브 자동차의 바이오 파워는 사브가 자랑하는 터보 엔진에 적용되어 일반 가솔린 엔진보다 CO_2 배출량을 크게 줄일 수 있는 반면 출력은 비슷해 갈수록 각광을 받고 있다는 것이야.

신문기사의 내용을 한 가지 소개할까?

스웨덴에서는 앞으로 석유를 쓰지 않겠다는 것이네.

그 내용은 다음과 같지.

석유를 전혀 쓰지 않는 것이 가능할까 싶지만 현재 30%에 달하는 석유 의존도를 고려하면 불가능한 일이 아니라는 것이야.

스웨덴은 1973~1974년, 1978~1980년 두 차례 석유파동을 겪은 이후 석유 의존도를 꾸준히 낮춰 왔는데 그 결과 석유 의존도가 2003년에 32%까지 떨어졌고 현재 스웨덴 최종 에너지의 1/4이 재생가능 에너지로 충당하고 있다고 하네.

이것을 위하여 스웨덴 정부는 국민들에게 다음과 같은 안을 제시했다네.

하나는 교통, 산업, 가정 난방에서의 화석연료 사용을 50% 줄이는 것이고, 또 하나는 숲이나 바람, 땅 등 자연의 풍요로움을 이용한 자연 에너지원을 개발한다고 말일세.

아무튼 사브의 노력을 우리는 칭찬하고 우리나라도 이러한 친환경 자동차의 개발에 노력을 기울여야 하겠지.

북유럽의 베니스 '스톡홀름'

친구!

볼보자동차 공장을 지나 20분여를 달려가니 멜라렌 호수가 나타나고 그 호수를 건너니 아름다운 물 위의 풍경이 펼쳐졌다네.

바로 스톡홀름일세.

유럽의 여러 도시들을 다녀 보았지만 이렇게 아름다운 도시는 없었다네.

환상 그 자체였어.

스웨덴에서 예테보리 다음으로 큰 도시이며 물과 어우러진 그 모습은 기히 북유럽의 베니스라 불릴 만하더군.

다리를 건너 터널을 지나 오른쪽으로 방향을 바꿔 호수를 따라 올라가니 고급스러운 각종 아파트와 건물들이 즐비하게 강가에 서 있었다네.

이곳 역시 강변 아파트는 가격이 아주 비싸다고 로컬 가이드가 말하더군.

누가 보아도 비싼 집이란 것을 금방 알아볼 수 있겠더라고.

호숫가에 늘어서 있는 아파트 군락을 지나 호수 주변의 풍광을 감상하며 조금 이동하니 붉은 벽돌로 지어진 높은 탑을 가진 스톡홀름 시청사가 눈앞에 다가왔네.

북유럽 최고의 건축미를 자랑하는 독특한 건축물이라네.

쿵스홀멘(Kungsholmen) 섬 남쪽에 있는 시청사는 1923년에 만들어진 건축물로 800만 개의 벽돌과 1900만 개의 금도금 모자이크로 이루어졌다네.

1900만 개 금박으로 모자이크를 한 황금의 방은 시청사의 키포인트인데 황금의 방에서는 해마다 12월 10일이면 노벨상 수상자들을 위한 무도회가 개최되기도 한다네.

물론 노벨상 시상식은 이곳 시청건물에서 조금 떨어진 곳의 파란색 건물(blue house)에서 행해지지만 시상식 후의 만찬은 시청건물에서 이루어진다는 것이지.

시청건물에서 가장 높은 곳인 106m의 탑 위로 올라가면 스톡홀름 시가지를 한눈에 조망할 수 있다고 하네.

우리는 시간이 허락하지 않아 올라가 보진 못했지만……

나중에 한번 올라가 보세나.

시청사 건물 정면으로 펼쳐지는 호수의 멋진 풍경은 스톡홀름 시민들을 위한 상수원으로 쓰이는 물답게 맑고 깨끗했으며 주위 풍경은 중세와 현세가 어우러진 아름다움과 사람들의 만남으로 인해 흡사 물 위에 떠 있는 한 폭의 그림을 보는 것과 같았다네.

스웨덴은 96,000개의 호수와 24,000개의 섬으로 이루어진 나라로 7,000년 전부터 인간이 들어와 살기 시작했다고 하는데 스웨덴 역시 덴마크와 노르웨이처럼 바이킹의 본고장으로 더 잘 알려진 나라로 지금은 입헌군주국으로 왕은 단지 국가의 상징이면서 권력은 없다고 말하더군.

[스톡홀름 시청사 앞으로 펼쳐지는 호수 위의 풍경]

[스톡홀름을 북유럽의 베니스라 부른다]

또한 기후는 멕시코 난류의 영향으로 온난하여 남쪽엔 눈이 전혀 없고 북쪽엔 6개월간이나 눈이 쌓여 있다고 하더군.

이 나라는 이민자들을 많이 받아들여 그들의 수가 전 국민의 10%인 100만 명을 넘어섰는데 그중 한국 교민은 1,100 명가량 된다 하더군.

문제는 이 나라의 복지정책일세.
알다시피 복지정책은 북유럽 국가가 세계에서 가장 잘 짜여 있다 말하고 있으며 그중 스웨덴은 정평이 나 있지.

❋ 스웨덴의 복지정책

친구!
이제 우리의 나이가 몇인가?
이제부턴 퇴직 후의 삶에 대한 것도 생각을 해 보아야 할 때야!
사회복지제도 하면 각 방면으로 여러 가지가 있겠지만 그중에서 노인복지에 대하여 얘기해 보아야 할 때 아닌가?
자네는 늙으면 양로원으로 들어가 살 것이라고 말했고 나는 절대로 양로원으로는 안 들어간다고 말했었지.
그러나 분명한 사실은 우리나라도 이제 머지않아 초고령사회로 접어든다는 것이지.
65세 이상의 인구가 전체 인구의 20%가 되었을 때를 말하는 것이지만 우리나라는 2026년이면 이러한 사회가 된다는 것이야.
보편적 장수, 곧 생명의 평등화가 실현되는 것이지만…….
양로원으로 들어가 살던, 아니면 들어가지 않던 간에 다원화되어 있고 핵가족화되어 있는 복잡한 세상에서는 노인들의 문제를 어느 한 개인이 떠안을 수 없고 그렇다고 옛날 대가족 제도처럼 개개의 가족들만의 몫으로 돌릴 수도 없는 아주 복잡하고 미묘한 문제가 되어버렸다는 점이야.

결국은 정부에서 이 문제를 해결해 주어야 할 것이라 생각하네.

우리나라의 평균수명을 생각하면 정부의 통계 보고서를 인용하지 않더라도 급격하게 늘어난다는 점이야.

그러므로 우리나라도 이들 나라와 비슷한 노인 정책이 개발되어야 할 것이며 우리보다 한발 앞선 이들 선진 복지국가의 정책을 우리는 답습하고 또 베껴 와야 할 것이야.

벤치마킹을 해야 한다는 말이지.

친구!

로컬 가이드의 말을 잠시 빌려 볼까?

스웨덴의 복지는 세계 최고 수준이며, 그 재원은 당연히 국민의 세금으로 유지되고 있는데 국민 모두가 사회보험에 가입하고 외국인이라도 6개월 이상의 체류자는 가입할 수 있다네.

피고용자 및 자영업자가 질병을 얻었을 경우에는 수입의 90%가 지불된다 하니 현직에 있을 때나 별반 차이가 없다네.

이들은 매우 광범한 사회복지제도를 운영하여 국가재정에서 기본연금·실업수당·양육수당·주택보조금 등이 지불되며, 고용주 측이 국가 재정의 큰 몫을 부담한다네.

국가 재정 중 지출이 가장 큰 분야는 보건 및 복지 분야이며 다음으로는 교육 및 문화 분야라는 것이지.

노인에 대한 정책이 매우 다양하고 세분화되어 있는데 신체적 기능별로 나누면 건강한 노인, 보통인 노인, 거동하지 못하는 상태의 노인에 대한 정책이 각각 다르고, 생활수준별로 나누면 부유, 중산층, 빈곤 노인에 대한 정책 등 세분화되어 있는 노인복지 프로그램이 각각 다르게 편성되어 있다는 점일세.

이들 노인복지 서비스 프로그램에 종사하는 직원들은 각기 해당 분야의 전문성을 지닌 인력에 한해서 취업이 가능하도록 제도화되어 노인복지 시설의 운영자는 노인복지 서비스와 관련된 학문을 전공하고 국가에서 인정하는 면허증을 소지한 자라야 하고 사회복지사, 물리치료사, 영양사, 간호사 모두가 국가에서 인정하는 면허증을 소지한 사람만이 해당 직종에서 일할 수 있도록 제도화되어 있다는 것이야.

노인들을 위한 대부분의 시설에서는 입주노인들의 취미, 오락활동을 돕기 위한 프로그램을 활성화시키는 일에 많은 투자를 하고 있으며 당구장, 실내수영장, 볼링장, 수공예품 제작실, 도서실 등 그곳에서 생활하는 노인들은 각기 자신의 취향에 따라 여가활동을 즐기고 있어 무료함이나 고독감 같은 것은 별반 느끼지 않는다는 것이야.

우리도 이렇게 된다면 자넨 당구를 치면서 생활하면 되겠네.

우리나라도 지금 각 대학의 개설 학과 중에 사회복지학과가 있는데 언제부터인지 이 과의 경쟁률이 점점 높아진다는 것이야.

바로 이러한 외국의 사회보장 제도가 우리나라에서도 필요하다고 하는 것을 대학에서 인식한 자연적인 현상은 아닐까?

국가 재정 지출 중 2번째로 많은 분야가 교육인데 스웨덴의 교육제도는 1962년부터 의무교육 9년을 초·중·고의 3단계로 나누고 고등학교는 2년제와 4년제로 나누어 편성했다네.

사립은 매우 적어 대부분이 공립이며 대학은 모두 국립이라네.

초, 중학교는 의무교육이며 고등학교에서는 교재와 점심이 무료이고 대학에서는 수업료가 없다네.

유아교육은 1975년부터 모든 어린이가 취학 전 1년 동안은 유치원에 맡겨지고 부모 모두 근로자인 가정의 어린이는 출생 6개월부터 6살까지 유아원에 맡겨지는데 그 비용은 부모의 수입에 따라 다르다네.

스톡홀름 시청사에서 나와 버스를 타고 가면서 우리는 스웨덴의 복지정책에 대해 깊게 생각하는 시간을 가져보았다네.

물론 로칼 가이드와 함께.

그러나 요람에서 무덤까지 함께 한다는 스웨덴의 복지정책도 갈림길에 서 있다는 소문이고 보면 역시 복지정책은 어려운 정책임에는 틀림없는 것 같지?

어디 한번 알아볼까?

스웨덴 근로자들은 꾀병을 너무 많이 부린다는 점과 실업수당이 높다 보니 근로의욕이 떨어진다는 점, 그리고 기업가 정신이 감퇴하여 창업이 이루어지지 않는다는 점과 소득의 절반은 세금으로 내야 한다는 점 등이 스웨덴 정부가 안고 있는 딜레마일세.

스웨덴이 복지국가로 계속 가기 위해 정책 전문가들은 노인도 일을 해야 하며 일하는 여성을 늘리기 위해 애를 낳으면 국가에서 유급휴가를 450일씩 주고 있고, 부유세를 폐지해야 한다는 등등 여러 가지 대안을 제시하고 있네.

돈 쓸 곳은 구조적으로 늘어나지만 경제는 어려워져 세금을 더 거둘 수 없고 또 노령인구는 늘고 생산인구는 준다는 점이야.

65세면 은퇴하지만 평균수명은 점점 길어져 복지비용이 그만큼 부담이 될 수밖에 없지 않은가?

세계 최고의 복지국가, 국내총생산(GDP)의 40%를 복지에 쏟는 나라, 현금으로 지급되는 기본적인 사회보장 외에도 육아·양로·교육·주택·의료 등의 사회 서비스를 전 국민에게 보편적으로 제공하는 나라, 그러나 복지는 새로운 성장 동력의 창출과 함께 생산과의 관계가 유기체처럼 연결될 때만 생명력이 있는 것 아니겠나?

복지라고 하는 것이 이념이나 정부의 신념만으로 해결될 수 없는 것이요, 그렇다고 생산을 포기한 대가로 얻어지는 노동자 계급투쟁의 전리품은 더욱 아니라는 점이지.

　만인의 부러움을 사던 스웨덴 복지드라이브 정책이 21세기 세계화의 화두인 무한경쟁 앞에서는 주춤거리고 있다고 가이드는 힘주어 말하더군.

감라스탄 최후의 82인과 노벨

친구!

스웨덴의 복지에 대해 이야기하다 보니 어느새 버스는 스톡홀름의 쇠데르말름 섬과 스톡홀름 본토 사이에 있는 연결된 작은 섬인 감라스탄에 도착했네.

이 작은 섬엔 왕궁을 비롯해 노벨 박물관, 그리고 유서 깊은 대성당과 교회 등 과거 잘나가던 시절의 문화유산들이 산재해 있다네.

지리적으로 몫 좋은 곳에 위치한 이곳은 우리나라 여의도쯤에 경복궁과 명동성당이 있다고 생각하면 될 것 같네.

감라스탄에 도착한 우리는 버스에서 내려 걸이시 좁은 골목으로 들어가니 13~19세기에 지어진 건물들이 박혀 있는 듯 줄지어 있었으며 그 가운데는 구시가지 중심인 스토르토에트 광장이 자리하고 있었다네.

이곳은 여행자들은 물론이고 스톡홀름 사람들이 어느 곳보다 애착을 보이는 곳이라네.

현대적이면서도 다소 세련미가 흐르는 스톡홀름에서 중세 모습을 고스란히 간직하고 있는 공간이기 때문이라네.

오래된 건물들과 좁고 구불구불한 골목길, 그리고 닳고 닳은 바닥돌 등에서 수백 년 전 이곳에 살았던 중세인들이 당장이라도 나올 것 같은 착각을 일으키게 된다네.

광장 안에는 각국의 많은 관광객들로 북새통을 이루고 있었으며 광장 한복판에는 멋진 모양으로 치장된 우물이 자리하고 있었고 광장 주위로는 옛날 중세 시대를 연상할 수 있는 많은 건물들이 광장을 보호하는 듯한 형상을 하고 있었다네.

광장 한가운데 우물에는 슬픈 과거가 있던 곳인데 어디 한번 들어볼 텐가!

우물이 있는 광장을 '칼마르의 학살장'이라 하며 '피의 대학살'이 있던 그날 많은 사람들이 처형되고 또 이 우물에 빠뜨려 죽이기도 하였다네.

스웨덴 국민들은 영원히 잊지 못할 슬픈 역사의 장소라네.

그러니깐 덴마크 왕 크리스티안 2세(1513~1523 재위)가 스웨덴의 지도급 인사 82명을 단두대에서 대량 처형한 사건으로 1520년 11월 8일에서 9일까지 이틀에 걸쳐 일어난 사건이라네.

아니 어떻게 덴마크 왕이 스웨덴까지 와서 사람을 죽였느냐고?

이유는 이렇다네.

내가 덴마크에 갔던 날 자네에게 설명해 주었듯이 당시 스칸디나비아 반도는 칼마르 동맹으로 엮여 있던 때 아니겠나!

그런데 덴마크의 주도하에 결성했던 노르웨이, 스웨덴, 덴마크 등 스칸디나비아 3국의 칼마르 동맹을 깨뜨리기 위해 스웨덴 사람들이 동맹 찬양론자인 대주교를 감옥에 가두었다네.

이에 덴마크의 왕 크리스티안은 동로마 교황청의 지지 속에 스웨덴을 침공했다네.

스웨덴을 침공한 크리스티안은 스톡홀름을 점령하고 스웨덴의 동맹 지지 인사인 대주교 트롤레가 작성한 살생부에 따라 80명이 넘는 스웨덴 귀족들을 이단으로 몰아 처형했다네.

이 사건으로 스웨덴 국민들은 크게 노하여 칼마르 동맹에 등을 돌리게 되었다네.

당시의 스웨덴 왕인 구스타브 1세 바사는 달라르나 지역의 농민들과 한자동맹의 도움으로 스웨덴에서 덴마크인들을 몰아내고 마침내 칼마르 동맹을 해체했다네.

1397년에 결성된 칼마르 동맹은 이렇게 끝나고 스웨덴은 구스타브 1세를 스웨덴 국왕으로 선출하여 독립을 이룩하고, 120년간 지속됐던 칼마르 동맹은 1523년에 해체되었지.

친구!

이 광장은 이러한 처참함만 간직한 곳은 아니라네.

한쪽에는 노벨 박물관을 지어 스웨덴이 기술 입국임을 은근히 과시하고 있다네.

다름 아닌 다이너마이트를 발명하여 좋은 곳과 나쁜 곳에 동시에 사용하게 한 발명가 노벨 박물관이었다네.

스톡홀름의 중심인 감라스탄(Gamla Stan)에서, 또 그 감라스탄의 중심에 있는 대광장 스토르토에트 앞의 증권거래소 건물에서 그들은 노벨을 자랑했다네.

이곳 감라스탄에 위치한 스토르토에트 광장의 노벨 박물관은 2001년에 노벨 탄생 100주년을 기념하여 만들어졌는데 이곳에는 역대 노벨상 수상자들의 메시지와 기념품, 노벨상의 역사와 수상 내역 등이 전시되어 있었다네.

평화상을 제외한 모든 노벨상은 시청건물에서 조금 떨어진 곳의 파란색 건물(blue house)에서 행해지지만 시상식 후의 만찬은 우리가 조금 전에 보고 왔던 106미터의 탑을 가진 스톡홀름 시청사에서 이루어진다고 하는데 세계최고의 석학들에게 상을 주는 뿌듯함은 스웨덴 사람들에겐 커다란 자부심일 수 있을 것이네.

노벨상 시상식은 노벨이 사망한 12월 10일 오후 4시 30분에 정확히 거행되는데 그 광경이 텔레비전으로 생중계된다네.

전체 6개 부문에서 시상이 이루어지는데 시상은 물리학상, 화학상, 생물학/의학상, 경제학상, 문학상 등 5개 부문은 스웨덴의 스톡홀름에서 열리지만 나머지 1개 부문의 평화상은 노르웨이 오슬로에서 거행된다네.

여기서 의문점 한 가지!

노벨상은 과학 분야를 대표하는 세계적인 상이지만 이상하게도 수학이 없어요.

그래! 왜 수학상은 없는 것이야?

나뿐 아니라 많은 사람들이 노벨상 수상자가 발표될 때마다 의아해하는 부분이라네.

이것에 대한 이유에 대해서는 여러 가지로 추측을 하는데 그 이유가 재미있지.

첫째 이유는 노벨은 한 여인을 두고 당대에 유명했던 수학자 마그누스 괴스타 미타그레플러와 연적이었기 때문이라는 이야기가 있다네.

가장 강력한 노벨 수학상 수상자가 될 것이기에 연적에게 이 상을 주기 싫어서였겠지!

한마디로 기분 나쁘다 이거야!

둘째 이유는 수학에 관심이 없기 때문이라는 것이지.

연적설보다는 수학에 대한 무관심이 수학상을 만들지 않은 쪽으로 설득력이 있다는 것이야.

그리고 셋째 이유는 수학은 실용적이지 못하다고 판단했기 때문이라는 것이야.

수학은 발견이나 발명처럼 가시적인 결과물을 낼 수 없는 학문이다 보니 노벨처럼 뭔가를 보여주지 못하는 학문인 수학상을 제정하지 않았다는 것이지.

이러한 3가지의 가설을 가지고 매년 이야기를 하고 있지만 정답은 딱 한 가지뿐!

노벨에게 물어봐!

❈ 알프레드 노벨을 만나다

친구!

알프레드 노벨에 대해 조금 더 생각해 보면 노벨은 폭탄 외에도 인조 비단이나 가죽과 같은 물건들을 발명해 전 세계적으로 350개 이상의 특허권을 가지고 있었다네.

사업 때문에 거의 1년 365일을 집이 아닌 객지에서 생활하다 보니 그의 생활은 안정적이지 못해 심지어는 우울증에 시달리곤 하였다네.

발명에 매달리다 보니 여자 사귈 시간이 없어 평생을 독신으로 지냈으며 문학에도 지속적인 관심을 보여 희곡과 소설, 시를 썼으나 출간은 하지 않았다고 전해진다네.

사실 그는 민주주의와 여성의 참정권을 반대했으며 부하직원들에게도 너그럽긴 했지만 몹시 가부장적이었다네.

노벨은 근본적으로 평화주의자에다 자신이 발명한 폭탄들이 전쟁을 종식시키는 데 기여하기를 바랐으나, 평소 협심증으로 고생하던 그는 1896년 12월 10일에 63세를 일기로 이탈리아 산레모에 있는 별장에서 뇌출혈로 사망했다네.

사망 당시, 세계적 규모의 그의 사업체 수는 폭탄 제조공장과 탄약 제조공장을 합해 90여 사업장을 넘을 정도였다네.

그가 죽기 전 파리에서 작성해 스톡홀름의 한 은행에 보관해 두었던 유언장이 공개되자 가족과 친지는 물론 일반인들까지 깜짝 놀랐다네. 노벨은 인도주의와 과학의 정신을 표방하는 자선사업에 늘 아낌없는 지원을 했으며, 재산의 대부분을 기금으로 남겨 스웨덴 정부에서는 세계적으로 가장 권위 있는 상으로 인정받고 있는 노벨상을 제정하여 그를 추모하고 있다네.

대광장에는 레스토랑, 목로주점, 카페에서 내다 놓은 의자에 많은 관광객이 자리를 차지하고 있어 어수선했지만 우리는 광장의 중앙에 있던 노천카페에 앉아 옛날의 그들을 생각했다네.

노벨과 또 감라스탄에서 무참히 죽어 갔던 82명의 영령들을……

지하철역과 전함 바사

친구!

우리는 피의 광장을 빠져나와 버스에 올라 과거 왕궁으로 사용되었던 곳으로 이동했다네.

발트 해 최고의 미항이자 북구를 대표하는 문화도시인 스톡홀름은 '물 위에 떠 있는 아름다움'이라는 의미에 걸맞게 낭만적이고 아름다운 풍광을 접할 수 있는 곳이라네.

감라스탄의 모든 길은 언덕 위에 자리 잡고 있는 왕궁으로 이어지는데 스톡홀름을 방문한 사람이라면 한 번쯤 찾는 왕궁은 1754년에 완성된 바로크와 로코코 양식이 조화를 이룬 아름다운 건물이리네.

1975년까지만 해도 스웨덴 왕과 가족들의 생활공간이었던 곳으로 지금은 새로운 왕궁을 지어 이사했으며 감라스탄에 있는 이 왕궁은 일반에게 공개되고 있는데 그 규모가 상상을 초월할 정도로 크다네.

608개의 방 중에서 일부는 침실로 또 일부는 연주회장으로 또 일부는 만찬장으로 꾸며 외국의 국빈을 모실 수 있는 영빈관으로 이용되며 왕이 집무를 보는 집무실로 탈바꿈했다네.

기품과 화려함이 동시에 배어 있는 왕궁은 한 바퀴 둘러보는 것만으로도 풍성한 왕가의 삶을 이해할 정도라네.

왕궁을 나온 우리는 발트 해의 입구 쪽 호수 위의 다리를 통과하고 있다네.

우리는 구시가지인 감라스탄을 빠져나오고 있는 중이라네.

통나무가 떠내려 온 곳이란 이름의 스톡홀름은 13세기에 조그만 섬 감라스탄을 중심으로 발달했는데 당시의 골격을 유지하면서 오늘날 130만 명의 대도시로 발달했지.

이 도시는 호수와 운하 위에 산재한 22개의 크고 작은 섬을 45개의 다리로 거미줄처럼 연결해 시가지를 형성했다고 가이드는 힘주어 말하더군.

다리 위에서 보는 발트 해는 크고 작은 배들과 점점이 떠 있는 섬, 또 그 섬에 있는 각종 건물과 공원에 있는 꽃과 나무들이 어우러져 아주 멋진 모습을 하고 있었다네.

정박해 있는 배들은 대부분 요트이지만 아주 큰 배도 보이는데 잠시 후 우리가 타야 할 대형 유람선 실자라인도 눈에 보인다네.

자네도 이 모습을 한번 상상해 보게나.

다리를 건너 우리는 신시가지를 통과하고 있는데 시가지의 가로변에는 일정한 간격을 두고 동그란 흰색 바탕 위에 파랑 글씨로 새겨진 T자가 눈에 보이는데 무엇을 뜻함인지 아주 궁금했다네.

자네는 이것이 무엇을 뜻하는지 아는가?

그렇다네. 지하철역일세.

스웨덴의 지하철 역사는 아주 깊다네.

유럽에서는 프랑스와 영국 다음으로 긴 역사를 가진 나라이지.

1930년에 만들어졌다는 것이야.

우리는 점심식사를 하기 위해 버스에서 내린 김에 지하철역 입구에서 기념촬영을 한 컷씩 했다네.

[스웨덴의 지하철역 입구: T 자를 써 놓았다]

[전함 바사의 뱃머리: 정교한 조각품이 이채롭다]

촬영을 마치고 우리는 현지 한국 교민이 운영하는 SEOUL식당에서 한식으로 점심을 먹고 바사 박물관으로 이동했다네.

어제저녁부터 뱃속을 비웠던 집사람은 된장국을 보자 희색이 만면하여 반겼다네.

된장국 덕분에 우리 모두는 밥을 2공기씩 먹었지!

바사 박물관으로 이동하니 그곳에는 많은 관광객들로 붐비고 있었다네.

바사 전투함은 지금부터 400여 년 전에 침몰한 스웨덴의 전투함이었다네.

당시 스웨덴은 영토 확장을 위해 전함을 6척 건조했는데 함대를 완성시켜 배를 띄우고 출정하려 할 때 침몰했다는 것이야.

바사호 박물관은 선박의 원형을 그대로 전시하고 있는 박물관이었기에 건물의 높이가 전함의 높이보다 훨씬 높았다네.

그래서 우리는 엘리베이터를 타고 7층까지 올라가면서 한 층 또 한 층 구경했다네.

그 모양이 화려하고 고급스러워 당시 스웨덴에서 이 전투함을 얼마나 소중하게 여겼는가 하는 것을 알 수 있었다네.

배의 겉에는 왕실의 위용을 상징하는 700여 개의 조각품을 붙였으며 조각품은 그리스 로마 신화에 나오는 인물과 사자 상, 영웅의 상, 황제의 얼굴, 해양동물 상, 천사 상 등 승리를 기원하는 상징물들이라네.

내부는 5층으로 되어 있는데 배의 윗부분에 대포와 같은 무게가 많이 나가는 것들을 실었다네.

결국 무게 중심이 위에 있어 배가 침몰했다는 후문도 있었다네.

바사호는 스웨덴 최강의 전력을 자랑하던 구스타프 2세 시대에 건조되었으며 1628년 최초 항해를 위해 스톡홀름 항구에 띄우는 순간 돌풍으로 침몰했는데 1961년에 인양되었다네.

침몰된 지 333년 만에 세상으로 나온 것이라네.

바사호의 총 길이는 62m, 최대 폭은 11.7m, 높이는 50m로 배수량이 1300t으로 당시로서는 큰 전함에 속하였지.

박물관에서는 바사호 원형과 함께 1/10 모형이 전시되어 있는데 인양 당시 찍은 영화도 상영되고 있었다네.

가이드의 말로는 이 배를 인양하여 일단 복원하고 건물은 그 후에 배를 옮기지 않고 직접 지었다고 하더군.

❋ 스웨덴의 영웅 바사와 바사호

친구!

여기서 잠깐!

바사라는 말을 잠시 새겨보아야 할 것 같군!

스웨덴은 어디를 가던 바사라는 말을 많이 듣게 된다네.

그 이유를 알겠나?

그렇다네.

어떤 나라마다 상징적인 영웅이 있지.

스웨덴에도 전설적인 영웅이 있는데 바로 구스타프 바사라는 왕이라네

바사 거리, 바사 박물관, 바사 대학, 바사 궁전, 바사 예술의 전당 등 그의 이름을 딴 것이 수없이 많지.

바사(VASA, 1496~1560)는 영토를 확장하고 스웨덴을 덴마크로부터 독립시킨 스웨덴의 위대한 왕이라네.

바사 왕조는 아들 대에 이르러 핀란드를 합병하고 러시아와 싸워 이겼으며 폴란드를 점령하는 등 위세가 대단했다네.

그래서 러시아와는 원수지간이 되고 또 다른 전쟁을 위하여 결국 러시아의 피터대제는 수도를 모스크바에서 신도시인 상트페테르부르크로 옮긴다네.

바사 이전의 스웨덴은 덴마크의 속국이었지.

아까도 살펴보았지만 '스톡홀름 대학살'이 있을 때 바사의 아버지와 형제들도 모두 피살되었지만 유일하게 덴마크에 유학 와 있던 왕자 신분의 바사는 덴마크 탈출에 성공하여 스웨덴에 잠입하여 민병을 모은 후 덴마크를 스웨덴에서 몰아내는 데 성공했다네.

스톡홀름 대학살이 있던 그때 바사는 덴마크를 도망쳐 나오는데 이때 스웨덴 국민들은 목숨을 걸고 그를 도와 스키로 천리를 달렸다고 하는데 이를 기념하기 위해 스웨덴에서는 해마다 3월이면 300킬로를 달리는 바사 장거리 스키대회가 열리고 이때 전 세계의 스키어 1만여 명이 참가하여 대성황을 이룬다네.

그러나 지금의 구스타프 스웨덴 왕은 아쉽게도 옛날 그 바사의 후예가 아니라 프랑스계인 칼 구스타프 16세라네.

그것은 과거 프랑스의 나폴레옹이 프랑스 사람(장 밥티스 베르나도 원수-칼 왕)을 스웨덴의 통치 책임자로 임명했던 과거가 있었기 때문이라네.

자세한 것을 알려면 스웨덴의 역사를 다시 공부하게.

바사를 생각하면서 우리는 버스에 올라 스웨덴 말을 몇 가지 배워 본다네.

감사 합니다 - 탁
헤어질 때 아쉬워서 - 하이 독
아니다 - 네이
사랑해 - 여크 에스까이 데이
정말 싫어 - 여빌 인떼.

버스는 어느새 스톡홀름의 끝자락, 발틱 해의 입구 쪽 항구에 당도했다네.

친구!
자네는 '세계 3대 미항' 하면 어디를 꼽겠나?
그래!
브라질의 리오데자네이로와 이탈리아의 나폴리 그리고 호주의 시드니를 생각하겠지?

그러나 자네도 잘 알다시피 지금은 호주의 시드니만 과거의 그 아름다움이 그런대로 남아 있고 브라질의 리오데자네이로는 범죄와 마약이 판을 치고 나폴리는 넘치는 쓰레기로 몸살을 앓고 있다고 매스컴에서 종종 이야기한다네.

그러나 옛 바이킹의 중심무대였던 이곳 스톡홀름과 아프리카의 케이프타운 그리고 캐나다의 밴쿠버는 낭만과 정겨움으로 인해 요즘들어 새롭게 부각되고 있는 미항이라네.

짧았지만 결코 짧지 않았고 작지만 결코 작지 않았던 스웨덴의 수도 스톡홀름 방문은 나의 기억에 영원히 지워지지 않고 더욱더 새롭게 다가올 것 같네.

아쉽게도 노르웨이의 오슬로 공항에서부터 여러 날 동안 늘 함께하면서 우리들을 안전하고 편안하게 옮겨 놓았던 핀란드 태생의 기사였던 타베와 헤어질 시간이 다가왔네.

현재는 스웨덴 국적이었지만 무뚝뚝하면서도 성실한 그의 모습에서 우리는 바이킹의 피가 흐름을 알 수 있었다네.

그와 헤어지기 섭섭했지만 훗날을 기약하면서?

하이 독 타베!

스칸디나비아의 크루즈 실자라인

오후 5시.

스웨덴의 스톡홀름과 핀란드의 트루크를 오가는 호화유람선 실자라인(SILJA Line)이 멀리 보이자 우리는 탄성을 질렀다네.

이렇게 큰 유람선은 난생 처음이거든!

놈은 길이가 200미터를 넘는 대물이었지.

우린 선착장 대합실에 도착하여 출국과 승선준비를 하였다네.

그것은 공항에서의 수속과 매우 흡사했다네.

조금은 지루하고 답답했지만 그래도 이렇게 커다란 배를 타고 망망대해 발트 해를 여행한다는 기대감에 지루함도 뒤로하고 우리는 그저 소풍지로 향하고 있는 초등학생처럼 서울에서부터 함께 하고 있는 가이드의 뒤꽁무니를 졸졸 따르고 있었다네.

선착장 대합실에는 세계 각국의 관광객들로 붐볐으며 우리나라 단체 관광객도 2~3팀이 보이고 배낭여행을 하는 학생들도 다수 보였는데 인종 전시장처럼 북적거렸지.

짐을 부치고, 방 호수를 배정받고, 식권을 받고, 주의사항을 듣고,

얼마나 시간이 흘렀을까!

기다림 끝에 오후 8시 20분.

드디어 승선시간.

7~8개 Gate의 문이 열리자 서로 먼저 들어가려고 몸싸움이 대단했지만 점잖은 척 우리는 다른 한국 관광객 옆줄에서 출입문을 지나 유람선과 연결된 보딩 브리지를 따라 한참을 걸어가서 유람선 4층에 승선을 했다네.

이 유람선은 모두 9층으로 되어 있는 매우 큰 유람선인데 4층 밑으로는 자동차와 화물을 싣도록 되어 있고, 4층부터 8층까지 객실과 식당, 면세점, 나이트클럽, 카지노, 수영장, 사우나 등으로 구성되어 있으며, 9층인 최상층 상갑판의 앞, 뒤로는 옥외 전망대가 설치되어 있다네.

3,000명이나 탈 수 있는 배다 보니 승선을 완료하는 데 상당한 시간이 걸렸지.

우리는 각각 보딩 패스와 함께 방 열쇠, 그리고 오늘 저녁과 내일 아침밥을 먹을 수 있는 2장의 식권을 함께 받았는데, 객실은 바다가 보이지 않는 안쪽 객실을 받았다네.

객실은 비좁았지만 단출하게 꾸며져 있었는데 문을 열고 들어가면 오른쪽에 작은 화장실 겸 샤워장이 있고, 그 옆으로 옷을 걸 수 있는 정도의 공간과 그 안쪽으로는 고정 침대가, 그 위 벽 쪽에 접이식 침대가 설치되어 있으며, 모두 2사람이 기거할 수 있도록 꾸며 놓았다네.

물론 4인실도 있지.

우리는 대충 짐을 정리한 후 저녁식사를 위해 7층 레스토랑으로 올라갔다네.

식당으로 들어가니 한가운데에 음식을 조리하는 주방과 음식 진열대가 놓여 있었으며 그 진열대를 가운데 두고 주위로는 음식을 가져와 먹을 수 있게 탁자가 놓여 있었지.

3,000여 명이 먹을 수 있는 곳이다 보니 배식 진열대가 여러 군데로 나뉘어 있었다네.

[실자라인 안에서의 가족 파티]

이러한 뷔페식은 옛날 바이킹들이 전쟁에 나가 싸움에 이기면 그 마을에서 만든 음식을 가져와 커다란 테이블 위에 모아놓고 각자 자기가 먹고 싶은 요리를 자유롭게 먹는 관습에서 비롯되었다고 하며 이것이 오늘날의 뷔페의 원조라고 하는데 음식은 북해산 연어, 새우, 가재, 케비어, 치즈 등 메뉴도 다양하고 음식도 풍부하며 각종 음료수와 와인 그리고 맥주 등 술도 고루 갖추어져서 육지의 고급 호텔 식당보다도 오히려 풍성하고 음식 맛도 좋았지.

오랜만의 산해진미였다네.

굶주렸던 배를 채울 절호의 기회!

친구!

꿈의 호화여객선 타이타닉은 아니지만 발트 해를 오가는 실자라인에서 이렇게 기름진 음식을 대하니 가이드의 말이 생각나네.

"스웨덴 사람들은 아로마 초콜릿과 엡솔루트 보드카 그리고 크리스탈로 만든 촛대 위에 불을 밝히고 크리스탈 와인 잔에 술을 부어 발트 해를 오가는 실자라인에서 뷔페를 먹는 것이 소원"이라고 한 말을 말이야.

이곳에 있는 각종 음식을 보니 가이드의 말이 그럴 수 있겠구나 생각하면서 우리가 이곳에서 먹는 음료와 술은 무한정 공짜라는 말에 음식과 함께 포도주와 맥주를 두어 잔 마셨더니 이내 취기가 돌았다네.

술이 한 순배 돌고 취기가 돌자 먹던 술잔을 모두 내려놓고 우리는 밖으로 나아가 발트 해를 감상하였다네.

발트 해 여름 바다 위의 실자라인은 저물어 가는 7월의 정열적인 태양과의 헤어짐이 아쉬운 듯 출렁거리는 물결에 몸을 맡기고 붉은 빛깔을 길게 드리운 채 빠른 속도로 동쪽으로 나아가며 긴 여정에서 오는 여행객들의 피곤함을 잠시나마 달래주었다네.

우리는 술에 취하고 발트 해의 경치에 취해 잠시 정신을 놓고 있다가 8층에 있는 면세점에 들러 세계 각국의 술, 음료수, 과일, 명품 의류들을 구경하면서 즐거운 쇼핑시간을 가졌지.

유람선 안의 풍경을 여기저기 기웃거리던 우리는 발걸음을 멈추고 눈을 한곳에 고정시켰다네.

신나게 울려 퍼지는 음악에 맞추어 돌아가는 빵빵이였지!

그곳을 그냥 지나칠 수가 없는 노릇 아닌가?

서로의 눈빛을 주고받으며 남자들이 먼저 그 바로 진입했지.

그렇게 발트 해의 호화유람선 실자라인은 우리에게 접근을 했다네.

얼마나 마시고 뛰었는지 온몸은 땀으로 범벅이 되고, 눈웃음으로 화답하는 러시아 아가씨의 꼬드김에 남자들은 부인들의 눈총도 아랑곳하지 않고 들이대고 또 흔들어대고, 광란의 도가니는 그렇게 밤이 깊은 줄 모르고 흘러갔다네.

실자라인 안에서……

나중에 들은 이야기이지만 발트 해에 떠 있는 유람선은 우리가 타고 있는 실자라인 말고도 바이킹라인이라는 유람선이 같은 코스로 오가는데 두 배가 교차하는 지점에서는 야간에 불꽃놀이를 하는 이벤트가 미리 계획되어 있었다는 것이야.

그러나 우리는 그것을 볼 수 없었다네.

지금 생각하면 그것을 보지 못해 못내 아쉬웠지만 크게 실망하거나 후회하지는 않는다네.

왜냐하면 이곳 나이트클럽에서 세계 각국의 관광객들과 어울려 취한 상태로 춤추고 노래하고 그들과 호흡할 수 있는 기회를 가졌기에 좋은 경험을 했다고 생각했기 때문이라네.

그런데 이 배 안에는 면세점이 많이 있는데 유독 술을 판매하는 면세점에 사람들이 많이 있다는 사실에 주목해야 할 것이야.

왜 그럴까?

알고 보니 스웨덴과 핀란드의 술 판매 방식 때문이었다네.

여기서 핀란드와 스웨덴의 주류 판매 방식에 대해 잠시 생각해 보고 우리나라의 술 문화에 대해 생각해 보세나.

스웨덴 정부는 오랜 기간 전통적으로 주류에 높은 세금을 부과하고 있는데 그것은 오직 국민들의 건강 때문이라네.

그래도 술을 꼭 마셔야겠다면 방법은 두 가지가 있지.

한 가지는 직접 술집에 가서 먹는 일이고, 또 한 가지는 술만 전문적으로 판매하는 주류 전문점에 가서 사다 먹는 것이지.

그런데 대부분의 사람들은 일단 술 전문 소매점에서 술을 사다가 마시고 얼큰해지면 그 다음 술집으로 간다는 것이야. 술에도 경제가?

처음부터 술집으로 가는 일은 드물다는 것이지.

바로 술에 붙어 있는 주세와 함께 술집에 물어야 하는 자릿세 때문이지.

따라서 많은 사람들이 주류 전문점을 먼저 방문하는 것인데 이 주류 전문점을 '시스템 볼라겟'이라고 부른다네.

술 판매 전문 소매점이라고 할 수 있지.

스웨덴에서 알코올 도수 3.5% 이상의 술을 판매할 수 있는 곳은 오직 시스템 볼라겟뿐이라네.

이쯤 되면 어차피 높은 세금이 부과된 술을 판매하는 것인데 왜 굳이 이곳 시스템 볼라겟에서만 팔게 하고 슈퍼마켓에서는 왜 못 팔게 하는가 하는 의문이 생기겠지?

그 이유는 간단하다네.

주류를 판매할 때 소비자의 연령, 개점시간과 폐점시간 등을 정부에서 강하게 통제함으로써 술 소비량을 억제하고 결국 국민 건강을 위하는 것이라 생각해서겠지.

우리나라의 주류 문화를 생각해 볼 때 우리나라도 이러한 시스템을 도입하면 대단한 반발에 부딪히겠지만 세계가 글로벌화하는 지금 열린 마음으로 이웃나라의 주류 문화를 바라다보고 요모조모 따져 좋은 것은 챙기는 것은 어떨까 생각해 본다네.

아니 그보단 내가 먼저 실천해야 하겠지!

그래서 실자라인을 타면 스웨덴이나 핀란드 사람들은 얼마든지, 세금 없이, 언제나 구입할 수 있는 주류 면세점에 사람이 유별나게 많다는 것이라네.

그러나 이곳은 스웨덴의 시스템 볼라겟이 아니었어!

어느새 실자라인은 긴 물 꼬리를 남기고 묵묵히 핀란드의 옛 수도인 트루크 항을 향해 힘차게 나가고 있다네.

이제 머지않아 목적지에 도착하겠지?

잠시 눈을 붙여 내일을 기약하세나.

제4부 핀란드 편

☞ 공식명칭 : 핀란드공화국(Republic of Finland)

☞ 인구: 5,265,000

☞ 면적: 338,145㎢

☞ 수도: 헬싱키

☞ 화폐: 유로(euro)

☞ 정체·의회 형태: 공화제, 다당제, 단원제

☞ 국가원수/정부수반: 대통령/총리

☞ 공식 언어: 핀란드어·스웨덴어

☞ 독립연월일: 1917. 12.

자작나무와 사우나의 나라 핀란드

친구!

여운을 남기며 길게 울려 퍼지는 뱃고동 소리에 깜짝 놀라 일어났다네.

어! 여기가 어디지?

나는 잠시 눈을 감고 어제를 더듬어 본다네.

어제 실자라인에서 뷔페를 먹었고, 그리고 포도주와 보드카를 마셨으며 각국의 춤 대표들과 선내의 나이트클럽에서 춤 대결을 펼쳤었지.

붉게 물든 발트 해의 석양을 보았고, 갈매기를 보았지.

그래!

그 러시아 아가씨가 생각난다.

금발에 눈이 유난히 크고 얼굴이 조그만 인형을 닮은 아가씨.

맞아!

덩치가 우람하고 팔뚝이 굵은 그 러시아 청년.

안사람을 번쩍 들어 올려 어린아이 다루듯 했던 그 사내.

비명을 지르며 놀라서 어쩔 줄 몰라 하던 나의 아내.

친구!

아침에 기상은 했지만 어제와 오늘을 더듬거리며 맞추어 보고야 이곳이 어디인지를 알 정도로 정신이 혼미했다네.

우리가 타고 가는 이 배는 진동도 소음도 거의 없는 그야말로 육지의 조용한 호텔과 같았으니 어제의 취기가 그대로인 내가 이곳이 바다라는 사실을 어떻게 금방 알아차릴 수 있겠느냐 하는 것이지?

현재 시각 아침 6시.

핀란드의 트루크 항에 도착하는 시각이 오전 8시이기에 우리는 서둘러 세면을 하고 썩 내키지는 않았지만 아침식사를 하러 식당으로 갔다네.

식당에는 이미 많은 사람들이 아침을 먹고 있었다네.

우리도 그들과 섞여 에너지를 충전했지.

어제 저녁에 먹었던 건 음식은 아니었지만 …….

이럴 줄 알았으면 어제저녁을 더 많이 먹어 두는 것인데.

식사를 마치고 시간적 여유가 있어 상갑판에 올라가니 배는 이미 핀란드 만에 진입하였는지 배 주위에는 많은 섬들이 놓여 있었다네.

섬 사이를 비집고 들어가면서 살펴보니 주위에 있는 작은 섬들은 우리나라 남해안의 한려수도를 닮아 옹기종기 다닥다닥 붙어 있어 그 모습이 아주 정겨웠다네.

❋ 핀란드라는 나라는?

친구!

이제 곧 핀란드의 옛 수도 트루크일세.

이쯤해서 핀란드에 대해 알아보아야 하겠지?

자네!

세계지도를 펼쳐 놓고 살펴보면 극지방을 제외하고 가장 위쪽에 자리한 곳이 어디인가?

아이슬란드라고?

그러면 그 아래쪽엔 어느 나라가 있는가?

그렇지.

핀란드는 전 국토가 아이슬란드를 제외하고는 세계에서 가장 북쪽에 위치하고 있는 나라라네.

북위 60도 이북에 위치하고 있으니까.

이렇게 북쪽에 자리하고 있지만 스칸디나비아 반도에 위치한 국가들이 그러하듯이 멕시코 난류의 영향으로 기후는 같은 위도상의 다른 나라에 비해 온화한 편으로 연평균 기온은 약 5℃라네.

우리가 생각하기에는 영하 몇 도 정도는 될 것 같은데!

또한 이 나라는 호수가 유독 많다는 것이야.

크고 작은 호수가 자그마치 19만 개나 된다는 사실이야.

핀란드의 중남부는 온통 다 호수라네.

물론 국토의 넓이는 우리나라보다 1.5배 정도 크다네.

그리고 인구는 520만 명인데 사우나가 150만 개가 있다는 것이야.

사우나를 빼고는 이야기가 안 되는 나라라네.

핀란드는 호수와 사우나의 나라라 해도 과언이 아니지.

이것만 있는 것은 아니라네.

핀란드는 노키아와 산타클로스의 나라라네.

나중에 이야기해 볼 기회가 올지 모르겠지만?

또 고위도 지방에 대해 이야기할 때는 늘 백야와 흑야 현상을 빼면 안 되겠지?

북위 70도 지점에서는 백야 현상이 70여 일이나 계속되는데 5월 중순부터 7월 말까지의 여름 동안은 낮의 길이가 무려 19시간이나 되고 또 겨울인 10월에서 2월까지는 밤의 길이가 아주 긴데 특히 크리스마스 무렵 끝없는 밤이 50여 일이나 계속된다고 하네.

낮이 없는 추운 겨울밤이 꼬박 50여 일이라니 한번 상상해 보게.

칠흑 같은 밤이란 말 들어 보았지?

어디 견딜 만하다고?

그래서 1년의 반을 겨울로 보낸 핀란드 사람들은 따뜻한 봄과 여름이 오기를 학수고대한다네.

북유럽 사람들이 다 그렇지는 않겠지만 이들은 겨울이 지나고 봄이 오면 모두 공원이나 야외에 나가 남들이 보든 안 보든 옷을 벗어 던지고는 일광욕을 즐긴다네.

그래야 겨울 동안 소진된 몸의 정기를 끌어올릴 수 있다는 것이지.

그래서 러시아도 마찬가지이지만 겨울을 지나고 나면 많은 사람들이 몸이 쇠약해진다는 말도 있다네.

오죽했으면 여름이 어디쯤 오고 있을까라는 것을 동요로 지어 부를까!

자네 ! 한번 들어 볼 텐가?

종달새가 나타나면 여름까지 이제 한 달
푸른 머리 되새가 나타나면 이제 반 달
노랑 할미새가 나타나면 며칠 내로 여름이 오고
그리고 제비가 오면 여름은 바로 내일이라네.

이는 어린이들에게 가르치는 동요인데 어른들도 곧잘 흥얼거리며 여름까지 남은 날짜를 헤아린다고 한다네.

겨울이 얼마나 지겨웠으면 이러한 노래를 부를까!

현재 시간 아침 8시.

드디어 배는 어느새 트루크 항에 도착했다네.

스웨덴의 스톡홀름 항구에서 오후 8시 20분에 출발했으니 운항시간만 12시간 정도 걸렸다네.

배가 얼마나 조용하던지 멀미는 전혀 없었고(내 아내가 기분이 좋은 것을 본다면) 배 안에는 이것저것 볼거리와 즐길 거리가 많아 번화한 거리를 놀러 나온 기분으로 하룻밤을 보낼 수 있었다네.

꼭 한 번은 타 봐야 할 배라네.

핀란드의 트루크 항에 내리니 어김없이 우리를 위한 버스가 기다리고 있었다네.

그들은 러시아의 상트페테르부르크에서 버스를 끌고 장장 900킬로미터를 달려온 우리의 현지 가이드였다네.

이곳이 핀란드인데 왜 그리 멀리서 왔냐고?

왜냐하면 핀란드와 러시아를 모두 가이드하고 싶어서 그랬겠지.

그런데 이곳의 로칼 가이드는 지금까지 다녀보았던 가이드와는 또 다른 맛을 풍기는 그러한 청년이었다네.

친구!

여행을 하다 보면 어느 곳에 가든지 가이드가 있지?

그런데 그 가이드가 어떻게 하느냐에 따라 여행의 맛이 완전히 달라진다네.

어떤 가이드는 여행객들은 생각지 않고 혼자만 신명이 나서 내빼는가 하면, 또 어떤 가이드는 여행객들과 한마음이 돼서 음식을 맛나게 먹는 기분으로 안내하는 사람이 있고, 또 어떤 이는 의무감에서 할 말만 하고 마이크를 끄는 그런 안내인이 있게 마련인데 이곳 핀란드에서의 가이드는 목소리의 톤은 낮았지만 깊이 있는 이야기를 주로 하는 학구파적인 가이드였다네.

내가 이번 북유럽을 여행하면서 겪었던 가이드를 생각해 보면 덴마크에서의 여성 가이드는 우리와의 만남이 짧은 시간이어서 그런지 많은 여행객들을 상대하기에는 힘이 부쳐 보였고, 노르웨이에서 3박 4일간 함께한 2번째 가이드는 정말 가이드의 표본이 되는 가이드였다네.

나중에 우리가 여행한 곳들을 손수 지도로 그려준 것은 정말 머리에 남는 내용으로 본이 될 만한 가이드였다네.

그래서인지 이 기행문을 쓰려고 인천에 살고 있는 장인숙 여사가 제공해 준 녹음테이프를 들어 보니 노르웨이에서의 설명이 가장 많이 또 자세하게 녹음되어 있더군.

또한 스웨덴을 함께 다니면서 이야기했던 그 중년의 여성 가이드는 현지에서 오래 산 때문인지 우리나라 발음이 정확하지 않아 그 말을 알아듣는 데 또 다른 해석을 해야 했으니까!

몇 명의 가이드를 보았는데 이들의 출신은 주로 한국의 교민들이었고 또 한국의 유학생들이 이곳에서 아르바이트로 가이드를 하고 공부를 마치고 결혼하여 눌러앉아 아예 직업으로 가이드를 선택하는 경우도 있어 보였다네.

여행사에서는 요즘이 여행의 성수기다 보니까 유능한 가이드를 구하기 어려울 것이라 이해는 되지만 그것보다는 우리 여행객들이 가이드를 제대로 만나는 것이 여행할 때의 운이 아닌가 생각한다네.

❄ 자작나무와 사우나 그리고 충치

친구!

버스에 탄 우리들은 본격적으로 핀란드 여행에 나섰다네.

투르크 항에서 버스로 옮겨 탄 우리는 핀란드의 수도인 헬싱키를 향해 달리기 시작했다네.

도로변에 이어지는 숲은 노르웨이처럼 잘 조림된 것은 아니었지만 끝없이 이어지는 자유분방한 관목림과 침엽수 그리고 자작나무 군락의 경관은 나의 마음을 황홀하게 만들었다네.

이쯤해서 자작나무와 사우나에 대해서 말해 보아야 할 것 같네.

북유럽에 오면 으레 자작나무를 볼 수 있는데 이 자작나무는 유독 핀란드에서 그 가치를 크게 인정받는다네.

조금 전에도 이야기했지만 이곳 핀란드의 인구는 520만 명 정도인데 사우나는 자그마치 150만 개가 된다는 것이야.

이것은 무엇을 말하는 것이겠는가?

바로 춥고 습기가 많은 그들의 자연환경 때문이겠지.

집집마다 사우나 시설을 갖추고 있다는 결론이지.

심지어는 군대도 일단 사우나 시설부터 짓고 그 다음 막사를 짓는다는 것이야.

그만큼 사우나는 이들의 일상이 되어 버렸다네.

그렇다고 사우나의 시설이 거창한 것은 아니라네.

집 안에 있는 사우나는 조금 큰 벽장 크기로 대개 샤워실 안에 마련되어 있는데 사우나 안의 전기히터에 의해 돌이 달구어지면 여기에 물을 부어 증기를 얻는 돌을 달구는 방식의 사우나인데 여기서는 이것을 키우아스(kiuas)라 부른다네.

이때 사우나 안의 온도는 보통 70도에서 110도가 되는데 이런 고

열에 사람의 피부가 데지 않고 견디려면 사우나 안의 내부는 사시나무를 이용한다네.

사시나무는 사우나 내부 공기가 뜨겁게 가열되더라도 화상의 위험이 없기 때문이라네.

그런데 사우나를 할 때는 자작나무를 꺾어 그 나뭇가지로 몸을 탁탁 치는 것이 좋다 하여 누구나 이렇게 한다네.

처음 핀란드 가정에 초대받아 사우나를 경험했던 사람들은 집주인이 자작나무 가지로 자기를 막 두들겨 패 어찌된 영문인지를 몰라 아주 곤욕스러웠다는 어느 여행객의 글을 읽은 적이 있다네. 친밀감의 표시였지.

혹시 자네도 이러한 가정에 초대를 받아 사우나를 할 기회가 생기면 미리 자작나무 회초리는 사양한다고 꼭 말해야 할 것이네.

우리나라도 산에 가면 자작나무가 혹간 보이기도 하지만 이곳처럼 군락은 이루고 있지 못하다네.

말이 나온 김에 한 가지만 더 이야기해 보세나.

나는 치아가 신통치는 않지만 껌만은 열심히 씹는다네.

껌을 좋아한다고 아무 껌이나 다 좋다는 것은 아니야.

바로 자일리톨을 원료로 한 껌만 씹지.

그래서 하는 이야기인데 원래 자일리톨은 제2차 세계대전 당시 설탕의 대용품으로 연구되다가 치의학 분야에 활용되면서 지금은 충치 예방에 적합한 감미료로 이용되고 있다네.

자네 자일리톨 껌 많이 씹잖아?

치아가 신통치 않아 껌은 안 씹는다고?

자일리톨 껌을 씹어 보면 단맛은 설탕과 똑같은데 그 단맛이 나게 하는 물질의 화학구조가 일반 설탕과 다르다는 것이야.

사전에 나와 있는 유식한 이야기 좀 해 볼까?

충치란 충치균인 뮤탄스균이나 소르비누스균이 음식물에 들어 있는 포도당·과당 등을 먹고 배출하는 젖산이 치아의 표면을 부식시키는 현상을 말하는데 충치균이란 놈은 6탄당은 쉽게 분해하지만 5탄당인 자일리톨은 분해하지 못한다는 것이야.

이로 인해 충치의 원인인 산(젖산)이 발생하지 않고, 결국 영양소를 섭취하지 못한 충치균은 치아 표면에서 떨어져 나가게 된다는 것이지.

한마디로 말해 자일리톨을 자기네들이(충치균) 좋아하는 진짜 설탕인 줄 알고 먹었다가 가짜 설탕임을 알고는 먹었던 것을 토해 내고 결국은 충치균이 굶어 죽는다는 것이지.

어떤가?

재미있지!

지금도 많이 씹고 있지만 이것을 이용한 껌을 더욱더 많이 씹어야 할 것 같네. 그러나 '과유불급'이란 말을 명심하게!

더욱이 자일리톨은 입안을 시원하게 해 주는 청량 효과까지 있어 음료로도 생산되고 있다네.

핀란드·노르웨이·스웨덴 등 유럽 일부에서는 공식적인 인증제도도 시행하고 있다네.

이러한 자일리톨이 들어 있는 나무는 자작나무 말고도 떡갈나무·옥수수·벚나무·채소·과일 등 식물에 많다는구먼.

우리나라도 떡갈나무가 많은데 한번 연구해 보지 않겠는가?

더 재미있는 이야기는 자일리톨이 지금부터 5천 년 전 신석기 시대부터 이용되었다는 사실일세.

영국 일간지 더 타임스 인터넷판은 영국 더비 대학에서 고고학을 전공하는 사라 픽킨이라는 여학생이 핀란드에서 발굴 작업 자원봉사를 하던 중 신석기인의 이빨자국이 남아 있는 자작나무 껍질 진액을 발견했다고 보도했다네.

신석기 시대 사람들은 이 진액을 잇몸 질환 치료제 및 깨진 독이나 자기 수리용 접착제 등으로 사용했던 것으로 밝혀졌다는 것이지.

재미있는 사실 아닌가?

자작나무에 대해 논하다 보니 트루크 항에서 버스를 탄지 3시간이 흘렀구먼.

❅ 지구 최북단의 수도 헬싱키

친구!

이제는 헬싱키에 대해 알아보세나.

헬싱키는 핀란드의 남쪽 끝자락에 자리한 항구도시인데 이는 발트해의 물이 가득 차 이루어진 핀란드 만에 붙어 있다네.

헬싱키는 그 주위에 크고 작은 많은 자연발생적 항구를 거느리고 있기 때문에 엄청난 수출입 물동량을 분산시킬 수 있어 정작 본항구인 헬싱키는 그리 복잡하지 않은 조용한 항구라네.

그래서 더 많은 사람들로부터 사랑을 받는지도 모르지?

헬싱키는 위도상으로는 노르웨이의 오슬로, 스웨덴의 스톡홀름보다 조금 위쪽인 북위 60도 지점에 위치하고 있다네.

유럽 대륙의 수도 가운데 가장 북쪽에 치우쳐 있는 셈이지.

알고 보면 사실은 이곳도 외세에 의해 새로운 수도로 바뀌어 버린 슬픈 역사의 현장이라고 할 수 있다네.

한때는 스웨덴의 식민지로 또 한때는 러시아의 식민지로 있었던 과거 말일세.

그러니까 1634년에 스웨덴 왕국에 합병될 당시에는 핀란드의 수도
가 투르크였는데 스웨덴의 힘이 약해지자 핀란드는 러시아의 지배를
받게 되고 1852년 당시 러시아 황제였던 알렉산드르 1세가 스웨덴과
가까운 투르크(Turku)에 있던 수도를 러시아의 수도인 상트페테르부
르크에서 가까운 이곳 헬싱키로 옮겼다네.

당시 헬싱키의 도시계획을 맡았던 사람은 독일인 건축가 엥겔이었
는데 그는 단순하게 지어진 기존의 건물에다 예술성을 곁들이는 독
특한 건축기법을 도입해 주변의 자연환경과 멋진 조화를 이루는 데
성공했다네.

핀란드는 1917년에 러시아혁명이 발발하자 독립을 선언하였고 1918
년에는 공화제를 실시하여 처음으로 독립된 통일국가를 이룩하였지.

1918년 핀란드의 독립 이후 헬싱키는 핀란드의 수도로 자리를 잡
아가기 시작했고 한적했던 숲의 도시는 오늘날과 같은 현대적인 도
시로 탈바꿈한 것이라네.

열강의 등살에 자기 나라의 수도를 계속 옮겨야만 했던 굴욕의 역
사를 이들은 마음속 깊이 담고 있을까?

그래서인지는 몰라도 유럽 사람들 중에서 우리나라 사람같이 광대
뼈가 조금 나온 인상하며 우랄 알타이어에 속하는 말을 쓰는 것에서
우리와는 같은 것이 있다는 동질감에 그들의 아픈 과거를 함께 생각
하고 싶다는 생각이 들었다네.

핀란드를 빛낸 위인들

친구!

난세에 영웅 난다는 말이 있듯이 이곳 핀란드도 그들이 존경하는 많은 애국지사가 있다네.

핀란드가 스웨덴에서 러시아의 식민지로 바뀐 후 독립을 위해 힘쓴 사람들이었지.

일제 강점기에 나라를 빼앗겼던 우리의 역사와 비슷해.

대표적인 우국지사는 학교 선생님이었던 '아돌프 아르비드손'이었는데 그는 핀란드 사람들에게 다음과 같이 말했다네. "우리는 스웨덴 국민이 아니며 러시아 국민도 되지 않을 것이다. 우리는 핀란드인이 되어야 한다."라고 말일세.

이러한 아르비드손의 우국충정은 결국 핀란드인의 마음에 강한 독립 의지의 불을 지피며 강하게 퍼져 나갔다네.

또한 핀란드의 위대한 작곡가 시벨리우스(sibelius)는 1899년에 그의 대표작 핀란디아(finlandia)를 작곡하여 핀란드인임을 일깨웠는데 핀란디아는 오늘날 애국가만큼이나 핀란드 국민들의 사랑을 받고 있으며 이 음악은 핀란드의 자연을 장엄하게 표현하면서 고단했던 그들의 삶을 애절하게 표현하면서 애국이란 무엇인가에 대한 국민적 공감대를 일궈냈다는 것이지.

　이 밖에도 예술인, 체육인 등이 동참하여 그들의 독립을 위하여 몸과 마음을 불태웠다네.

　이러한 기본 지식을 갖고 가장 먼저 찾아간 곳은 시벨리우스 공원이라네.

[철세 파이프오르간]

❄ 시벨리우스 공원

　핀란드 최고의 작곡가인 애국자 시벨리우스(Jean Sibelius)를 기념하기 위해 만들어진 이 공원은 파이프오르간을 닮은 독특한 기념 조형물로 인해 세계적으로 널리 알려져 있지.

24톤의 강철을 녹여 속이 빈 거대한 대롱을 엮어 만든 기념물로 스테인레스 파이프 속을 바람이 스치면 교회에서 연주하는 파이프오르간을 닮은 아름다운 소리가 난다고 하네.

핀란드 사람들의 마음속에 영원히 각인된 시벨리우스의 얼굴을 형상화한 거대한 철제 초상과 파이프오르간의 모양을 한 철 구조물을 보려고 바다를 끼고 있는 시벨리우스 공원엔 이른 시각이었는데 많은 사람들로 붐비고 있었지.

❋ 팀펠리아우키오 교회

우리는 기념촬영을 마치고 시벨리우스 공원에서 자동차로 10여 분 거리에 있는 이색적인 명소를 찾았다네.

바로 '팀펠리아우키오 교회'였지.

작은 동산만한 커다란 바위를 깎고 다듬어 그 속에 지은 루터파 복음교회인 이 Temppeliaukion 교회는 암석의 자연적인 거친 질감 위에 33톤의 구리철사를 나선형으로 돌려 만들어 음반 모양의 천장을 만들었는데 이 교회는 자연과 인간과의 조화로움을 구현했다 하여 세계적인 희귀한 교회로 이름이 나 있다네.

마침 우리가 이곳을 방문했을 때는 다행스럽게도 행사가 없어 교회의 제단 앞 중앙에 있는 의자에 앉아 고개를 뒤로 젖혀 교회 천장을 살펴보았고 교회의 이모저모를 둘러볼 수 있었지.

교회의 천장을 보는 순간 이런 표현을 쓰는 것이 좀 뭣하기는 하지만 아주 커다란 맷방석을 보는 것 같았다네.

맷돌을 들여놓고 곡물을 빻을 때 사용했던, 새끼를 빙빙 돌려 꼬아 만든 그 둥그런 모양의 방석 말일세.

[교회의 지붕: 구리선으로 감아 대형 맷방석처럼 만들었다]

[바위를 뚫고 내부를 파내어 만들었다]

평소 이곳에서는 내부의 음향 효과가 뛰어나 수시로 작은 음악회가 열리기도 한다는데 이곳은 일반인들에게도 매일 오전 10시부터(일요일은 오전 12시부터) 오후 9시까지 개방하고 있으나 특별행사가 있을 경우에는 들어갈 수 없으므로 미리 확인해 보고 가야 할 것이네.

떡 본 김에 제사 지낸다고 우리는 교회에 온 김에 화장실에 들렀다네. 화장실을 깨끗하게 관리하고 있었는데 교회의 화장실이라 청소비를 받지 않을 것이라 생각했지만 이곳도 예외는 아니었다네. 1유로씩을 지불하고 들어가야 했지.

용무를 마친 우리들은 시원한 기분으로 바로 옆의 우스펜스키 사원으로 이동했다네.

❄ 우스펜스키 사원과 마켓광장

우스펜스키 사원은 스칸디나비아 반도에서 가장 큰 그리스 정교회 건물로 성모 승천 교회라고도 부르는데 이 건물은 러시아 건축가 알렉세이 고르노스타예프가 설계했는데 1868년에 빨간 벽돌로 지은 우람한 몸체의 건물은 파란 청동 지붕과 그 지붕 위의 성령을 상징하는 황금 칠 돔을 통해서 전체적으로는 웅장하면서도 아기자기한 아름다움을 느낄 수 있었다네.

멀리 항구 쪽을 바라보니 우리가 점심을 먹고 방문할 대성당이 그 위용을 뽐내며 서 있었으며 바닷가 항구에는 큰 유람선들이 그들의 주인을 기다리고 있었다네.

우스벤스키 사원을 둘러본 우리는 시간을 아끼기 위해 45분간의 점심시간을 갖기로 하고 사원 옆의 명동거리라 불리는 만네르헤임 거리에 있는 음식점을 향해 발걸음을 재촉했다네.

만네르헤임 거리의 끝부분에는 1952년에 핀란드 국민들의 노력으로 올림픽을 치른 역사적인 현장인 올림픽 주경기장이 72m 높이의 전망대를 거느리고 우뚝 솟아 그날의 함성을 그대로 재현하듯 서 있었으며 경기장 앞에는 9개의 금메달을 목에 건 마라톤 선수 '파보누르미'의 동상이 세워져 있었다네.

헬싱키에는 번화한 만네르헤임 거리 말고도 에스플라나디 공원이 있는데 이곳에는 1800년대 러시아의 지배시절에 지은 건물과 산책로 등 그들만의 휴식공간이 풍요롭게 자리하고 있었지.

점심을 마친 우리는 서둘러 그곳을 벗어나 마음에 맞는 사람끼리 그룹을 지어 바닷가 광장으로 발걸음을 옮겼다네.

해변광장의 여기저기에는 각국에서 모여든 많은 관광객들로 북적이고 있는데 그 와중에서도 회사 동료인 듯한 핀란드인들은 불과 몇 명이 앉을 수 있는 좁은 자리라도 있으면 삼삼오오 짝을 지어 점심 도시락을 펴 들고 마지막 가는 여름을 붙들기라도 하듯 일광욕을 하면서 식도락을 즐기고 있었다네.

그들이 앉아 있는 앞쪽 광장의 중앙으로는 포장마차가 줄을 지어 늘어서 있었는데 우리나라의 재래시장을 방불케 하는 이곳이 바로 마켓광장이라네.

여러 줄 포장마차로 이루어진 까우빠(시장) 도리(광장)라 불리는 마켓광장에는 없는 것 없이 다 있었다네

부엌 살림살이, 수많은 종류의 꽃, 과일, 잡화, 어린아이 장난감, 각양각색의 액세서리, 수공예품과 농산품, 방한용 털 등 이루 헤아릴 수 없는 많은 물건이 쌓여 있었지만 우리는 과일 몇 개를 사서 나누어 먹었다네.

역시 이런 곳은 물건을 사는 것보다는 구경하는 재미가 쏠쏠하다니깐!

남항의 명물인 마켓광장은 옆으로는 대통령관저와 시청사를, 그리고 뒤쪽으로는 루터파 교회의 총본산인 대성당 등과 함께 핀란드 헬싱키의 명소로 굳건히 자리잡고 있었다네.

그리고 광장의 서쪽 끝에는 네 마리의 물개에 둘러싸인 '발트 해의 처녀 상'이 사랑스러운 미소를 지어 보이고 있었지.

멀리 핀란드 만의 바닷물은 맑게 갠 하늘과 조화를 이루면서 일렁거리고 하얀 구름 사이로 언뜻언뜻 보이는 깊어진 하늘은 내 마음의 한편을 어느 틈엔지 가을로 메우고 있었다네.

머지않아 이곳 헬싱키에도 가을이 오고 곧 겨울이 오겠지!

친구!

고상한 우울증도 잠시!

와이프는 나에게 잠시의 틈도 허락지 않았다네.

해변의 마켓광장을 빠져나와 다음 행선지를 향해 인파에 밀려가니 뒷골목의 고서적 판매점 앞에서는 길거리 악사가 멋진 음악을 연주하고 있었다네.

어디에서나 자주 볼 수 있는 광경이라네.

그들이 들려주는 활기찬 가락을 뒤로하고 우린 신발가게에 들렀지.

왜 그랬겠나?

지금 신고 있는 멋진 패션 구두를 두 켤레 구입하여 와이프가 한 켤레 신고 또 한 켤레는 심술이 친구가 신고…….

앞으로 즐겨 신게 될 이 구두를 보노라면 아마 이곳이 생각나겠지!

잠시 동안의 멜랑꼬리(melancholy)도 허락지 않고 서둘러 마켓광장을 벗어난 것은 일행이 기다리는 신발가게 바로 앞의 원로원 광장으로 가기 위함이었다네.

❄ 대성당과 알렉산드르 2세의 동상

그래!

지금 우리가 서 있는 이곳 대성당은 바다에서 남항으로 들어오는 배 안에서 보면 그 모습이 특히 멋지다는 곳이지!

헬싱키의 상징적인 건물이기도 한 대성당은 국가적인 종교행사가 거행되는 곳으로 대성당 앞의 광장은 40만 개의 화강암이 깔려 있다는 원로원 광장이라네.

광장 한가운데에는 러시아 황제였던 알렉산드르 2세의 동상이 세워져 있다네.

여기서 한 가지 이상한 것!

핀란드의 국가적 행사가 있을 때 사용되는 대성당의 마당 한가운데 자국의 지도자도 아닌 과거 제정 러시아의 황제가 떡 버티고 서 있다니 정말 이상한 일이 아닌가?

이유인즉!

당시 핀란드는 러시아의 지배하에 있었는데 러시아아의 황제인 알렉산드르 2세는 핀란드인들에게 러시아어보다 핀란드어를 국어로 사용할 수 있게 해 주어 그 덕으로 핀란드 사람들의 존경을 받게 되었고 그 공으로 지금 이 자리에 동상이 되어 기억되고 있다는 말씀.

물론 러시아의 상트페테르부르크에 가면 알렉산드르 2세를 기리는 아주 멋진 성당인 피의 성당이 있으니까 그때 가서 또 이야기하고…….

그러니까 그 전임 황제인 알렉산드르 1세 때에는 핀란드 말을 표준어로 쓰지 못하게 했다는 것이야.

시간이 없어 우리는 대성당 내부를 둘러볼 기회가 없었으나 그 성당 벽에는 예수님과 그의 12제자가 그려져 있다고 하네.

❊ 헬싱키의 이상한 축제

친구!

기회가 있으면 꼭 한번 둘러보게.

우리는 시간이 없어 대성당을 끝으로 헬싱키 일정을 모두 마치고 버스에 올라 다음 행선지를 향해 출발!

버스에 오른 우리는 다음 행선지인 라핀란타로 행하는 버스 안에서 핀란드의 축제에 대해 가이드로부터 이야기를 듣고 있다네.

헬싱키는 계절마다 독특한 볼거리, 즐길 거리가 있는 도시이지만 백야 현상이 시작되는 6월부터 각종 축제가 많이 열리는 9월까지가 가장 좋은 여행시즌으로 손꼽는다네.

그래서 헬싱키 사람들은 이때를 가장 기다리고 있다네.

이들의 축제는 조금은 남달라 희한한 축제가 많다는 것이야.

간단하게 그 제목만 열거하면 다음과 같다네.

허풍 없고 꾸밈없는 진지한 핀란드 사람들의 머리에서 어떻게 이러한 아이디어가 나올까 생각해 보면 아이러니라고도 말할 수 있다는 것이야.

여기 핀란드 사람들이 얼마나 독특한 사람들인지 짐작할 수 있는 기발한 축제들이 있다니 한번 들어 보게나.

• 국제 얼음 수영대회(international ice swimming contest)가 매년 장소를 옮겨가며 열리는데 얼음이 둥둥 떠 있는 차가운 호수에서 행해진다는 것이야.

생각만 해도 오싹해지지 않나?

• 마누라 업고 달리기 대회(the world wife carrying competition)도 매년 여름 손카야르비에서 열리는데 결혼한 부부가 팀을 이루어 물 장애물을 포함한 다양한 관문을 통과해야 한다네. 우승자는 자기 부

인의 몸무게만큼의 생맥주를 상으로 받는다고 하지?

- 세계 모기 죽이기 대회(the world mosquito killing championship)인데 지금까지의 기록은 5분에 21마리를 잡은 것이 최고 기록이라네.
- 썰매차기대회(kick‒sledge championship)인데 이 대회는 24시간 동안 500킬로미터 거리를 발로 차면서 밀고 온다네.
- 개미집 위에서 오래 버티기 대회인데 겨울에 알몸으로 개미 더미 위에서 오래 앉아 있는 사람이 이기는 게임이라네.

재미있는 이들의 축제에 대해 이야기하다 보니 버스는 어느새 헬싱키로부터 200킬로미터나 떨어진 핀란드 국경에 있는 휴양도시인 라핀란타에 도착했네.

우리가 타고 온 버스는 오디오도 제대로 갖춰지지 않은 낡은 버스여서 불편한 점이 많았지만 가이드의 설명에 수긍을 하며 아무도 이의를 제기하지 않았다네.

러시아의 사정을 듣고 이해를 했다는 것이지.

그런데 버스에는 기사가 2명이나 있었다네.

보통은 버스 한 대당 버스기사 1명이 아닌가?

이유는 안전사고를 막자는 취지라네.

즉 하루 10시간 이상 운전할 수 없고 500킬로를 초과할 수 없는 규정 때문이었지.

❈ 라핀란타 호수와 요트

도착한 우리는 brahenkatu 주의 주도인 lappeenranta 시의 sokos hotel 의 357호실에 투숙하여 짐을 대충 정리하고 식당으로 내려와 저녁을 먹으며 오후의 일정에 대해 논의를 했지.

결론은 팀별로 자유로운 시간을 갖기로 하였는데 우리는 호수 쪽으로 방향을 잡았고 또 다른 팀들은 묘지 쪽으로 목표를 잡고 각기 움직이기 시작했다네.

호수에 연결된 대로에는 상점이 줄을 지어 서 있었지만 오후 6시가 넘은지라 상점의 문은 이미 닫혀 있었다네.

가이드의 말을 들으니 이곳은 12시부터 오후 6시까지만 문을 연다는 것이야.

얘들은 언제 벌어서 먹고 사는지 모르겠다고 한 마디씩 했다네.

경사가 비스듬한 언덕을 내려가니 호수의 전경이 눈앞에 펼쳐지는데 그 경치는 영화에서나 볼 풍경이었다네.

호수에는 수상 비행기와 각종 요트들로 꽉 들어차 있었다네.

세계 각처에서 몰려온 요트는 그 모양새와 크기가 모두 달라 요트의 겉모양만 보아도 요트 주인의 부를 짐작할 수 있을 것 같았다네.

요트가 접안해 있는 해안가로는 많은 사람들이 삼삼오오 짝을 지어 이야기를 나누고 있었으며 그중에는 집에서 기르는 애완견을 데리고 나온 사람들도 많았다네.

우리는 요트를 배경으로 사진을 찍으며 언제 이런 멋진 요트를 타보나 하면서 두루두루 구경을 했다네.

호수는 핀란드 제1의 호수답게 그 규모가 대단히 커서 끝이 보이지 않았다네.

한 가지 이상한 것은 이곳 사람들은 호수에 카펫을 들고 나와 세탁을 한다는 것이었네.

아예 호숫가에는 세탁할 수 있게 빨래터를 만들어 놓고 그곳에는 두꺼운 카펫을 쉽게 짤 수 있게 물 빠짐 짤순이를 설치해 놓았다네.

우리는 한적한 곳에 자리를 잡고 앉아 알 수 없는 곳만 바라다보다 호숫가 생맥주집으로 발걸음을 돌렸다네.

호숫가 생맥 카페에는 많은 사람들로 붐볐지만 우리는 용케 자리를 잡고 앉을 수 있었다네.

라펜란타 호수와 요트라!

그래도 명색이 핀란드 제1의 호수에 앉아 낭만의 밤을 보내는데 시가 빠질 수 없지 않겠는가?

정지용 님의 시 한 수를 읊조린다네.

< 호 수 >
시: 정지용
얼굴 하나야
손바닥 둘로
폭 가리지만
보고픈 마음
호수만 하니
눈 감을 밖에.

호수에 떠 있는 요트가 부러워 아예 눈을 감는 것도 부족해 조 사장 부부와 우리 부부는 한 잔에 4유로 하는 350cc 생맥주를 한 잔씩 하고 넘어가지 않고 기다려 주었던 태양을 뒤로하고 밤 10시가 돼서야 호텔로 돌아와 내일을 기약한다네.

잠자리에서 나는 생각했네.

스웨덴이나 러시아 같은 열강의 틈바구니에서 1917년에서야 비로소 독립을 쟁취하고 한반도 크기의 1.5배인 국토에 인구 520만을 가진 작지만 작지 않은 나라인 핀란드……

유럽의 북쪽 끝자락에 위치한 숲과 호수의 나라, 1876년 제지공장, 고무공장에서 출발했던 중소도시 오울루의 기적 노키아, 자일리톨 껌, 사우나와 산타클로스의 나라 핀란드…….

러시아의 지배를 받던 1906년에 이미 여성에게도 참정권과 피선거권을 부여하여 1907년에 치러진 총선에서는 이미 19명의 여성 국회의원이 나올 정도로 세계에서 가장 빠르게 남녀평등이 이루어진 나라 핀란드…….

제2차 세계대전의 시점에서 또다시 러시아의 침략으로 수많은 사람들이 목숨 바쳤던 나라 핀란드…….

국가경쟁력 세계 1위, 교육평가 1위, 인구고령화로 고민하는 유럽에서 가장 높은 출산율(1.80)을 기록하고 있는 나라 핀란드…….

물적 자원이 없는 대신 인적자원을 개발하여 주변 강대국의 야욕에 대응하여 어려움을 극복했으며 고유한 문화와 전통을 계승·발전시키는 아시아의 강국으로 발돋움하는 우리나라와 너무나 닮은 나라 핀란드…….

과연 그들의 내달음은 어디까지 이어질까? …….

하얀 전쟁

친구!

그러니까 어젯밤이었지!

조병각 사장 부부와 우리 부부는 밤 10시가 넘은 시각이었지만 날이 어두워지지 않은 덕분으로 Lappeenranta의 호숫가 선상 카페에서 생맥주를 마시며 막바지로 접어든 북유럽 여행의 맛깔스러움을 자축하고 있었다네.

물결 따라 일렁거리는 요트 사이로 비치던 석양의 실루엣은 멀리 퍼져 나가던 선상 분수대의 물줄기의 어울려 빨, 주, 노, 초, 파, 남, 보라의 일곱 빛깔 무지개를 만들었고 호수 주변 나무와 집을 배경으로 어울리던 맥주잔은 모든 사람들을 만족케 했으며 우리는 그 속에서 여행의 참맛을 느끼고 있었지!

이제 일상으로 돌아왔네.

다른 날보다도 조금 일찍 일어나 서둘고 있다네.

아침 6시에 식사를 해야 하기 때문이라네.

왜 이리 서두냐고?

이유는!

오늘 우리가 7시 30분에 러시아의 상트페테르부르크를 향해 출발해야 하기 때문이라네.

출발하면 했지 왜 그리 일찍 서두냐고?

이곳에서 1분 늦어지면 국경 검문소에 가면 수속을 밟는 데 10분이 늦어지기 때문에 시간을 줄이기 위해 일찍 서두를 수밖에 없기 때문이라네.

다시 말해 오늘 러시아로 넘어가지 못하면 내일 다시 넘어가야 하기 때문이지.

일찌감치 서둔 덕분에 아침 식전 우리는 보너스로 라핀란타의 또 다른 모습을 볼 수 있었다네.

일반적으로 스웨덴이나 핀란드의 마을 어귀에는 그 마을 사람들을 위한 소규모의 공동묘지가 있지만 이곳 라핀란타의 마을 어귀에는 국군묘지가 자리하고 있었어.

국군묘지의 모양새를 살펴보니 대리석으로 평지보다 약간 높여 단을 쌓아 치장했는데 빙 둘러친 단 표면에는 다음과 같은 내용이 새겨져 있었다네.

몇 년 몇 월 어느 전투에서 사망했나?

이름과 계급은 무엇인가? 등 명단을 옆으로 길게 써 놓았는데 그 수는 수천을 헤아렸고 사망 날짜를 보니 제2차 세계대전 당시 전사한 인물들의 명단이 대부분이었다네.

어느 전투에서인지는 몰라도 아마도 이곳 라핀란타를 사수하다 전사한 핀란드 병사들이었던 모양일세.

나중에 안 사실이었지만 이곳의 묘지는 독일이 개입된 전투에서 사망한 군인들이 아니고 제2차 대전의 틈새를 노리던 소련과의 전투에서 사망한 군인들이었다네.

이쯤해서 인류 역사의 대전환기였던 제2차 세계대전에 대해 알아보아야 할 것 같네.

2차 세계대전에 대해 말할 때에는 전장지역을 크게 3지역으로 나누어 이야기하는 것이 보통이네만 나는 독일을 중심으로 한 유럽 이야기를 할 참이네.

1918년 제1차 세계대전에서 패한 독일국민은 그들의 패배주의에 맞물린 국내 정치혼란으로 인하여 민족주의와 반(反)유대주의자인 아돌프 히틀러를 지도자로 선택했다네.

1933년에 정권을 장악한 히틀러는 은밀히 군사력을 증강해 오스트리아를 점령했고 1939년에는 폴란드를 점령하기로 마음먹었지.

이를 눈치 챈 폴란드는 영국, 프랑스와 협정을 맺어 폴란드가 외부로부터 침공을 받을 경우 두 나라는 자동으로 전쟁에 개입한다는 조약을 맺게 된다네.

폴란드가 영국, 프랑스와 같은 편이 되는 것에 대하여 압박이라도 하듯 독일은 독일이 소련의 인접 국가를 침략하더라도 묵인해 달라는 의미에서 비밀리에 모스크바에서 독일과 소련의 불가침조약을 맺고 그 대가로 폴란드를 동서로 나누어, 폴란드의 서부는 독일이 갖고 나머지 2/3인 동부는 소련이 접수한다는 데 합의했다네.

독일의 침공을 눈감아 주는 대신 폴란드의 일부를 먹는다니 소련으로 보아서는 남는 장사가 아니겠는가?

그러지 않아도 소련은 볼셰비키 혁명 이후 혁명의 피를 보기 위해 목말라하며 또 다른 기회를 엿보던 시기였는데 독일이 가려운 곳을 긁어 주는 격이 되었지!

또한 독일로 보아서는 동쪽의 거인인 소련이 망을 보아주는 형상이 됨에 따라 마침내 히틀러는 폴란드를 공격하라는 명령을 내렸고 그러자 이 전쟁에 자동 개입해야 하는 영국과 프랑스는 9월 3일 독일에 선전포고를 함으로써 제2차 세계대전이 시작되었다는 것이야.

한편 독일과 맺은 협정으로 손 안 대고 코를 풀게 된 소련의 스탈린은 1939년 10월에 에스토니아·라트비아·리투아니아에 소련군의 주둔을 받아들이라 강요했지.

핀란드도 이러한 요구를 받았지만 핀란드는 소련의 요구를 거부했다네.

이에 소련군은 11월 30일에 핀란드 공격을 시작했는데 사람들은 이 전투를 '겨울전쟁'이라 부르지.

친구!

나는 이 겨울 전쟁을 '하얀 전쟁'이라고 부르고 싶네.

침략군은 이 전쟁에서 처음에는 승리하는 듯하였으나 나중에는 모든 전선에서 핀란드에 패했다네.

소련의 전쟁 수뇌부가 핀란드 국민의 애국심과 자연스러운 방책인 수많은 호수와 숲을 간과했기 때문이었지.

아니 그것보다는 1917년 볼셰비키 혁명 당시 대령급 이상의 장교가 70%나 처형된 관계로 유능한 장교가 없어서 핀란드에 졌다고 이야기하는 사람들도 있다네.

전투에서 패한 소련은 '실패는 한 번으로 족하다.'면서 핀란드를 향해 맹렬한 공격을 퍼부은 끝에 1940년 3월에 마침내 핀란드를 굴복시켰다네.

핀란드는 이 전투에서 약 7만 명, 소련은 20만 명이 넘는 사상자를 냈지.

그때 전사한 사람들의 일부가 바로 이곳 라핀란타의 국립묘지에서 잠들고 있다네.

이렇게 독일이 제일 먼저 유럽에서 전쟁을 일으키고 이러한 틈바구니에서 소련은 독일과 협정을 맺어 핀란드를 점령하지만 나중에는 독일과 소련은 서로 싸우는 원수지간 된다네.

독일과 소련의 전투는 나중에 이야기하세나.

아무튼 제2차 세계대전은 독일과 이탈리아 그리고 일본이 주축국가가 되고 나머지 주요 국가들은 연합국이 되어 서로 갈려 싸운 끝에 약 5천만 명의 사상자를 내고 막을 내린다네.

물론 전쟁의 주축국인 독일과 이탈리아 그리고 일본은 항복을 하였네만 전쟁의 후유증은 지금까지도 이어지고 있지 않은가?

이 전쟁을 통해 러시아는 그의 붉은 힘을 동유럽 여러 나라까지 떨치며 소련을 탄생시켰으며 중국에서는 모택동을 중심으로 한 새로운 공산당 정권이 수립되었고 세계의 지배력은 서유럽 국가에서 미국과 러시아로 옮겨가는 결정적 계기가 되었다네.

유럽에서의 전쟁을 이야기했네만 강대국 사이에 끼어 있던 핀란드는 러시아의 야욕에 맞서다 이렇게 많은 젊은이들이 산화했던 것이지.

이러한 역사를 지닌 이곳!

라핀란타의 국립묘지!

나라를 위해 몸 바친 호국영령을 기리는 마음은 그들이나 우리나 매한가지라고 생각하니 그들의 피 흘림에 더욱더 고개가 숙여지는구면.

친구!

여기서 한 가지 제안!

어느 나라나 국립묘지를 두어 조국을 위해 숨진 고귀한 넋을 기리고 있지.

그곳에는 그 나라의 역사가 숨어 있다네.

우리 다음에는 각국의 국립묘지를 순례하면서 그곳에 숨어 있는 숭고한 정신을 되새기는 것이 어떠할는지?

호텔로 돌아온 우리는 식사를 마치고 버스에 올라 라핀란타를 출발했다네.

핀란드에서 러시아 국경 넘기

친구!

라핀란타를 출발한 지 25분 후 우리는 국경에 도착했지.

로컬 가이드는 국경에서 수속을 밟을 내용을 우리에게 상세하게 일러 주었다네.

시간이 많이 걸리니까 맘을 비우라는 의미라네.

그 순서는 다음과 같았다네.

1. 핀란드 세관에서 Tax free 환급(9시부터)
2. 핀란드 출국 수속
3. 그룹별 명단 제출(출국심사)
4. 여권 가지고 한 명씩 핀란드 출국심사대 통과.
   이것이 끝나면 바로 러시아 입국이라네.
5. 러시아 여자군인이 근무하는 검문소 통과(버스에 탄 채)
6. 러시아 입국 심사대 통과(서구와 동구의 경계) - 1명씩
7. 모두 버스에 타면 러시아 요원이 버스에 올라 한 바퀴 돌아봄,

여권, 비자 보여줄 것을 요구할 경우가 있음.

이때 웃거나 이상한 표정을 지으면 그 팀은 시간이 많이 걸릴 수 있으니 절대 조심할 것.

아직도 러시아는 공산주의에서 완전히 벗어나지 못하고 옛날의 공포 냄새를 피우고 있음.

8. 버스에서 보안 요원 검사 후 출입국 신고서를 작성.

   이때 반쪽은 제출하고 반쪽은 여권에 끼워 보관할 것.

9. 호텔에 가면 여권에 끼워 넣었던 신고서 반쪽에 오늘 밤 잠자야 할 호텔 이름을 기입하고 제출해야 함(거주등록).

이는 여행의 자유가 없던 구소련 시절을 벗어나지 못한 것으로 현재 머물고 있는 곳이 어디인가를 정확하게 알리라고 하는 것이라네.

자! 그러면 지금부터 국경을 넘어 러시아로 들어가 보세.

줄잡아 약 두어 시간 정도가 소요될 것이라 예상을 했다네.

출발!

일단 우리 일행 33명은 20분여 만에 핀란드의 출국심사대를 무사히 통과했다네.

핀란드 출국 후 버스에 탄 우리는 1분간 이동하여 9시 30분에 여군인지 여경인지 근무하는 러시아의 1차이자 마지막 국경 검문소를 통과했다네.

1분간 이동하는 이 구간은 우리나라로 보면 비무장지대와 비슷한 개념의 완충지대라 생각되네.

이렇게 신속하게 무사통과하는 경우는 10%도 안 되는 아주 드문 경우로 우리는 그래도 운이 좋았다고 가이드가 말하더군.

운이었다기보다는 러시아 검문소의 여자 지킴이가 우리가 선량한 관광객이라는 것을 알았기 때문이었겠지?

국경검문소를 통과했지만 앞서 가던 버스는 순서대로 나란히 서서 기다리고 있었다네.

이럴 경우 우리나라 사람들 같으면 난리가 나지!

왜 이렇게 시간을 지체하느냐?

친구!

여기서 이러한 현상을 보고 배워야 할 것이 있다네.

첫째도, 둘째도, 셋째도 오직 인내심이라네.

이것을 깨우치면 러시아에 온 충분한 효과를 거둔 것이라네.

버스를 타고 줄을 서서 대기한 우리는 5분 후 출입국 관리 사무소 앞으로 이동했는데 그 앞에는 다음과 같은 영문 안내판이 있었다네.

Boarding and search of means of transport registered in russia.

우리는 신고할 내용이 없었어도 신고서를 작성하는 데 10분이 소요되었다네.

신고서는 영어의 스펠링이 아닌 러시아어이기 때문에 알지 못하는 글자가 많아 애를 먹었다네.

가이드의 도움이 없다면 국제 미아가 되기 쉽겠어.

자네도 충분히 연습하여 실수 없도록 하게.

여기서 한 가지 알아 두어야 할 사항이 있으니 명심하게.

출입국 관리소 앞에는 그린과 레드의 두 가지 채널이 그어져 있었는데 각각에는 사람들이 줄을 지어 기다리고 있었다네.

남보다 빨리 러시아 출입국 관리 사무소를 통과하여 국경을 통과하려면 버스가 green채널을 통과해야 하는데 그러려면 각자의 신고 대상품목이 없어야 한다는 것이야.

즉 미화 만 불 이상 또는 귀금속, 골동품 등 말이지.

여기서 그린채널이란 러시아 입국을 위해 자동차에 탄 채로 줄을 서는데 특별히 신고할 것이 없는 관광객들을 위해 만들어진 별도의 통로라네.

그린 채널에서 기다리는 동안 신고서를 작성하고 버스에서 대기하던 우리는 드디어 10시 정각에 출입국 관리 사무소 심사대에 진입했다네.

버스에서 내린 우리는 출입국 사무소의 심사대를 1명씩 나누어 통과했다네.

남자가 통과하는 줄과 여자 줄이 달랐는데 문제는 심사대는 단 2개뿐이라는 것이지.

입국을 원하는 사람들은 우리 일행 말고도 많은 사람들이 있는데 말이야.

우리나라 같으면 줄을 몇 개 더 만들었을 텐데…….

다행스럽게도 입국 심사대에서는 여권에 나와 있는 사진과 입국 신고서를 한 번 훑어보고는 이내 통과시켜 주었다네.

이제부터는 러시아 땅일세.

러시아 땅에 발을 들여놓자마자 우리를 반기는 것이 있었으니 그것은 바로 한국산 자동차였다네.

강대국 러시아에서 우리나라의 기아 자동차를 사용하는 것을 보니 우리의 국력이 많이 커졌구나 하는 뿌듯함이 마음 한구석에 자리하더군!

외국에 나가 보면 한국에서는 일상화되어 있는 것들이 때로는 새롭게 느껴질 때가 있단 말이지.

자!

러시아에 들어왔으니 러시아 화폐로 환전을 해야 하겠지?

[국경지대에서 만난 한국산 수입차, RUS라 쓴 범퍼(유럽 전 지역용)]

물어물어 그 건물의 후미진 외딴곳에 있는 환전소를 찾아가니 먼저 온 사람들이 줄을 서서 기다리고 있었는데 내 차례가 되자 교환원은 환전 시간이 1분 지났다고 손가락으로 시계의 시각을 가리키며 문을 닫아걸고 환전을 해 주지 않는 것 아닌가?

15분 후에 바꾸라는 것이야.

친구!

너무 화는 내지 말게나.

왜냐하면 이들은 모두 국가 공무원으로 우리처럼 열심히 일하면 일한 만큼의 대가가 있는 것도 아니고 시간이 지나면 월급이 나오기 때문에 과거의 몸에 밴 습관대로 움직였을 뿐이라네.

한마디로 배째라였던 것이지.

결국 러시아 화폐로 바꾸지 못한 나는 그냥 버스에 오르는 수밖에 없었다네.

생각 같아서는 지폐와 동전 모두 조금씩 바꾸었으면 했는데 말이야.

여기서 러시아의 화폐에 대해 생각해 보세.

환전은 이곳 국경의 환전소에서 가능하고 또 공항이나 호텔 또는 은행에서 가능하다네.

법으로 금하고 있는 암달러 상인과의 불법 환전은 되도록 응하지 않는 것이 좋은데 잘못하면 공안당국에 적발되고 또 상인에게 속을 수도 있으니 말이야.

러시아 내에서는 수표(T/C)가 잘 통용되지 않으므로 현금을 준비해야 하고, 크레디트카드 취급점이라면 현금보다는 카드로 지급하는 것이 편리하지.

러시아의 화폐는 다음과 같다네.

주화는 코페이카라 하고 지폐는 루불이라 한다네.

여기서 가장 작은 단위의 동전이 1코페이카(kopek)인데 1루블(rouble)은 100코페이카라네.

달러로 환산하면 대략 1달러에 26~27루블 정도 하지.

1루블은 우리 돈 36원 정도라네.

10시 15분, 우리 일행 33명 모두는 출입국 관리 사무소를 통과하여 버스에 올랐으나 이것으로 모든 일의 끝이 아니었다네.

마지막으로 2차 검문소가 우리를 기다리는 관계로 우리는 버스에 탄 채로 러시아 병사의 점검을 기다리게 되었다네.

긴장이 되어 기다리던 우리는 옛날의 구소련 시절 날던 새도 떨어뜨린다던 그 러시아 비밀경찰(KGB)을 떠올리게 되었다네.

영화에서 보던 그 날카로운 시선 하며, 매몰찬 표정에서 나오던 공포, 이런 생각을 하는데 내 앞에 키 큰 러시아 병사 하나가 떡 버티고 서 있는 것이 아닌가?

놀라서 올려다보니 그는 나를 찬찬히 훑어보더니 버스의 뒤로 뚜벅뚜벅 걸어가면서 한 바퀴 휙 돌아보곤 이내 버스에서 내렸다네.

휴!

오전 11시 15분이 돼서야 상황 끝.

핀란드 국경에서 오전 9시 출국 심사를 시작으로 러시아 국경에서 입국 심사를 마칠 때까지 꼭 2시간 15분이 소요되었다네.

힘겹게 통과했으니 핀란드의 국경에서 러시아로 들어오기까지 그 어려웠던 과정을 정리를 해 볼 필요가 있겠지!

오전 7시 30분: 라펜란타 출발

오전 8시 정각: 핀란드 국경 도착

오전 9시 정각: 핀란드 세관에서 refund tax free와 출국 신고하고 러시아 쪽으로 이동.

오전 9시 30분: 버스로 러시아 검문소 도착 후 통과(여군의 검문)

오전 10시~10시 15분: 입국 심사 완료 - 1명씩 차례로

오전 10시 20분: 버스 승차 완료 후 그린채널에서 대기

오전 11시 15분: 러시아 검문소에서 헌병의 검문

오전 11시 20분: 러시아 땅으로 들어와 달리고 있음.

자네도 혹시 이곳을 여행하려면 반드시 참고해야 할 것이네.

버스를 타고 러시아 쪽으로 달려오니 반대로 러시아에서 핀란드로 들어가려는 출국 승용차가 약 300미터는 밀려 있었으니 그 차들은 언제 출입국 수속을 밟고 핀란드 쪽으로 넘어갈지 정말 막막할 따름이었다네.

하루 종일 걸릴 수도 있고 또 내일까지 연장되기도 한다고 가이드는 말해 주었네.

라핀란타에서 서둔 이유를 이제 확실히 알 것 같았네!

러시아로 진입한 우리는 버스로 달리기 시작하네.

사이마 호수가 우리를 반겼다네.

핀란드와 러시아 국경지대에서 잠시 나타났다 사라짐을 반복하던 사이마 호수가 이제는 제법 계속 눈앞에서 한참씩이나 그 모양을 보여주고 있었네.

조금 더 달려가니 트럭이 길옆 배수로에 옆으로 길게 누워 있었는데 북유럽에 와서 10여 일 체류하면서 사고를 목격한 것은 이번이 처음일세.

사고 트럭은 아주 낡은 자동차였다네.

도로 사정은 그리 나쁘지 않았지만 운전 부주의가 아니었겠나 생각했다네.

제5부 러시아 상트페테르부르크 편

피터대제가 1703년에 세운 이 도시는 1918년까지 러시아 제국의 수도였다.

유럽에서는 네 번째로 큰 도시이다.

☞ 지리: 상트페테르부르크는 핀란드 만에 접해 있다.
☞ 규모: 모스크바 다음으로 러시아에서 두 번째로 큰 도시이다.
☞ 인구: 600만 명으로 모스크바 다음으로 2번째로 인구가 많다.
☞ 면적: 1,439㎢이다.
☞ 위치: 북위 59도 56분, 동경 30도 20분.

2003년 5월 29일에는 상트페테르부르크가 생긴 지 300주년 기념으로 다양한 축제가 벌어졌다.

프랑스에서는 교량을 선물하고 우리나라는 장승을 기증했다.

러시아와 상트페테르부르크의 탄생

친구!

상트페테르부르크까지 46킬로미터 남았다는 이정표가 아무 표정도 없이 다가오더니 이내 사라져 가네.

꼭 옛날의 소련을 닮았지?

모스크바와 상트페테르부르크는 모두 러시아의 특별시라지?

상트페테르부르크까지는 얼마 안 남은 거리이지만 깊은 산골길을 달려가는 한적한 분위기였다네.

길옆의 가로수로는 주로 전나무가 자리하고 있으며 길가에서 멀리 떨어져 있는 곳에는 밑 둥지가 하얗고 줄기가 매끄러운 자작나무가 널리 퍼져 있었다네.

승객들이 지루할 것 같으니 가이드가 러시아어 몇 마디를 재미삼아 가르쳐 주었네.

지드라스지?: 안녕?
스빠시바: 천국에 갈 거예요, 감사합니다.
이즈미니체: 실례합니다.

도스위다니아: 안녕히 가세요.

제부시까: 모든 여자 점원, 즉 여성의 총칭, 아줌마, 언니 등.

지금 우리가 달리고 있는 이곳은 북위 60도로 다른 북유럽의 국가 같으면 옥토로 가꾸어졌을 법한 토지이지만 이 나라는 농사를 짓지 않고 있다네.

아니 지을 필요가 없대요.

러시아는 1평방킬로당 9명이 살고 있으니 땅에 대한 애착이 없을 수밖에.

아니 토지에 대한 애착이 없는 것이 아니라 소유권 분쟁에 휘말려 고초를 겪는 농민이 많다고 보아야 할 것 같네.

무슨 말인가 하면 토지에 대한 소유권 분쟁에 휘말려 농사를 짓지 못하고 있다는 말일세.

❋ 러시아의 토지정책

친구!

이야기가 나온 김에 러시아의 토지정책에 대한 변천사를 알아보아야 할 것 같구먼.

1917년 볼셰비키 공산 혁명이 일어날 때까지만 해도 농토의 소유권은 지배계급인 지주에게 있었다네.

10월 혁명의 성공을 위하여 볼셰비키는 소작농들을 끌어들이기 위해 "내가 피땀 흘려 힘들게 부치고 있는 이 농토가 나의 땅이라면 얼마나 좋을까?"라는 슬로건을 내세워 소작농을 꼬드겼지.

혁명 후 소련 공산당은 농민의 무단 토지 점유를 인정하면서도 병행하여 토지의 국유화 정책을 폈다네.

약간은 유연하게 진행되던 토지정책은 1927년 독재자 스탈린의 '쿨라크(Kulak) 박멸'로 인해서 개인소유를 일절 인정하지 않고 강력한 국유화 정책으로 선회했지.

이에 소작농에서 지주로 탈바꿈하였던 많은 농민들은 자신의 소유 농토가 하루아침에 국유화된다는 데 격분하여 데모를 해 보지만 스탈린은 이들을 무참히 숙청하여 대략 3000만 명이 넘는 농민이 학살되었을 것이라 추측하는 학자들도 있다네.

이렇게 해서 토지를 국가에 헌납한 토지 주인들은 이미 국가 땅이 되어버린 자신의 농토에서의 농사짓는 것보다는 자기 집 주위의 자투리땅에 채소나 감자를 부쳐 먹는 데 더 열심인데 1965년 브레즈네프가 승인한 농가주택 부속지에 대한 사유권을 인정한 이래로 1977년에는 면적이 2%에 불과한 자투리땅에서 러시아에서 생산되는 농산물의 27%를 생산하고 있다네.

"집 주위 자투리땅 2%에서 농산품 27%를 생산하고 있다!"

내 것이기에 더 열심히 일한다는 자본주의의 원칙이 그대로 적용되는 증거가 아니겠나?

소련이 붕괴되면서 러시아의 토지정책은 사유화로 돌아서고 있지만 국유지 위에 지은 사유 주택 등의 권리는 법률의 심판을 기다리고 있다네.

블라디미르 푸틴 러시아 대통령은 2006년부터 부속지에 대한 '사면정책'을 펴 토지 점유자가 서류를 갖춰 등기소에 제출하면 소유자로 인정해 주고 있지만 이것에 대한 분쟁은 러시아 농업 및 주택정책에 대해 발목을 잡는 어려운 일이 되고 있지.

이제 10월 혁명은 2007년으로 90주년이 되었지만 주인을 만나지 못한 토지야말로 10월 혁명이 남긴 풀기 어려운 숙제라고 말하는 러시아 전문가도 있다네.

우리가 보면서 지나쳐 가고 있는 저 넓은 토지들이 이러한 상처를 간직하고 있다는 말을 전해 듣고 나는 농사를 짓지 않는 토지가 많은 이유를 이제야 알았다네.

친구!

국토의 크기에 대한 말이 나왔으니 이야기해 볼까?

지구에서 가장 큰 나라는 어디일까?

중국? 캐나다? 인도?

아닐세.

그럼 어디일까?

맞아.

러시아일세.

러시아에 대해 말해 본다면 50개 주, 10개 자치관구, 특별행정단위인 모스크바 및 상트페테르부르크 등 총 89개 행정단위로 구성되어 있으며 크기는 1700만㎢로 캐나다의 2.5배이고 11개의 바다를 끼고 있으며 동쪽 끝에서 서쪽 끝까지 12시간의 시차가 있는 그야말로 광대한 국가라네.

따라서 거의 모든 자원을 갖게 되고 완전한 의미의 자급자족에 가장 근접한 국가라고 볼 수 있지 않겠는가?

자그마치 지구 전체 육지의 1/8 정도를 차지하는 광대한 영토에 인구는 고작 1억 5천만 명 정도라니!

이렇게 불공평할 수가 있나!

주유소가 나타난 것을 보니 이제 상트페테르부르크가 가까이에 있는 모양일세.

주유소에 잠시 들러 용변을 해결하면서 아이스크림과 콜라를 1병 샀다네.

금액을 계산해 보니 56루블, 우리 돈 56*36원＝2016원이라네.

러시아 땅에 들어와 처음으로 접해 보는 그들의 물가, 우리나라와 별반 다른 것이 없이 비슷했다네.

이제 주유소를 지나 조금만 더 가면 상트페테르부르크가 나오는데 일단 시내 중심에 있는 한국인 식당으로 가서 점심을 먹고 오후 일정을 소화하기로 했다네.

❄ 러시아와 상트페테르부르크의 탄생

친구!

식당으로 가는 도중이지만 이쯤해서 러시아의 탄생부터 살펴보아야 할 것 같군.

문헌에 의하면 러시아는 동유럽의 슬라브 민족에 의해 9세기 후반에 지금의 우크라이나 수도 키에프의 드네프르 강가에 키예프 공국을 세우면서 시작되었으며 이후 모스크바에서는 돌고루키공에 의해 도시 개발이 시작되어 13세기 모스크바 대공국으로 세력을 넓히면서 루시의 옛 영토뿐만 아니라 우랄, 중앙아시아, 시베리아에서 극농의 오호츠크 해 연안까지 이어지는 광활한 영토와 그에 걸맞은 수많은 민족과 그들의 국가를 통일하는 역사로 이어진다네.

러시아의 왕조를 이야기해 보면 러시아 최초의 왕조였던 키에프 공국의 루릭 왕조에 이어 모스크바의 로마노프 왕조가 그 뒤를 이었고 볼셰비키 혁명을 거치면서 소련으로 성장했으며 이어 현재는 러시아란 이름으로 다시 돌아왔다네.

키에프 공국으로부터 1000년이 조금 넘는 기간에 세계의 어떤 나라도 감히 넘볼 수 없는 강대국을 만든 것이지.

하여간 이들은 100개의 이민족이 합쳐져 만들어진 복합 다민족국가라 할 수 있지.

분명한 것은 수많은 이민족 중 동슬라브인들로 구성된 러시아인이 전체의 80%를 차지하면서 주축을 이루고 있다는 것일세.

일단 러시아의 개략적인 역사를 알았으니 지금부터는 찬란했던 문화의 발자취를 따라가 보다가 구체적 역사가 필요하면 그때마다 논해 보세나.

친구!

멀리 상트페테르부르크가 보인다네.

짙게 깔린 회색 구름 사이로 고색 찬연한 중세풍의 도시가 눈에 들어오기 시작했어.

첨단 고층 빌딩은 없어도 화려한 조각과 부조를 건물 벽에 붙여 장식한 18세기의 바로크풍의 멋진 건물들이 우리를 반기고 있었지.

금칠한 둥근 돔하며 하늘을 찌를 듯 솟아 있는 첨탑, 그리고 다른 나라에서는 보기 힘든 담녹색의 건물들, 이 모든 것들이 나에게는 낯설게만 느껴졌네만 그 모습과 건물을 치장한 색깔은 너무나 색다른 느낌이었지.

처음에는 촌스럽게 느껴지던 담녹색의 건물이 시간이 지남에 점점 더 매혹적으로 느껴지는 이유는 무엇일까?

친구!

우리는 도시의 가운데를 흐르는 네바 강을 건너고 있다네.

하늘은 잔뜩 먹구름을 안고 있어 지금 이 시각 햇빛이 비치는 것인지 아니면 아예 해가 없는 한밤중인지 구별을 하기가 어려울 지경이라네.

러시아에 첫발을 들여놓고 가장 먼저 떠올린 것은 가도 가도 끝이 없는 시베리아의 동토와 백야 그리고 흑야였는데 바로 지금이 그 백야가 아닌지 모르겠어!

가이드의 말에 의하면 하지인 6월 21일부터는 오후 1시 30분에 해가 지기 시작하고 오후 3시만 되면 또다시 해가 뜬다는 것이야. 이름하여 백야의 계절이라는구면. 오늘이 8월 2일이니 지금쯤이면 해가 뉘엿뉘엿 지기 시작해야 할 시간이지만 이곳의 위도는 북위 70도에 조금 못 미치니 그 정도는 아니겠고 하지만 비슷한 계절인 것만은 확실하구면.

또한 동지인 12월 22일엔 11시쯤 해가 떠서 오후 4시면 칠흑 같은 밤이라니 밤과 낮의 구별이 뚜렷한 우리로선 이해하기 힘든 자연의 현상이 아니겠나?

지금 우리는 프랑스에서 기증한 삼위일체 다리를 건너고 있는데 이 다리에는 각종 청동부조와 동상이 멋지게 장식되어 있다네.

이 네바 강은 길이가 73킬로, 폭 200미터, 수심 6~20미터 정도로 한강에 비하면 그리 크지 않은 강이지만 이곳을 통하여 스칸디나비아 국가와 발트 해에 인접한 국가의 각종 물동량이 출입되고 또 유럽의 문화가 들어오는 그야말로 상트페테르부르크를 포함한 러시아의 젓줄이라 부를 수 있다네.

우리는 삼위일체 다리를 건너 강을 따라 이어지는 우리나라의 을지로나 종로와 같은 번화가인 넵스키 대로를 지나 한국인이 경영하는 호돌이 식당에 들러 점심으로 동태찌개를 먹을 예정이라네.

다리를 건너다 보니 강에서 우릴 처음 맞아준 것은 다름 아닌 낚시꾼이었다네.

노르웨이, 핀란드, 스웨덴 등의 국가에는 어디를 가나 강과 호수가 지천이었지만 낚시하는 모습은 한두 번밖에는 볼 수 없었던 장면이었는데 이곳은 많은 사람들이 태공의 한가로움을 즐기고 있었다네.

심지어는 교량 상판 위 난간 사이로 양다리를 넣고 앉아 낚시를 하는 사람들도 제법 많았다네.

낚시하는 장면만 놓고 본다면 한가롭고 살기 좋은 곳이란 것을 짐작하게 하는 장면이지.

네바 강 물 위에는 각종 배들이 지나 다니고 있었으며 강물의 색깔을 보고 짐작해 보건대 수량이 풍부하여 웬만한 배는 다닐 수 있음을 짐작할 수 있었다네.

옛날에는 이 강을 따라 수많은 화물선들이 오고가면서 짐을 실어 날랐다고 하지만 요즘은 유람선들이 그 자리를 대신하고 화물선은 그렇게 많지 않았다네.

우리는 오늘 저녁때쯤 저 유람선을 타게 된다네.

친구!

낚시꾼들의 환호를 받으면서 우리는 네바 강의 다리를 건너 넵스키 대로를 따라 올라가니 제일 먼저 눈에 들어오는 것이 강 너머 오른쪽으로 보이는 토끼 섬의 높은 황금색의 첨탑이었다네.

일단 우리는 강을 따라 올라가며 도시를 꿰뚫고 식당으로 향했다네.

상트페테르부르크는 큰 도시답게 사람도 많았지만 차량 또한 많아 정체지역을 통과해야만 했다네.

서울만큼이나 자동차가 많았지. 전깃줄은 더 복잡했지.

우리는 식사하기 전에 도시에 대한 것을 공부하고 넘어가야 할 것 같네. 이곳 상트페테르부르크는 러시아의 서쪽 끝에서 가까운 북위

60도에 위치하고 있으며, 인구는 약 6백만 명으로 모스크바 다음 가는 러시아 제2의 도시이지.

과거 러시아의 수도였던 상트페테르부르크는 '성스러운 페테르의 도시'라는 뜻이며, 상트는 거룩하다는 라틴어이고 페테르(표트르)는 베드로의 러시아식 이름, 부르크는 도시라는 독일(또는 네덜란드)어에서 따온 이름이라서 독일과 전쟁 중인 1914년에는 독일식 이름을 쓸 수 없다고 하여 표트르그라드로 부르기도 하였지.

1917년 2월과 10월 볼셰비키 혁명 후 레닌이 수도를 모스크바로 옮겨갔고, 레닌 사후인 1924년부터 레닌그라드로 이름이 바꾸었다가 고르바초프가 정권을 잡은 후 1991년부터 다시 상트페테르부르크의 옛날 이름을 되찾게 되었다고 한다네.

이 도시를 세우게 된 동기를 알아보니 당시 수도인 모스크바에서 기반을 다지던 로마노프 왕조의 피터대제는 유럽과 전쟁을 치르기 위해 발트 해 근처로 수도를 옮길 필요가 있었고 유럽과의 교역을 위해서도 부동항의 필요성이 절실했으며, 자기의 힘을 과시하고 왕권을 강화하려는 목적과 유럽의 선진 문물을 받아들이기 쉽다는 몇 가지 이유로 이곳을 수도로 택하였지.

상트페테르부르크는 핀란드 만으로 들어가는 네바 강어귀 삼각주에 펼쳐져 있는데 도시의 15%가 수면으로 되어 있고 바둑판처럼 연결된 운하는 많은 교량과 섬으로 이루어져 있다네.

피터대제가 1703년 5월 27일에 페테르 파블로프스크 요새를 건설하기 시작한 것으로 역사가 시작되는 이 도시는 모스크바에서 이곳으로 수도를 옮기고 약 200년간 제정 러시아의 수도로서 로마노프 왕조와 함께 영화를 누리던 곳이지.

하늘에서 보면 200여 개의 궁전과 운하 그리고 백야와 석조 건물이 조화된 아름다운 거리 모습에서 '북쪽의 베니스'라 부르기도 하고, 북쪽의 오아시스라고 부르기도 한다네.

그래서 후세사람들은 모스크바를 러시아의 심장에 비유하고 이곳 상트페테르부르크를 러시아의 머리에 비유해.

또한 이 도시는 러시아 혁명의 시발점으로서의 결정적인 역할을 담당한 곳이기도 하지.

혁명의 신호탄이라 할 수 있는 전함 오로라호의 발포사건인데 이 사건은 나중에 이야기하세.

또한 제2차 세계대전 때 약 900일 동안 독일군에게 완전 포위되어 250만의 인구 중에서 100만 명이 죽어가면서도 끝내 러시아를 지켜 낸 '애국시민들의 도시'라고 한다네.

세계 10대 관광지로 유네스코 문화유산으로 지정된 곳으로 1712년 부터 200여 년간 제정 러시아의 수도로서 문화 예술과 교육의 중심 도시인 이곳 상트페테르부르크, 시내 중심가의 교량은 365개이고 시 외곽까지 합치면 교량 650개, 40여 개의 섬으로 이루어져 동유럽의 상징적인 도시인 체코의 프라하와 프랑스 파리를 닮아 있었지.

그런데 요즘 러시아에서는 러시아의 수도를 이곳으로 옮기자는 주 장을 많이 한다네.

상트페테르부르크 법대를 나온 러시아의 현 대통령 푸틴은 이런 이야기가 나오는 현시점에서 현재 모스크바에 있는 러시아 사법부를 이곳으로 옮기고 있다네.

드디어 우리는 한국인 식당인 호돌이에 왔다네.

넵스키 대로를 지날 때는 주위에 있는 건물들의 모양으로 보아서 식당 또한 근사한 곳인 줄 알았는데 웬 변두리 허름한 간이식당일세.

하지만 이곳에서 주는 음식은 그 모양이나 맛으로 보아 한국의 음 식이 틀림없었다네.

맵고, 짜고, 얼큰하고, 시원하고…….

러시아 혼이 숨 쉬는 에르미타슈(Hermitage)

친구!

입을 쓱 한 번 훔치고 우리는 차에 올랐다네.

오후 관광을 해야지!

왔던 길을 다시 거슬러 올라 에르미타슈 국립 박물관 뒤편 네바강가의 후미진 건물 뒤쪽에서 하차했다네.

사실은 난 이곳이 에르미타슈 정문인 줄 알았다네.

왜 그랬을까? 왜 버스를 건물 뒤쪽에 세웠을까?

답은 의외로 간단했다네.

광장에는 버스를 세울 수 없었기 때문이었지.

건물을 돌아 광장으로 들어가니 많은 사람들이 줄을 서서 입장을 기다리고 있었는데 눈앞에 전개되는 박물관과 부속건물, 그리고 아름답게 장식되어 있는 조형물은 버스에서 내렸을 때의 실망스러움은 아니었다네.

아니 그보다는 정말 멋있는 곳이었어.

입이 떡 벌어질 정도였으니까!

친구!

광장 전면에서 보이는 건물의 위용을 잠시 소개해 볼까?

이 건물은 제정 러시아의 겨울궁전으로 지었는데 궁전 광장 중앙에는 48미터의 붉은 화강석으로 '알렉산드르 탑'을 세우고 '진정 조국의 평화를 위한다면 나를 따르라.'라고 십자가를 들고 부드럽게 미소 짓는 천사를 세워 놓았고 그 뒤쪽으로는 나폴레옹과의 전쟁에서 승리한 것을 기념하기 위해 만든 아치형의 개선문이 자리하고 있는데 더 멋진 것은 그 개선문 지붕 위에 6마리의 말이 끄는 '영광의 병거(兵車)'라는 기념물이라네.

이 말과 마차 상은 보는 이로 하여금 궁전의 장엄함을 더욱 강조해 주고 있었으며 러시아 국민들의 진취적인 기상과 민족정기를 한층 고무시키고 있는 듯이 보였다네.

탑과 개선문은 1812년 나폴레옹과의 전쟁에서 승리한 기념으로 1834년에 완성하였다 하더군.

말이 나온 김에 나폴레옹과의 전쟁을 잠시 소개하면 1789년에 프랑스의 시민혁명이 일어나 정권을 잡은 나폴레옹은 유럽 전역을 상대로 전쟁을 하게 되고 강력한 해군을 가진 영국을 잡기 위한 전략으로 대륙 봉쇄령을 펼치는데 러시아는 프랑스의 대륙 봉쇄령에 따르지 않고 맞서자 프랑스는 러시아를 공격한다네.

전쟁이 시작되자 프랑스군은 파죽지세로 모스크바까지 진격했다네.

그러나 모스크바를 쉽게 내어준 것은 러시아만이 할 수 있었던 고도의 군사 전략이었지.

러시아 내륙으로 밀고 들어가던 나폴레옹 군사에게 맞서는 것은 러시아군대의 총검이 아니라 피가 얼어붙고 살이 썩는 동장군과 거처할 곳 하나 없는 불태워진 황량함뿐이었다네.

나폴레옹 군대는 1812년 러시아 원정에 무려 60만 명의 병력을 투입하여 모스크바까지 진격했으나 50만 명의 부하를 잃고 후퇴를 거듭하는데 이번에는 우크라이나의 코사크 기병의 습격에 내내 시달려야 했다는 것이지!

나폴레옹은 저들이 정녕 스키타이들이군! 하며 탄식을 했다고 전해오는데 이 일로 나폴레옹은 파멸하고 그 후 러시아의 영토와 세력은 19세기에 걸쳐 크게 팽창한다네.

친구!

말이 나온 김에 스키타이족에 대해서 말해 볼까?

문헌에 나와 있는 내용을 인용해 보면 다음과 같다네.

BC 450년경 서구에서 역사라는 용어를 만든 '역사의 아버지' 헤로도토스는 드넓은 러시아 남부인 우크라이나 지방을 향해 여행을 하고 있었다네.

그의 목적은 당시에 알려진 종족 중에 가장 난폭하고 사나운 종족으로 알려진 스키타이족의 관습과 풍습을 관찰하기 위해서였지.
이 기록으로 스키타이족의 전모가 밝혀지게 되었지.

스키타이족은 노예를 도망치지 못하게 하기 위해 눈알을 뽑고, 사로잡은 적은 살가죽을 벗겨 내어 망토나 외투로 만들었다고 하는데 헤로도토스가 직접 만져 본 결과 그 살가죽은 희고 반짝 반짝거렸다고 쓰고 있지.

그리고 서로 이야기를 하다가 의견이 맞지 않아 목숨을 거는 싸움이 벌어져 우발적인 살인을 하는 경우가 생기는데 이렇게 해서 상대방을 죽이고 난 후에 두개골을 톱으로 잘라서 소가죽으로 싸든지 혹은 금으로 도금을 하여 자기 술잔으로 삼았다고 한다네.

이런 싸움은 가까운 친지나 가족끼리라 해도 예외가 될 수는 없다는 것인데 매년 축제 때는 이런 두개골 술잔을 전리품처럼 자랑하며 뽐냈으며 만일 그런 술잔이 없는 남자가 있었다면 그는 놀림감이 되었다는 것이야.

러시아 남부지방인 우크라이나의 초원지대는 엄청나게 넓기에 유목민인 스키타이는 한군데 머물지 아니하고 소나 양에게 먹일 풀이 있으면 어디든지 가축을 이끌고 이동을 하였지.

그러나 이 야만적인 스키타이족은 철기를 잘 다뤘고 아주 세련되고 예술적인 금 세공품을 남기고 있어 후세사람들을 감탄하게 하고 있다네.

헤로도토스가 방문하기 60년 전 당시에 가장 위대한 왕이었던 페르시아의 다리우스는 이 야만적이고 귀찮은 스키타이를 토벌하기로 작정했지.

다리우스는 대군을 이끌고 보스포루스 해협(지금의 이스탄불 해협)을 건너 넓은 초원을 향해 쳐들어갔는데 다리우스를 반기는 것은 스키타이의 전사가 아니라 메워진 우물과 불탄 황량함뿐이었다는 것이야.

목마름과 피곤함으로 가득 찬 페르시아의 대군은 스키타이인을 찾아 광활한 초원을 이 잡듯 뒤지고 다녔지만 스키타이의 가족이나 가축 등의 손끝 하나 건드릴 수 없었다네.

저 멀리 지평선에 말을 타고 다니는 것이 보이면 즉시 진군을 했지만 이 재빠른 기마민족은 어느새 멀리 사라지고 없었다는 것이지! 한마디로 스키타이족은 볼가 강과 돈 강 사이의 넓은 초원 지대를 오가며 다리우스의 대군을 놀리고 있었던 것이야.

용맹스러우며 말 타기 솜씨가 신출귀몰했던 스키타이인들은 다른 부족들에게는 부러움 그 자체였다네.

이 놀라운 스키타이 민족도 결국은 사르마티아인의 침입으로 멸망하여 지금은 그 흔적을 찾을 수 없지만 이들의 용맹함은 가히 일품이었지! 천하의 나폴레옹이 코사크 기병을 가리켜 "저들이 진정 스키타이로다."라고 했다는 말이 실감나게 들리는 대목이로군!

친구!

에르미타슈 국립 박물관 앞의 광장을 '원로원 광장'이라고도 부른
다네.

18세기의 바로크 양식으로 지어진 이 궁전은 1754년에 라스트렐리
(B. Rastrelli)에 의해 지어지기 시작하여 1817년에 롯시에 의하여 완
성되었다네.

이 광장은 러시아의 정치적 이데올로기의 변화를 가져온 중요한
사건이 일어났던 곳인데 그것은 러시아 혁명의 시작을 알리는 1905
년의 '피의 일요일' 시위라네.

1월 9일 겨울궁전 앞에서 노동조건 개선을 외치던 노동자들에게
왕궁 경비대가 발포하여 수천의 사상자가 발생했던 일요일 사건으로
그 결과는 전국 총파업과 노동자 대표들의 소비에트 구성을 결성하
는 결정적 계기가 되었던 사건이지.

이곳에서는 민주화된 오늘날에도 갖가지 종류의 정치적 집회 및
문화공연이 행해지고 있다네.

❋ 예카테리나 2세와 에르미타슈

금방이라도 넘칠 것 같은 검푸른 네바 강을 따라 곧게 뻗은 냅스
키 대로를 사이에 두고 230m나 이어지는 담녹색 벽에 하얀 기둥을
세우고 높이 치솟은 지붕 한가운데에 장식된 황금왕관과 지붕 가장
자리를 따라 늘어선 176개의 조각상들이 서 있는 에르미타슈 국립
박물관은 프랑스의 루브르 박물관, 영국의 대영 박물관과 더불어 세
계 3대 박물관으로 꼽힌다고 하며 하루에 평균 35,000명 정도가 찾는
다니 그 유명세를 짐작게 하고도 남는 대목이 아니겠는가?

자! 그럼 우리도 줄을 섰으니 앞사람을 따라 박물관 안으로 입장해 보세나.

입장하기 전 버스에서 우리는 박물관 안에서 지켜야 할 주의사항에 대해 설명을 들었지만 역시 조그마한 배낭이나 가방도 가지고 들어갈 수 없었다네.

박물관 안에서 작품을 사진기에 담으려면 100루블을 내고 촬영권을 구입해야 한다는 것을 꼭 유념하게!

물론 각종 음료와 술 등의 반입은 절대 안 된다네.

위반하면 어찌되는지 알지?

아주 철저하게 지켜지고 있었다네.

미술관 입구에서의 검문이 하도 철저해 시간을 많이 지체한 우리는 가이드를 따라 신속하게 박물관 안으로 들어갔다네.

10시 30분부터 입장이 시작되었는지라 이미 박물관 안에는 기차역의 대합실을 방불케 할 정도로 많은 사람들로 북적 거리고 있었는데 여타 박물관과 마찬가지로 이곳에서도 에르미타슈의 복사판 작품 설명집이 있어 나는 그것을 판매원이 처음 부른 값보다는 훨씬 싼 가격에 퇴장할 때를 택해 한 권씩 모두 세 권을 구입하였다네.

인쇄가 조잡한 것으로 보아서 아마 가짜?

물론 한글로 번역된 책이었어.

나중에 얼마나 볼 줄은 몰라도 말이야!

에르미타슈 박물관은 역대 러시아 황제들의 거처였던 겨울궁전과 함께 총 5채의 건물로 구성되어 있으며 전시실에는 총 250만 점의 회화, 조각, 황실귀중품, 발굴품 등이 원시문화사, 고대 그리스·로마, 동방 여러 민족문화, 러시아문화, 서양미술, 고대 화폐 등 6개 부분으로 분류하여 공개되고 있다 하네.

친구!

이젠 에르미타슈가 박물관으로 쓰이기까지의 과정을 살펴보아야 할 것 같군.

우선 이곳에 있는 수많은 소장품을 본격적으로 모으기 시작한 황제는 여제 예카테리나 2세였다네.

1762년에 남편 피터 3세를 강제로 쫓아내고 자신이 황제의 자리에 오른 예카테리나 2세(1729~1796)는 미술품을 수집하는 데 거의 모든 것을 걸었다네.

독일의 시골 프로이센의 작은 귀족가문에서 태어나서 16세 때 피터대제의 손자인 피터 3세와 결혼한 예카테리나 2세는 세상에서 가장 아름답고 귀한 미술품을 사들여 에르미타슈(프랑스어로 '은둔자의 집')에 감춰 두고 남몰래 혼자 감상하며 즐겼다는 것이지.

내용인즉 즉위 2년째인 1764년에 베를린의 그림 상인에게서 225점의 회화를 구입한 것을 시작으로 미술품과 귀중품을 수집하기 시작하였고, 수집한 미술품을 보관하기 위해 겨울궁전 옆에 별관을 세웠다는 것이야.

이 별관 건물의 이름을 에르미타슈라고 명명하고 모아둔 미술품을 모두 이곳에 소장했다네.

이를테면 에르미타슈는 그림 보관용 창고라고 말할 수 있겠지!

그 후 예카테리나 2세의 뒤를 이은 여러 황제들도 미술품의 수집을 계속하면서 건물도 증축했는데 겨울궁전과 작은 에르미타슈 등 총 5채에 미술품을 분산 보관했다네.

이후 에르미타슈는 1852년에 처음으로 지인들에게만 공개했다가 1863년에는 모든 방문객에게 공개하며 박물관으로서의 면모를 갖추게 되었지.

1917년에 러시아 혁명이 일어나고 에르미타슈는 국립 박물관이 됨과 동시에 '문화유산의 보호와 국가에 대한 양도 법령'을 제정하여 러시아 황실뿐 아니라 일반이 소장하고 있던 모든 미술품을 국립 박물관에 수용하게 되었다네.

혁명을 계기로 모든 개인 소장품은 국유화됨으로써 에르미타슈의 소장품은 양과 질 면에서 더욱 커질 수 있었으며 결국 이렇게 해서 태어난 곳이 바로 이곳이라네.

친구!

벽면에는 초상화가 칸칸이 모두 그려져 있는데 그중 빈칸이 있었으며 빈칸은 녹색으로 칠해져 있었지.

자네 녹색의 빈칸이 무엇을 의미하는지 아는가?

그래!

이곳은 러시아 왕족들의 초상화가 걸려 있는 곳인데 빈칸은 해당 왕족의 초상화가 원래부터 없었던지라 빈칸으로 남겨 놓은 것일세.

심 선생님!

앞서 가던 가이드의 소리울림에 깜짝 놀라 벽면에 쭉 이어지던 왕족들의 초상화에서 눈을 떼고 그쪽을 바라보니 우리 일행을 포함한 모든 이들은 2층으로 난 계단을 따라 올라가고 있었다네.

황급히 계단을 따라 올라가니 온통 금으로 칠한 문양과 몇몇 나신의 석고상이 때맞추어 창틈으로 새어 들어오는 밝은 햇살을 받아 눈이 부시도록 아름답게 보이고 있었지.

너무나 아름다운 2층 천정의 샹들리에, 당시의 샹들리에에는 촛불로 밝혔겠지?

[에르미타슈의 중앙 계단]

[중앙계단과 발쇼이 채광창 사이에 위치함,
작가: 카노버, 제목: 세 명의 카리페스, 1813~1816, 대리석]

각종 도자기, 금장의 장식품, 황금장식의 거울, 그리고 가장 많은 사람들의 시선이 집중되던 황금 나무와 황금공작새 등등 머물러 자세히 차근차근 감상하고 싶었지만 이 모든 것을 그냥 훑고 지나가야만 하는 관광객의 한계가 느껴지는 순간이기도 하였다네.

마냥 머물고 싶어라!

2층으로 올라간 우리는 끊임없이 전시된 작품에서 눈을 떼지 못하며 감상하다 다리가 아프면 쉼터로 만들어진 의자에 앉아 잠시 쉬기도 하면서 계속 구경을 했다네.

왕이 앉아 집무를 보던 의자 하며 예카테리나 2세가 잠을 자던 금장의 침대 등 세상에서 귀하디 귀한 것과 멋진 것들은 모두 이곳에 모여 있는 것 같았다네.

이루 헤아릴 수 없이 많은 작품에는 미켈란제로, 레오나르도 다빈치, 루벤스, 렘브란트 등의 중세 회화 작품뿐만 아니라 근대 마티스, 피카소, 고호 등의 작품, 각종 예술품들이 350개의 홀에 그리스, 로마, 이집트, 중세 서유럽 국가별, 러시아, 페르시아, 터키, 중국, 비잔틴 및 일본관 등에 나누어져 있었지.

뿐만 아니라 지금까지 일반에게는 공개하지 않은 곳이 있다 하는데 그곳은 지하 보물실로 이곳에는 제정 러시아 시대의 각종 보석과 장신구, 왕관 등이 보관되어 있다 하더군.

친구!

여기서 팁 한 가지!

세계적인 박물관에 있는 소장품은 일반적으로 식민지에서 빼앗은 것들이 대부분인데 이곳에 있는 것들은 모두 돈을 주고 구입했거나 아니면 러시아 국민들이 가지고 있던 작품들로만 이루어졌다는구먼.

그래서 다른 박물관과 차별화되는 것 아니겠나?

이 모든 전시품은 거의 모두 예카테리나 2세의 솜씨라 하는데 그녀의 수집증후군이 가져다준 인류를 위한 값진 선물이 될 줄을 그 누가 알았겠는가?

당시에는 이 여황제를 수집광이라 욕하기도 했겠지만 오늘에 와서 생각해 보니 그때 그 사람이 아니었으면 이렇게 굉장한 유물을 어찌 모을 수 있었겠나? 세월의 흐름에 따라 정도가 바뀌는 묘한 아이러니를 느끼네!

가이드의 말에 의하면 그녀는 정치와 함께 뭇 남성들을 굴복시키는 침실 정치도 잘했다 하는데 요직에 있는 신하들은 대부분 황제의 정부였다고 하더군.

또한 조정의 고위공무원이 되려면 여황제의 잠자리 검증에 합격해야만 된다는 이야기가 전해온다고 가이드는 농담 반 진담 반으로 말하더군.

잠깐!

세계를 지배한 것은 남자, 그렇다면 그 남자를 지배한 것은?

음!!!

여자!?

그 여자 중에서 세계를 주무르던 강력한 군주는?

세기의 여황제는 누구?

친구!

퀴즈를 하나 낼까?

세기의 여황제 3명만 말해 보게!

그렇지!

첫 번째 여제는 서기 690년 중국 당나라 시절 예종을 폐위하고 황제에 올라 스스로를 '성신황제'라 칭하고 국호를 주(周)로, 연호를 천수(天授)로 부른 중국의 최초이자 최후의 여황제 측천무후를 들 수 있다네.

황제가 될 때 그의 나이가 67세였는데 우리는 그를 무주라 부른다네.

대만의 국립중정박물관에 가 보면 측천무후가 사용했던 옥 병풍을 포함한 많은 소장품들이 전시되어 있다네.

두 번째는?

그렇지!

영국의 빅토리아 여왕이지!

그녀는 18세의 나이로 왕위에 올라 정치적으로는 의회정치의 장을 열었고 해가 지지 않는 대영제국을 만들었으며 남편인 알버트공과의 사이에서 9명의 자녀를 두었는데 그녀의 손자와 증손자 등은 지금 유럽 전역에 골고루 퍼져 왕실을 이루게 된다네.

그래서 우리는 그녀를 유럽 왕실의 할머니라 부르기도 하지!

마지막 세 번째는?

그렇지!

바로 이곳의 주인인 예카테리나 2세이지.

독일의 딸로 러시아 여제가 된 예카테리나 2세(1729~1796)는 사랑과 색으로 충만했던 로코코 시대에서도 가장 출세한 여인 중 하나였다네.

그녀의 시할아버지였던 피터대제 다음으로 러시아에서 치세를 잘 했던 여제로 34년간 권좌에 올라 러시아를 위해 일하며 공과 사를 분명히 구분하여 후세사람들의 존경을 받고 있다네.

그녀의 초상화를 보면 그저 펑퍼짐한 평범한 여인네에 불과한데 어디서 남자 홀리는 힘과 정치하는 힘이 나오는지 모르겠네!

이것이 예카테리나 2세에 대한 미스터리일세.

❋ 에르미타슈의 작품

친구!

에르미타슈 박물관 안에는 수없이 많은 작품이 있지만 그중에서 몇 작품에 대해서만 이야기해 보세나.

교과서에서 많이 보았던 작품인데 그것은 바로 1612년에 그린 루벤스의 Roman Charity(노인과 여인: Simon and Pero)라네.

그림에 대해 문외한이 이 그림을 보면!

"이런 상것들이 있나?"

"어디 젊은 여자가 노인에게 젖을 물려?"

라고 호통을 칠 법하지만 그림에 대한 이해를 하고 나면! 아!

그렇구나! 하고 감탄한다네.

자! 그러면 큐레이터를 자처하는 가이드로부터 그림에 대한 설명부터 들어 보자고.

이 그림은 로마의 설화 중에 Simon이라는 사람이 죄를 짓고 옥에 갇혀 굶어 죽어야 하는 형벌을 받게 되는데, Pero라는 효심이 깊은 딸이 옥에 들어가서 굶주려 죽어가는 아버지에게 자신의 젖을 물렸다는 이야기라네. 이 사실이 알려지자 로마에서는 이 효녀의 효심에 감동하여 아비를 석방하였다고 하는데 후에 이 내용을 소재로 비슷한 그림이 여럿 나오게 되다네!

우리나라의 설화에 나오는 효녀 심청전쯤으로 이해하면 될 것인데 동양적인 사고와 서양의 사고가 사뭇 다르니 '고얀 놈이로고'라는 말을 했는지도 모르지!

자식은 부모님께 무조건적으로 봉사를 해야 한다는 점을 강조한 것으로 16세기에서 18세기에 걸쳐 유럽에서 유행하였던 그림의 소재였지.

[루벤스의 노인과 여인: 1612년]

[황금나무와 공작새 시계]

이러한 화풍의 그림을 바로크풍이라 한다네.

바로크란(Baroque Art) '일그러진 울퉁불퉁한 모양을 한 기묘한 진주'라는 의미의 말로 르네상스풍은 단아하고 조화로운 균형 잡힌 미의 표현인 데 반해, 바로크는 강한 왕권과 함께 나타난 거칠고 과장된 남성풍의 우락부락한 형태, 즉 왕실 중심의 역동적이고 강렬한 이미지를 갖는 17세기의 미술 양식이라네.

이러한 그림을 보고 있노라면 그림에 등장한 인물들이 모두 뚱뚱하면서도 근육질이고 또 역동적이라는 것을 쉽게 알아볼 수 있지!

이러한 풍의 그림은 미술책에도 많이 나오지만 교회나 성당의 벽과 천장에 그려진 대작의 역동적인 종교적 그림이나 또는 신을 주제로 한 신화화 등 대형 그림에서 많이 보아 왔던 그림이지.

이것이 바로크 시대의 화풍이라는 것이네.

이것은 내 이야기가 아니라 큐레이터 겸 도슨트인 현지 가이드의 말이니 혹여 오해가 있으면 안 될 것이야.

알아두게!

나는 이런 방면에는 문외한이었거든.

대표적 인물이 바로 바로크 시대의 거장 루벤스(Peter Paul Rubens)일세.

살아서 꿈틀거리는 것 같지 않은가?

또 다른 작품은 앞에서도 잠깐 소개를 했네만 황금나무와 공작새시계인데 지금은 수요일 5시에 한 번만 작동을 한다고 하지.

18세기 후반에 순금으로 만들어진 이 시계는 공작새와 수탉, 올빼미로 구성되어 있는데 새장에 갇힌 올빼미와 수탉이 울면 그 옆에 있는 공작은 날개를 활짝 펴 답을 한다는 것일세.

시간이 안 되었는지라 그 멋진 광경을 볼 수 없어 못내 아쉬웠다네.

유리 상자 안에 보관되어 있지만 섬세하게 조각해 좋은 솜씨 하며 깃털 하나하나에 들어 있는 기품 넘치는 공작의 아름다움에서 이 작품을 선물한 예카테리나 2세의 정부일지도 모를 유능한 고위관리의 마음을 읽을 수 있을 것 같지 않은가?

❋ 시간이 멈춘 '역사의 방'

친구!

에르미타슈에서 우리의 발걸음을 멈추게 한 곳은 '역사의 방'이었다네.

10여 평 남짓한 공간!

원래는 작은 식당이었던 이곳에는 몇 개의 테이블과 의자만이 덩그러니 놓여 있었지.

벽면 탁자에는 큼직한 탁상시계가 놓여 있고 시계의 바늘은 2시 10분을 가리킨 상태에서 멈춰 있다네.

시계가 고장 났냐고?

아닐세.

현지 가이드의 설명에 의하면 제정 러시아 달력으로 1917년 10월 25일(현재의 양력으로는 11월 7일) 볼셰비키 혁명군이 왕궁 안으로 들어와 케렌스키 임시정부 각료들을 체포함으로써 제정 러시아는 역사의 뒤안길로 사라지게 되었는데 그때의 그 급박했던 순간을 저 시계는 증언하고 있으며 이곳에서는 그때 그 시각을 영구히 고정시켜 혁명의 역사를 기념하고 있지.

물론 니콜라이 2세 황제는 그해 3월 17일 2월 혁명(부르주아 혁명)의 결과로 퇴위를 발표한 후였고 러시아 제국은 임시정부의 통치하에 있었지.

혁명의 구호였던 '빵과 토지와 평화'는 만민의 빈곤만을 가져왔으며 세계 최초의 공산당 1당 독재가 낳은 공포와 폭력 정치는 민주주의의 발전을 가로막는 결정적 계기가 되었다네.

세월의 흐름을 어찌 막을 수 있단 말인가!

공포탄 한 발에 놀란 근위병은 총을 내려놓고

그들이 하늘처럼 모시던 짜르를 외면한 것을!

풍요롭던 로마노프 왕조 시대는 막을 내린다네.

왕조는 막을 내리나

그들이 남겨놓은 러시아의 역사는

영원히 후대에게 이어질 것이니

역사의 뒤안길에서 바라본 오늘의 러시아!

그들만의 영광과 치욕이 있었기에 지금의 막강 러시아로 거듭날 수 있었던 것이 아니겠는가?

친구!

이곳 에르미타슈에서

나는 피터대제와 예카테리나 2세,

그리고 비운의 짜르인 니콜라이 2세를 만나

경의를 표하며 담담하게 에르미타슈를 나선다네.

친구!

러시아의 근대사가 고스란히 보관되어 있는 에르미타슈 박물관을 관람할 때는 즐겁고 부러운 마음만이 가득하였는데 박물관을 나서는 지금 마음 한구석이 왜 이리 무겁고 어두운지 잘 모르겠네.

두고두고 고민해 보아야 할 과제가 아닐까?

스파스 나 끄라비의 피의 구원 성당

에르미타슈를 생각하는 사이 버스는 화려하게 채색된 알록달록한 성당 앞에 정차했다네.

가이드는 이 건물의 역사에 대해 자세하게 설명을 해 주는데!

뭐? 알렉산더 황제와 관련 있는 성당이라고?

알렉산더라 하면?

바로 그 알렉산더?

아닐세.

자네가 생각하는 황제는 2300여 년 전 약관 20세에 왕위에 올라 유럽, 아시아, 아프리카 등을 정벌하여 세계 최대의 대제국을 건설한 마케도니아의 왕을 이야기하는 것 같은데!

친구! 그것은 아닐세.

핀란드에서 보았던 그 성당 앞 인물이 이곳에서 변을 당한 바로 그 황제라니!

자네!

내가 핀란드의 헬싱키에서 한 이야기가 생각나는가?

회고해 보세나!

핀란드의 국가적 행사가 있을 때 사용되는 대성당의 마당 한가운데 자국의 지도자도 아닌 과거 제정 러시아의 황제가 떡 버티고 서 있다는 사실을 말이야!

그곳에 있던 그 동상은 알렉산드르 2세였고 그는 핀란드 사람들에게 러시아어보다는 핀란드어를 국어로 사용할 수 있게 해 준 러시아의 황제였기에 지금도 핀란드인의 존경을 받게 되고 그를 기리고 있단다.

자! 그럼 버스에서 내려 성당을 구경하세.

관광 일정에는 없었지만 시간이 남는다는 가이드의 말에 따라 우리는 에르미타슈를 뒤로하고 스파스 나 끄라비의 예수 부활의 성당 또는 피의 구원 성당이라고도 불리는 성당 앞에 내렸지.

버스에서 내려 성당을 보는 순간 나는 깜짝 놀랐다네.

이것이 조각품인가?

아니면 틀에 넣어 찍어낸 것인가?

피의 구원 성당은 의구심이 들 정도로 정교하면서도 가식적인 느낌으로 내게 확 와 닿았다네.

아마도 건축물이 나타내려고 하는 이미지와 채색에서 그러한 느낌을 받았으리라 생각되는데 이러한 생각은 비단 나뿐만의 생각은 아닐 것이라 여겨지네.

피의 성당은 모스크바 붉은 광장에 있는 성 바실리 성당을 닮았으며 지붕 위의 둥근 양파지붕은 화려하고 다양한 색상으로 채색되어 보는 이로 하여금 멋지다는 감탄사를 하게 할 정도로 기가 막히게 아름다웠다네.

이렇게 멋진 성당이 공포정치로 유명한 알렉산드르 2세가 암살된 자리에 세워진 것이라니 참 이상한 일이지?

[피의 구원 성당: 알렉산드로 2세를 위한 성당]

[성당 앞의 선물가게: 각종 마뜨로슈까를 판매한다]

그러면 속국이었던 핀란드에서는 칭송받던 황제가 왜 자기 나라인 이곳 러시아에서는 폭탄 테러를 당해 살해되었는지 궁금하지 않은가?

한번 알아보세나.

친구!

그러니깐 19C 후반 유럽왕조를 뒤흔들게 되는 계몽주의 사상과 자유주의적 사상은 유행처럼 전 유럽으로 퍼져 나갔고 급기야 각 나라의 시민 혁명으로 번지게 되는데 이때 많은 유럽의 왕조들은 다른 나라 군주의 몰락을 보며 노심초사하기에 이른다네.

이러한 추세는 러시아도 예외는 아니었지.

이에 알렉산드르 2세는 '농노제 폐지'라는 과감한 개혁정책으로 국민들의 마음을 돌리려 애썼지만 1881년 3월 1일에 '인민의 의지'라는 혁명 단체의 암살자인 '그리네비쯔끼'가 던진 폭탄에 의하여 상처를 입고 사망한다네.

두 번에 걸친 폭탄 테러를 당하게 되는데 첫 번째 테러인 출근길에서는 무사히 빠져나왔지만 두 번째 테러에서는 빠져나올 수 없었거든.

결국 알렉산드르 2세는 사망했고 나중에 그 혁명군을 색출하여 이곳에서 다시 처형하게 되는데 알렉산드르 황제가 사망한 이 자리에 또다시 그를 죽인 암살자를 사형시켰기에 피로 얼룩진 성당이라 하여 사람들은 이를 '피의 성당'이라 부르게 되었고 지금도 사원 내부에는 알렉산드르 2세가 피를 흘렸던 그 자리를 보존하고 있어 후세사람들의 귀감이 되고 있지.

알렉산드르 2세는 개혁정치와 함께 영토 확장에 힘을 쏟았으며 그가 한 일 중에는 우리에게 너무나 잘 알려진 것이 있으니 그것은 현재는 미국 땅으로 되어 있는 알라스카를 1867년 당시 720만 달러에 팔아

버렸다는 것이지.

러시아로 보아서는 배를 쓸어내리면서 뒹굴 일 아닌가?

친구!

농업 노예를 해방시킨 알렉산드르 2세의 죽음을 원통해 하면서 그의 업적을 기리는 마음과 그를 죽인 암살범을 처단한 것에 대한 속죄의 마음을 담은 국민들의 성금으로 이 자리에 이 사원을 지었다네.

죽은 황제의 아들 알렉산드르 3세는 국민들의 헌금에 감사하며 이러한 뜻을 기리기 위해 1883년부터 성당의 건축을 시작하여 니콜라이 2세가 황제로 있던 1907년까지 3대에 걸쳐 무려 24년 동안 4군데 현관 입구에 예수와 관련된 일대기를 모자이크로 현란하게 마무리를 해 건물의 위상을 한결 높였다 하더군.

성당이 완성되자 아름다운 자태에 반한 황제는 더 이상 이와 같이 아름다운 성당은 다른 곳에 지을 수 없도록 하기 위하여 건축가의 눈을 뽑아 버렸다는 야사도 있지.

친구!

정말 알다가도 모를 일이야!

핀란드와 러시아에서 존경받던 인물이 살해된 것도 그렇고, 또 그 살해범을 처단한 자리에 성당을 짓고, 그 성당이 너무 아름다워 건축가의 눈을 멀게 하고…….

그런데 말이야!

건축가의 눈을 멀게 했다는데, 그것은 불가능하다고 본다네.

왜냐하면 이 건물을 짓기 위해 수많은 화가와 모자이크 예술가들 그리고 요업 기술자와 유약 기술자들이 참여하여 각각 자신들의 전문분야를 책임지었는데, 이렇게 많은 사람들의 눈을 멀게 해야 한다는 이야기인데, 이것이 가능한 일이겠나?

하여간 이 모든 것들이 평범한 사람들이 생각하기에는 너무 충격적이고 이해가 안 가는 이야기 아닌가?

이 이야기가 진실인지 아닌지는 몰라도 혹시라도 자네가 상트페테르부르크에 갈 기회가 있거들랑 이 성당은 꼭 봐야 할 것이네.

우리는 성당 앞의 운하와 다리에서 포즈를 취하며 성당 내부를 관람할 수 없었던 아쉬움을 간직한 채로 성당 앞 좌판의 알까기인형을 감상하며 다음 계획에 대한 의견을 나누었다네.

지금부터는 자유로운 관람 시간이거든!

네바 강의 선상 쇼와 울산의 미포

친구!

우린 2팀으로 나뉘어 선택에 대한 의견을 개진했다네.

한쪽 팀은 발레를 보아야 한다는 것이고 또 한 팀은 어떤 일이 있어도 선상 민속 쇼를 봐야 한다는 것이었지.

다시 말해 발레냐 선상 민속 쇼냐로 나뉜 것이었어.

결국 1/3은 발레를 보러 가고 나머지 사람들은 선상 민속 쇼를 보기로 결정하고 서로 헤어졌다네.

사실 나는 러시아 발레를 말로만 들었지 관람기회가 없어서 못 보았는데 러시아인들의 발레사랑은 그 어떤 민족보다 강하다는 소리를 듣고 잘 알고 있지.

러시아인들의 발레에 대한 사랑을 잠시 살펴보면 제2차 세계대전 당시 나치 독일에 의해 포위되어 900일 동안 100만 명이 죽어갔던 처참함 속에서도 볼쇼이 극장에 불이 켜져 있는 것을 보고 국민들은 희망을 잃지 않고 끝까지 독일과 싸웠으며 그 결과 독일을 이겼다는 유명한 일화가 전해 내려오지 않는가 말일세.

전쟁 중에도 발레는 계속되었다는 말이야.

친구!

이렇게 러시아에서 발레가 크게 발전하게 된 동기는 1712년에 피터 1세가 수도를 상트페테르부르크로 옮겨 그가 부르짖던 '유럽으로 열린 창'을 표방하면서부터라네.

창을 활짝 열었다는 것이지

그때부터 유럽의 새로운 문화는 이곳 상트페테르부르크에서 크게 발전하게 되고 급기야 19세기에 이르러 루빈스타인 형제, 차이코프스키, 스트라빈스키 등의 세계적인 작곡자들이 잇달아 등장하면서 러시아 음악을 세계 정상에 올려놓는 계기가 되었지.

오페라와 발레는 이들의 마음속에 영원히 흐르는 마르지 않는 강물과 같다네.

결국 생사의 갈림길에서도 식을 줄 모르는 러시아인들의 발레사랑은 그들을 세계 제일의 거대국가로 만드는 밑거름이 되었는지도 모르지!

친구!

세계 3대 발레단이 어디 어디인지 아는가?

평가하는 기준에 따라 차이가 있겠지만 영국의 로열발레단, 러시아의 볼쇼이 발레단, 파리 오페라 발레단을 지목한다네.

이 밖에도 이들과 겨루어 결코 뒤지지 않을 발레단으로는 미국의 뉴욕시티 발레단, ABT(어메리칸 발레 씨어터), 러시아의 키로프 발레단, 독일의 슈투트가르트 등이 있지.

우리 동네에는 고등학교를 갓 졸업하고 대학에 입학한 발레리나가 한 명 있는데 그는 평소 걸음걸이가 남들과 다른 점이 있다네.

얼굴을 들고 시선은 앞을 향하며 허리를 곧게 펴고 앞으로 걸어

나아갈 때 발끝을 쭉쭉 뻗으면서 사뿐사뿐!

당당하게!

가끔 TV에서 보던 그런 모습으로 말이야.

지금 생각하니 잘못 생각한 것 같네.

발레를 보는 것인데 말이야!

내가 발레를 관람할 기회가 얼마나 되겠는가?

그러나 후회한들 무엇하리오!

나중에 기회가 되면 꼭 한 번 구경을 가야겠네.

우린 먼저 발레를 관람할 일부 인원을 마린스키 극장 앞에 내려놓고 선착장으로 향했지.

❄ 우리는 선상 쇼를 택했다!

선착장에 도착하니 우리를 태우고 선상 쇼를 할 배가 이미 접안해 있었다네.

네바 강은 멀리 한국에서 온 이방인들을 맞을 준비를 하고 출렁거리는 물 위에서 긴장된 모습으로 우릴 기다렸지.

은하수라는 뜻을 가진 네바 강은 오전에는 푸른색, 오후에는 회색, 백야에는 황금색으로 변한다 하는데 지금 시각이 마침 회색으로 변할 시간이었지만 내 눈에는 검게 보였다네.

핀란드 만을 통하여 시내 깊숙이 드나드는 크루즈 선이나 큰 배를 위해서 새벽 1시 40분부터 네바 강에 있는 16개의 다리 중 14개가 순서대로 열리는 장관을 연출하며 이 모습을 보기 위한 유람선도 뜬다고 하지.

새벽 5시까지 다리가 들린 채로 있어 그 시간을 이용하여 큰 배들이 드나들고 그동안 다리의 통행은 금지된다고 한다네.

유람선 관광은 당초 계획에 들어 있지 않은 옵션이기 때문에 1인 당 50$씩 별도로 지불하여 우리만을 위한 전용유람선을 대절한 것이 라네.

친구!

그러면 지금부터 유람선을 타 볼까?

선착장에 정박 중인 유람선 안으로 들어가니 선수 부분에는 커튼 이 드리워 있고 중앙의 탁자에는 몇 명씩 앉아 창밖 경치를 즐길 수 있게 테이블이 놓여 있었으며 그 위에는 보드카 1병과 샴페인 그리 고 과일 몇 개가 우리를 기다리고 있었다네.

우리가 좌정을 하자 배 앞머리의 커튼 앞쪽에 있던 러시아 민속의 상을 차려입은 무희와 연주자는 그들이 가진 장기를 본격적으로 보 여주기 시작했다네.

밴드는 템포 빠른 러시아 음악을 연주했고, 소수민족인 듯한 남녀 댄서가 음악에 맞추어 전통 러시아 춤과 탭 댄싱 등으로 쇼를 보여 주었고, 중년의 남녀 가수는 러시아 음악을 부르기도 하면서 분위기 를 압도하더니 때때로 우리 일행을 지목하여 함께 춤을 추는 등 한·러의 춤꾼과 소리꾼이 함께 어울리는 환상의 시간을 보내게 됐 다네.

술이 한 순배씩 돌고 '위하여'가 몇 번 울려 퍼지니 며칠간 여행을 함께 했어도 남이었기에 서먹서먹했던 어색한 분위기는 한순간에 사 라지고 흥에 겨운 아주 친한 분위기로 변했다네.

상트페테르부르크의 네바 강 상류쯤에서 시작된 유람선 여행은 좌 우로 펼쳐지는 멋진 풍경을 감상하며 러시아의 빠른 음률에 맞추어 흐드러지게 만개하며 우리 모두를 낙원의 경지로 몰아가기에 충분했 다네.

[네바 강 야경: 파블로브스키 요새의 페트로 파울 성당이 보인다]

유람선 선상 쇼는 약 1시간에 걸쳐 이루어지는데 한 시간 관람 후 그들은 마지막에는 나무로 만든 짝짝이를 하나씩 나누어 주고는 우리말로 '대~한 민국'을 함께 외치도록 유도하는 바람에 우리들은 모두 흥이 났다네.

알고 보니 그것도 다 장삿속이었지.

결국에는 그 악기를 사라고 해서 짝짝이를 구입했다네. 나중에 그 악기를 보면 러시아 여행에서 있었던 즐거운 일들이 머릿속에 떠오를 테지!

그런가 하면 공연 끝에는 미녀가 바구니를 들고 다니며 팁을 요구하기도 했다네.

친구!

이는 1991년 12월 31일을 기해 자본주의 사회로 새롭게 출발한 러시아에서 또 다른 새로운 문화가 뿌리내리고 있다는 증거가 아니겠나?

우리는 공연 중에 갑판으로 가끔씩 나와 네바 강의 시원한 바람을 맞으며, 강 양쪽으로 펼쳐지는 파노라마와 같은 황홀한 조명으로 장식된 아름다운 건축물과 조형물들을 감상하며 사진도 찍으면서 상트페테르부르크의 야경을 마음껏 즐겼다네.

친구!

선상의 버라이어티 쇼를 감상하고 그곳에서 제공하는 한잔 술에 얼큰해진 나는 호텔로 돌아왔지만 그 열기는 좀처럼 식지 않았지.

바실리 섬에 있는 모스크바 호텔 775호의 창문을 활짝 열고 창밖의 신선한 공기를 한 모금 삼키고 나서야 정신이 번쩍 났다네.

이곳이 바로 그 상트페테르부르크이구나!

창문을 통해 아래쪽의 풍경을 바라보니 많은 선박이 강 위에서 어딘가를 향해 바삐 움직이고 있으며 인접한 부두에서는 선박의 수리도 한창이었다네.

핀란드 만과 발트 해로 나가는 상트페테르부르크,

'유럽으로 난 창'이란 말을 들을 만하구나! 높은 곳에 올라서야 비로소 알 수 있었지!

❆ 상트페테르부르크와 한국의 미포

친구!

불현듯 생각이 나는구먼.

1972년쯤으로 기억이 되는데 박정희 대통령이 집권하던 시절, 경제개발계획의 일환으로 우리나라는 현대 울산 미포조선소를 만들기 위한 첫 삽을 뜨지!

잘살아 보세, 우리도 한번 잘살아 보세!

당시의 미포의 풍경은 농어민이 드문드문 함께 어울려 살던 반농 반어의 빈촌이었는데 초창기 피터대제가 수도를 천도했을 당시만 해 도 이곳 상트페테르부르크가 우리나라의 미포를 닮지 않았을까?

30여 년이 지난 지금 우리나라는 브라질과 일본을 차례로 제치고 명실 공히 세계 제1의 조선 대국이 되었지.

선박의 생산방식도 발전에 발전을 거듭하여 도크에서 선체를 만들 어 물을 채워 진수하던 도크식에서 벗어나 육상에서 선체를 조립하 여 진수하는 방법을 새롭게 고안하여 밀려드는 주문을 소화해 내고 있다네.

말뫼의 눈물을 이용해서 말이야!

한때는 최강의 힘을 자랑하던 스웨덴의 골리앗 크레인인 '말뫼의 눈물'은 우리나라에 1달러에 팔려 왔는데 우리는 그로 하여금 선체 를 육상에서 조립한 후 직접 바닷물에 띄운다네.

이와 같이 과거와는 전혀 다른 기술을 이용한 선박기술로 우리나 라는 축구장 길이의 4배나 되는 컨테이너선을 만들고, 세계에서 5번 째로 첨단 이지스함인 세종대왕함을 개발하고, 잠수함을 자체기술로 설계·제작하는 등 조선대국으로 발돋움하고 있다는 것이지.

각종 크레인이 즐비하게 늘어서서 바삐 돌아가는 상트페테르부르 크의 모습을 보니 소련으로 살았던 과거 90년 정도의 공백이 있었지 만 머지않아 옛날의 그 영화를 누릴 수 있을 것이란 확신을 보내면 서 거인 피터와 예카테리나 2세를 만나봐야 하기에 서둘러 잠을 청 해 본다네.

로마노프의 거인 피터대제

친구!

어제저녁 네바 강 유람선에서 먹던 보드카의 그 오묘한 맛을 생각하며 잠에서 깨어난 나는 잠시나마 깊은 생각에 잠겼다네.

허비한 것은 귀한 나의 시간이요

써버린 것도 금쪽같은 내 돈이건만

러시아 국민들의 피와 땀으로 만들어진 상트페테르부르크에서

아무런 부담도 없이 이렇게 마시고 즐겨도 되는 것인지 …….

상트페테르부르크의 중흥을 위해 노력한 피터대제를 생각해 보았다네.

그러나!

나 스스로는 결론을 내릴 수 없으니

자네가 그 결론은 내려주게나!

뭐라!

술 마시고 즐겼어도 참 잘한 일이라고!

친구!

넵스키 대로를 따라 오르내리다 보면 수많은 조형물을 만날 수 있는데 그중 피터대제의 청동기마상은 군계일학이라네.

푸시킨은 이 청동기마상을 '청동의 기사'라 이름 지었는데, 그 모양은 말이 앞다리를 들고 적진을 향해 달려가려는 듯한, 실감나는 장면을 연출한 때문인데 이 기마상을 어느 방향에서 보아도 역동적인 모양을 하고 있어 보는 이로 하여금 힘을 느끼게 하는 명작이라네.

이 기마상은 제2차 세계대전 당시 독일의 폭격으로부터 보호하기 위하여 시민들이 흙으로 메우려는 시도를 했기에 더욱더 유명해졌다네.

피터대제!

그는 누구인가?

피터는 1672년에 아버지인 황제 알렉세이와 황제의 후궁이던 어머니의 사이에서 서자로 태어났지만 그는 결국 황제가 된다네.

그의 불같은 성격과 탱크처럼 밀어붙이는 추진력은 모든 이들을 압도하면서 그의 조국 러시아를 위하여 몸과 마음을 다 바친 황제로 러시아 역사상 가장 존경받는 인물이 되었지.

그러나 그의 유년시절은 너무나 비참했다네.

신분은 14째 왕자였지만 이복누이와 이복형들의 시기와 질투로 어머니와 함께 모스크바의 작은 마을로 유배를 당하게 되지.

그러나 총명한 그는 병정놀이라 하며 군사훈련을 스스로 하고 자신의 신분을 속이며 러시아보다 선진국이었던 유럽의 여러 나라를 여행하며 정치, 군사 등 황제 수업을 몰래 받았으며 심지어 핀란드에서는 억센 뱃일을 2년간이나 하면서 조선기술을 배워 조국으로 돌아와 전함을 만드는 데 일조하기도 했다네.

[1766년에 예카테리나 2세는 본인이 황제의 적통이라는 것을 알리기 위해
1600톤의 화강암에 시할아버지인 피터대제의 청동기마상 건립]

[신혼부부들이 행복을 비는 장소 0순위]

또한 의료기술도 배워 실제로 그가 황제에 오른 뒤에는 그의 신하들의 이를 뽑고 치료해 주기도 했던 덕과 지와 용을 겸비한 황제이기도 하지.

그리고 보니 꼭 삼국지에 나오는 명장 이야기 같구먼!

❄ 피터의 '돌멩이세(稅石)'

친구!

아무튼 피터대제는 자신을 유난히도 미워했던 형제들이 살던 모스크바가 싫었을 것이야.

"울고 싶은데 뺨 때린다."는 말이 있듯이 당시의 상황은 약육강식이라는 정글법칙이 그대로 적용되던 때라 외세에 맞서려면 그들을 공격하고 방어하기 쉬운 곳에 요새를 만드는 것이 중요했겠지?

결국 핀란드 만과 만나고 발트 해로 나가는 길목인 이곳 상트페테르부르크는 그러한 조건을 만족시키는 천혜의 요새라 생각했기에 그는 이곳을 새로운 수도로 낙점한 것이었지.

물론 전쟁이 아닌 또 다른 명분을 내세우기도 했겠지만!

대외적인 명분 말일세!

예를 들자면 낙후된 조국 러시아를 부강하게 만들려면 유럽의 신문물을 신속히 받아들여야 하고 또한 그들과의 쉴 사이 없는 교역을 위해서는 부동항이 절실하다는 명분 말일세.

피터대제는 네바 강 한가운데에 있던 삼각주 모래톱 위 토끼 섬에 돌과 자작나무를 이용하여 페트로 파블로프스키 요새를 건설하는 대공사를 시작하여 40여 년 만에 이곳을 새로운 신도시로 만들었다네.

삼각주 모래톱은 평지가 되어 마침내 1714년에 수도를 모스크바에서 신도시인 이곳으로 옮기고 약 200년간 제정 러시아의 수도로서 로마노프 왕조는 영화를 누리게 되지.

그런데 왜 이곳의 이름을 독일식으로 지었느냐고?

그것은 피터대제가 워낙 독일을 동경했기 때문이었다네.

재미있는 이야기를 한 가지만 더 해 보세나.

피터는 새로운 섬을 만들기 위해 재미있는 발상을 했다네.

1714년의 기록에 의하면 그는 돌을 세금으로 받는 가칭 돌멩이세(?)를 신설했는데 예를 들면 마차는 10파운드 이상 무게가 나가는 돌멩이를 10개씩 내고 들어와야 하며 선박은 20파운드 이상 나가는 돌멩이를 20개 이상 내야 통행이 가능했다고 하네.

이렇게 모인 돌을 이용하여 40년에 걸쳐 100여 개의 섬을 500여 개의 다리로 잇고 도시를 완성했는데 그 결과 현재 유네스코 세계문화유산으로 지정되어 아무리 오래된 집이라도 철거할 수 없으며 외부의 치장도 정부에서 허락해야 가능하고 색깔도 마음대로 칠할 수 없다고 하네.

페인트의 색깔은 정부의 허가 내용이라는 것이야.

물론 집안의 내부수리는 가능하다고 하니 우리들이 보았던 300년씩 된 집이 지금까지 헐리지 않고 보존되어 감탄사를 연발하며 관람할 수 있는 그 이유를 이제야 알 것 같지 않은가?

피터대제의 '돌멩이세'에 대해 잠시 알아보았지만 피터는 이것 말고도 '수염세'를 만들어 사용했다지?

역시 사람은 강력한 도전과 시련을 받아야 그에 상응하는 멋진 플레이를 할 수 있단 말이야!

이것이 내 결론인데 어때 자네의 결론과는 같지 않다고?

몽펠랑과 쿠드조프

여보!

집사람의 힘 있는 소리에 깜짝 놀라 정신을 수습한 나는 호텔방에서 내려와 아래층에 배치된 식당에서 아침을 간단히 마치고 오전의 관광을 위해 서둘러 버스에 올랐다네.

❆ 이삭성당과 몽펠랑

친구!

오전 스케줄은 일단 성 이삭성당을 방문하고 이어서 여름궁전을 관람하는 것으로 잡혀 있지.

호텔에서 얼마 떨어져 있지 않은 성 이삭성당으로 향하는 도로는 아침 출근길이라 제법 많은 차들로 혼잡스러웠네.

혼잡에 합세한 것은 전깃줄도 있었고, 그러나 어디 우리나라의 서울만 할까?

이내 성 이삭성당에 도착했다네.

이삭성당의 앞마당을 이삭광장이라 부르는데 광장 한가운데에는 철책을 둘러 거기까지만 사람들의 접근을 허락한 니콜라이 1세의 청동기마상이 모든 이들을 압도하고 있었다네.

보통 인물이 아니라는 것을 금방 느낄 수 있었지.

화강석 기단 위에 짙은 밤색의 원형기둥을 세우고, 기둥 아래쪽에는 부조형식으로 제왕의 활동 상황과 치적을 형상화한 청동판을 설치했으며, 기둥 위쪽에는 니콜라이 1세의 네 딸들이 네 방향에서 창(지혜), 칼(용기), 거울(미), 십자가(믿음)를 들고 있는 모습의 조각을 새겼고, 다시 그 꼭대기에 앞발을 높이 들고 웅비하는 모습의 말을 탄 니콜라이 1세 청동상이 주변과 멋진 조화를 이루고 있었다네. 이삭성당이란 이름을 갖게 된 이유는 이 성당이 완공되던 날이 5월 30일인데 마침 이날은 성 이삭 가우스의 생일과 같은 날이기 때문에 성당의 이름을 성 이삭성당으로 지었다는 것이지.

사원의 건축은 알렉산드르 1세 때인 1818년부터 그의 조카 알렉산드르 2세 때인 1858년까지 3대에 걸쳐 무려 40년간 이루어졌다고 하는데, 지반이 매우 약해 건물을 축조하는 데 성당 밑에 2만 5천여 개의 기둥(파일)을 박고 그 위에 길이 111.2m, 폭 97.6m, 높이 101.5m로 건물을 올려 한 번에 1만 4000여 명이 동시에 예배를 볼 수 있는 대규모 성당을 만들었는데 당시에는 어느 누구도 이 성당보다 더 높은 건물은 짓지 못하게 하였다네.

이 성당 건축의 설계와 감독을 맡은 사람은 프랑스의 '몽펠랑'이라는 건축가로서, 그는 이 성당을 완성하기 위해 평생을 이곳에서 살았다고 전해오지.

[성 이삭성당: 프랑스의 몽펠랑이 건축함: 황금 돔]

[카잔성당의 전경: 청동 돔]

친구!

몽펠랑은 이삭성당을 완성하고 이듬해 늙어 죽게 되는데 사후 러시아에 묻어 주기를 원했으나 매정하게도 러시아는 그를 받아 주지 않고 프랑스로 돌려보냈다는 것이야.

그 이유를 모르겠네.

숙제일세.

30세 청년시절부터 조국 프랑스를 떠나 러시아에서 오직 이 성당만을 위해 온몸을 바친 그를 러시아에 묻어 주지 않고 프랑스로 보낸 것은 몽펠랑이 이룬 치적을 평가해 볼 때 십분의 일도 알아주지 않은 옹졸한 처사라 생각하니 왠지 러시아의 위정자들이 얄미워지네.

이젠 성당 안으로 들어가 볼까?

청동으로 제작된 무거운 문짝을 열고 안으로 들어가면 눈을 어디에 고정시켜야 좋을지 모를 정도로 성당 전체는 커다란 하나의 작품처럼 우릴 압도한다네.

성당 벽에는 최후의 심판과 같은 성서의 내용을 묘사한 150여 점의 그림(이콘)이 그려져 있으며, 중앙 돔 한가운데 은으로 만든 비둘기의 장식은 설치 예술의 극치를 보는 것 같지.

역시 주의할 사항은 일반 관광객들에게는 성당 내부의 사진촬영이 금지되어 있기 때문에 사진이나 비디오를 촬영하기 위해서는 사전에 돈을 지불하고 허가를 받아야 한다네.

밖으로 나와 남쪽 입구에서 계단을 통해 전망대에 오르면 상트페테르부르크 시내를 한눈에 조망해 볼 수 있다고 하는데 나는 올라보지 못했지만 자네는 꼭 한 번 올라 주위의 경치를 감상해 보게나.

성당 밖으로 나온 나는 성당을 살펴보면서 빼먹은 곳이 한 곳 더 있다는 사실을 알았다네.

그것은 1층과 2층에 서 있는 굵은 기둥이라네.

저렇게 멋진 기둥을 빼놓다니!

나는 자네에게 마지막으로 이 기둥에 대해 소개해야겠네.

1층과 2층에 배치되어 있는 짙은 자줏빛 통짜 돌기둥은 무게가 자그마치 114톤에 높이 17m인데 4사람이 팔을 벌려야 맞잡을 수 있는 굵기의 것으로 1층에 48개, 2층에 24개를 열주로 설치해 웅장함과 함께 힘의 조화로움을 느끼게 해 준다네.

또 한 가지!

이 성당을 축조할 당시의 알렉산드르 대제는 성당의 돔을 금으로 장식하기 위하여 115kg의 황금을 사용했다고 하는데 제2차 세계대전 당시 독일의 폭격을 피하기 위하여 검은 천으로 돔을 덮어 피해를 막을 수 있었다는 유명한 일화도 있다네.

로마의 성 베드로 성당, 런던의 성 바울 사원, 피렌체의 산타마리아 델 피오레 사원에 이은 성당인 성 이삭성당!

역시 크고 웅장했다네.

❀ 카잔성당과 쿠드조프 장군

친구!

상트페테르부르크에는 많은 사원이 있지.

우리가 아침 일찍부터 성 이삭성당을 관람했으니 이제는 카잔성당으로 가 보세나.

넵스키 대로를 따라 내려가다 보면 황금지붕의 사원 너머로 상트페테르부르크에서 보기 드문 푸른색 청동으로 만든 거대한 돔형 지붕의 성당을 만날 수 있다네.

넵스키 대로 쪽으로 넓혀진 반원형의 회랑에 94개의 코린트식 기둥이 늘어서 있는 아치형의 이 성당은 토요일과 일요일에 예배를 드리는데 로마의 성 베드로 성당을 모방하여 건축가 바로니킨이 건축 시작 10년 만인 1811년에 완성한 러시아 고전주의 양식의 사원이라네.

사원 앞의 커다란 기둥은 이삭성당의 짙은 자줏빛 대리석 통기둥과는 다르게 석고 대리석으로 1m씩 거푸집에 석고를 부어 넣고 굳힌 후 다시 부어 넣는 식으로 기둥을 쌓아 올려 완성시켰고 중앙 주랑의 벽에는 나폴레옹 군대를 무찌른 쿠드조프 장군의 상이 아주 인상적으로 그려져 있다네.

쿠드조프 장군만 그려져 있는 것이 아니라 그의 유해까지 안치되어 러시아에서 쿠드조프가 차지하는 비중이 어느 정도인가 하는 것을 알 수 있게 하는 본보기이라네.

또한 이 성당에는 나폴레옹의 몰락을 가져온 대프랑스 전쟁에서 빼앗은 107개의 프랑스 군기가 꽂혀 있어 프랑스와의 전쟁에서 승리한 것을 기리는 마음이 얼마나 대단한가 하는 것을 알 수 있지.

이 사원에는 이콘화로 된 '카잔 성모대상'이 있는데, 기적의 이콘으로 알려진 '카잔 성모대상'은 1579년에 볼가 강변의 카잔 마을에 사는 9세 소녀의 꿈에 성모 마리아가 나타나서 그가 알려 준 대로 찾아가니 그곳에 그림이 있어 그 성모대상을 가져다가 이콘으로 장식하면서부터 '카잔성당'이라는 이름이 붙었다고 하네.

친구!

이 성당 앞에서는 가끔 재미있는 일이 벌어지는데 그 대상은 바로 쿠드조프의 동상이라네.

그의 모습을 보면 오른손엔 칼을 지팡이 삼아 짚고 서서 왼손으로는 지휘봉을 높이 들고 허공을 바라보며 신호를 보내는 듯한 모습을 하고 있는데 사람들은 그 모습을 보고 꼭 교통정리를 하고 있는 경찰관이라 생각한다는 것이야.

우연히도 때마침 전차가 지나가면 더욱 신이 나서 자기의 생각이
옳았다고 자랑한다는 것이지.

내가 너무 심한 말을 했나?

그리고 이것은 충고인데 말이야.

반바지와 민소매차림으로는 절대 입장불가일세.

왕관을 쓴 여름궁전

친구!

어제는 겨울궁전을 보았고 오늘은 세계 3대 성당인 성 이삭성당을 보았고 맛보기로 카잔성당까지 보았으니 이제는 여름궁전으로 가 볼 차례지?

그런데 이 여름궁전을 관람하려면 정말 조심해야 할 것이 있어.

바로 소매치기일세.

가이드가 이곳에서만 3번씩이나 지갑을 털렸다 하더군.

정말 조심하자고…….

그래서 내가 자네에게만 알려줌세.

외교통상부에서 당부하는 사항이니 꼭 따라야 할 것이네.

[외교통상부] 상트페테르부르크, EU 여행 시 유의사항

<분실 다발지역>

카잔성당(Kazan Cathedral), 넵스키 대로(Nevski Avenue), 그리스도 부활교회(Church of Our Savior on the Spilled St. Petersburg), 페

테르고프 분수공원(Fountain in Petrodvorets)

<주요 피해유형>
3인 1조 소매치기단이 한국어판 상트페테르부르크 관광책자를 판매하는 척하며 다가와, 가방과 지갑 및 여권을 훔침

<분실 시 대응절차>
통역을 동행하고 해당 지역 관할경찰서를 방문, 분실증명서 수령(당일 처리되는 경우도 있으나 원칙적으로 10일 소요)

여권과 출국비자는 총영사관을 통해 발급신청(2007. 1. 18. 비자법 개정 이후 공관에서 비자 협조공문 발송 후 통상 이틀 소요)

한편, 유럽 배낭여행 시 야간열차 내 소지품 도난, 샤워실 누수 등 빈번히 발생하는 사고에 유의하고, 안전한 해외여행을 위해 특히 아래사항을 유의하기 바란다.

<남루한 옷차림 자제>
출입국 심사 시 남루한 옷차림의 배낭여행객들에 대해 체류경비를 확인하는 등 심사를 보다 강화할 수 있으며, 초췌한 모습으로 거리를 배회하는 배낭여행객들을 행려자로 오인하여 보호소에 수용할 수도 있음

<여권 미소지 지양>
일부 여행객들은 EU 회원국, 특히 셴겐 협정국 간 출입국 심사가 없다는 것을 여권 없이 여행할 수 있는 것으로 오해하기도 하나, 자칫 불심검문에 걸려 추방될 수도 있음에 유의.

※ 2006년 10월 13일에 발효된 셴겐 국경법(Shengen Borders Code)에 따라 영국, 아일랜드를 제외한 전 EU국과 노르웨이, 아이슬란드에서 협정국 간 출입국 심사 폐지

자! 그럼 떠나 볼까?

버스를 타고 이삭성당으로부터 약 30킬로미터 떨어진 핀란드 만에서 가까운 여름궁전을 향해 40분 정도 달려 주차장에 당도하니 이미 많은 차들로 붐비고 있었지.

여름궁전으로 향하는 길옆 상점에는 러시아제 기념품을 판매하는 소점포가 줄을 지어 늘어서서 여행객들의 호주머니를 노리고 있었다네.

가판대에는 러시아의 특산물인 목각인형을 비롯하여 관광지에서 볼 수 있는 기념품들이 주인을 기다리고 있었지.

그중 마뜨로슈까라 부르는 알록달록 예쁘게 색칠한 목각인형을 판매하고 있었는데 이는 파리 만국박람회에서 1등을 차지한 러시아의 대표적인 상품으로 어머니를 이르는 말로 다산과 풍요와 행복을 의미한다고 하더군.

어디를 가든지 볼 수 있는 물건인데 뚜껑을 열었을 때 개수가 많이 들어 있을수록 비싸고 또 아래쪽 받침 부분을 뒤집어 보았을 때 제작한 사람의 사인이 들어간 것이 고급이라고 가이드가 일러주더군.

꾼들의 호객행위에 현혹되지 않고 가판대를 무사히 통과한 우리는 가깝게 보이는 여름궁전의 금빛 찬란한 왕관지붕에 놀라 환호성을 질러댔다네.

그도 그럴 것이 궁전 건물을 지으면서 금을 2톤이나 발랐으니 당연한 것 아니겠나!

멋질 수밖에!

그러면 지금부터 본격적으로 궁전에 대해 이야기해 볼까?

상트페테르부르크에 있는 에르미타슈를 겨울궁전이라 부르듯이 이 궁전은 여름궁전이라 부른다네.

이 궁전은 1709년에 피터대제가 스웨덴과의 전쟁에서 승리한 것을 기념하기 위해 조성했다고 하는데 러시아어로는 이곳을 '페트로 드 보레츠'라고 부르지.

[여름궁전]

'에르미타슈와 페트로 드보레츠'

다시 말해 겨울궁전과 여름궁전이라네.

뻬째르고프 언덕 가장자리에 위치한 대궁전의 본관건물은 흰색과 황금색이 조화를 이룬 균형 잡힌 대형 건물인데 건물 중앙의 지붕에는 제정 러시아 로마노프 왕가의 상징적 문양인 쌍두 독수리의 모형이 높이 세워져 있으며, 대궁전 양옆에는 황금색 왕관 모형의 큰 첨탑과 작은 첨탑이 아름다운 자태로 균형을 이루고 있어 러시아 정교 성당 같은 냄새를 풍기고 있었으며 푸른 숲과 흰 물줄기를 쉴 사이 없이 뿜어내고 있는 분수와 조화를 이루어 환상적인 분위기를 연출하고 있었다네.

이 궁전은 프랑스의 루이 14세가 건설한 베르사유 궁전을 의식하여 지금의 이러한 모습으로 만들어졌다네.

여름용 별장이라고나 할까?

궁전이 있는 공원 안으로 들어가니 길보다 훨씬 낮은 곳에 위치한 앞마당에는 수많은 분수가 물을 뿜고 있었는데 모든 분수는 펌프 없이 자연의 힘에 의해서 물줄기를 뿜고 있었다네.

그래서 이곳을 분수공원이라 부르기도 한다네.

자연의 힘을 이용하여 어떻게 분수를 만들었냐고?

간단하지!

러시아의 수력공학자인 비실리츠 고르코프는 이 분수를 위하여 20 ㎞ 이상이나 떨어져 있는 롭쉼스까야 고지의 호수에 배수관을 설치하고, 낙차를 이용하여 물을 끌어오는 기술을 개발하여 300년 가까이 된 지금까지도 고장 없이 계속 물을 뿜고 있다네.

여름궁전 안에는 니쥐니(아래) 공원과 베흐르니(위) 공원을 조성했는데 이 중에서도 백미는 핀란드 만과 접해 있는 아래 공원으로 아름다운 가로수 길과 갖가지 모형의 분수, 그리고 작은 궁전들을 숲 속과 분수 사이 곳곳에 세워 아름다움을 더해 주고 있었지.

아래와 위의 두 공원에는 모두 144개의 크고 작은 분수와 7개의 작은 공원, 가로수 길, 작은 궁전들이 위치해 있다고 하는데 궁전 앞 비탈면을 따라 설치된 대폭포는 좌우로 7개의 계단을 만들어 흘러내리게 한 다음 그 물이 모인 곳에 반원형의 연못을 조성하고 그 한가운데에 돌섬을 만들어 삼손이 사자의 입을 찢는 모습의 황금빛 찬란한 '삼손 상'의 분수를 만들어 놓았다네.

이 삼손 상이야말로 분수공원의 압권이라네.

이 삼손 상은 금박 사자의 입에서 높이 20m나 되는 물줄기가 뿜어져 나오는데 피터대제가 성서 속의 영웅인 삼손의 동상을 설치하도록 결정한 것은 스웨덴과의 전쟁에서 러시아군이 승리한 날이 '성 삼소니아'의 기념일이었기 때문에 삼손 상을 만들었다는 설명이지.

여기서 사자가 뜻하는 바가 무엇이냐고?

그거야 당연히 스웨덴을 뜻하는 것이겠지!

친구!

공원의 분수에 대해 잠시 살펴볼까?

아래 공원은 중앙의 분수대와 운하를 중심으로 울창한 숲길과 곳곳에 분위기와 알맞은 수많은 분수대를 만들어 놓았는데, 넓게 조성된 꽃밭 한가운데 삼단의 탑을 만들고 그 위에서 솟구쳐 떨어지게 한 전형적인 림스끼(로마) 분수가 있고 밟으면 분수가 솟아 나오는 장난꾸러기 분수가 있는가 하면 사람이 안으로 들어가면 분수 커튼이 쳐지는 그리보크(버섯) 분수, 나뭇가지마다 분수를 뿜을 수 있게 미리 만들어 놓은 나무 분수 등 재미있는 분수가 많다네.

또 이곳에는 분수뿐만 아니라, 고대 그리스 로마의 신들과 신화에 나오는 영웅들의 황금빛 조각상들이 약 260개나 설치되어 있어 황금색 궁전과 조각상들, 그리고 수많은 분수와 아름다운 숲 그리고 출렁거리는 핀란드 만의 물이 주위를 감싸고 돌아나가는 아름다운 풍경이지.

한마디로 돈으로 치장한 호화 별장이라 생각하면 될 것이네.

숲 속으로 난 길을 따라가면 핀란드 만이 나오는데 해변에는 바다의 신인 포세이돈의 동상이 익살스러운 모습으로 우리를 맞이한다네.

삼지창을 들고 있는 동상의 기단 위로 올라 그와 함께 사진을 찍어 보는 것도 참 재미있는 일일세.

비록 짧은 1시간 30분 동안이었지만 긴 여행에서 지친 몸과 마음을 잠시 동안이나마 쉴 수 있게 해 준 숲과 분수가 있어 우리에겐 안성맞춤이란 생각이 들었다네.

피터와 니콜라이 2세의 뒤늦은 영면

친구!

여름궁전을 감상한 우리는 러시아식당에 들러 점심을 먹었다네.

입에서 반기지는 않았지만 빵과 토마토 스프 그리고 감자와 야채 등은 그런대로 먹을 만했고 그것과 함께 곁들여 먹을 수 있게 한 돼지고기 스테이크는 밋밋한 맛이긴 하였지만 옛날부터 피터대제를 포함한 러시아인들이 즐겨먹었던 음식이라고 해서 나도 열심히 먹었다네.

친구!

멋진 여름궁전을 둘러보았고 점심도 먹었으니 이제는 러일전쟁 당시 세내토 림 안빈 써 보지 못하고 일본 해군에게 패하여 긴신히 목숨만을 부지해야 했던 순양함 오로라호를 견학하세.

순양함 오로라는 1917년 10월 25일에 황제가 거주하는 겨울궁전을 향해 공포탄 한 발을 발포했다네.

한 발의 대포를 쏜 후

"이제 러시아는 왕정이 끝났고 혁명이 시작되었다."라고 전 세계에 타전했지.

4명의 수병이 저지른 일치고는 너무나 엄청난 일이었어.

내부는 해군 중앙 박물관 본관으로 사용한다네.

친구!

이렇게 큰 전함이 일본함정에 지다니!

정말 이해가 안 가는 대목이구먼.

더 엄청난 것은 이 배를 이미 100년 전에 건조했다는 사실이야.

1904~1905년 러일전쟁에 참가하기 위하여 아프리카 희망봉을 돌아 인도양을 거쳐 태평양에 도착하여 현해탄과 독도 부근에서 벌어진 일본과의 해전에서 함께 한 발틱 함대의 대부분이 수장되었는데 살아남은 배는 오직 2척이었고 그중의 한 척이 바로 '오로라호'였다네.

그렇다면 오로라호는 무엇 때문에 그렇게 멀리 돌고 돌아 대한해협으로 진입했을까?

아프리카의 희망봉을 돌지 않고 수에즈 운하를 통과했더라면 시간을 훨씬 단축할 수 있었을 텐데.

그것은 영일동맹 때문이었다네.

한번 알아볼까?

당시의 국제정세는 러시아의 세계진출을 막기 위해 영국과 유럽열강이 서로 협조했다네.

러시아가 유럽으로 진출을 하려고 하면 독일을 내세웠고 남쪽으로 진출을 시도하면 터키가 나서서 막았지.

이번에는 러시아가 동쪽으로 진출하려고 하자 영국은 일본을 부추겨 러일전쟁을 일으키게 된다네.

영국은 일본을 측면 지원하기 위해 러시아 발틱 함대가 수에즈 운하를 통과하지 못하게 봉쇄함으로 발틱 함대는 멀리 아프리카의 희망봉을 돌아 전장인 대한해협으로 갈 수밖에 없었지.

7개월간의 항해로 지친 러시아의 발틱 함대는 힘 한 번 제대로 쓰지 못하고 대한해협을 지키고 있던 일본의 해군제독 도고에게 무너지고 68척의 함대 선박 중 2척만이 간신히 목숨을 부지하여 블라디보스토크 항으로 귀환했다네.

이 전쟁에서 재미있는 에피소드가 있는데 한번 들어 보겠는가?

일본이 전쟁에서 이기게 된 것은 전적으로 이순신 장군의 공이 컸다는 이론이지.

아니! 이순신 장군의 임진왜란과 러일전쟁은 시차가 410년 이상이나 나는데 무슨 뚱딴지같은 이야기냐고?

무슨 이야기인가 하면!

당시 일본의 도고 제독은 전투 개시 전날 밤 꿈에 이순신 장군이 대한해협에서 학익진을 펼치는 모습을 보았다는 것이지.

꿈에서 깨자마자 바로 대한해협으로 전 병력을 집결시키고 학익진을 펼치며 기다리니 정말로 어제의 꿈과 같이 러시아 발틱 함대가 아무것도 모르고 유유히 나타나더라는 것이야.

좁은 곳으로 몰아넣고 강타하니 러시아 함대는 먼 거리를 항해했는지라 지쳐 있었고 급습을 당하여 전멸했다는 말이네.

그래서 이순신 장군의 공으로 이겼다고 표현하는 것이지.

어쨌든 일본의 해신이라 칭송받는 도고 헤이하치로 제독에게 세계에서 가장 뛰어난 해군 장군을 말하라 한다면 주저 없이 조선의 이순신 장군이라고 말할 정도로 이순신 장군을 흠모하는 팬이었다네.

영국의 넬슨 제독을 제치고 말이지!

이 전쟁의 결과 1905년에 미국의 뉴햄프셔 주 포츠머스에서 러일전쟁의 강화조약을 맺게 되는데 내용을 살펴보면 '한국에 대한 일본의 지배권을 인정한다.' '연해주와 사할린을 일본에게 넘긴다.'는 몇몇 조항에 사인을 하게 된 것이라네.

이때부터 사실상 우리는 일본의 속국이 되어 버렸고 결국 모든 피해는 우리가 입게 되었지.

이처럼 영일동맹은 열강 간의 상호 협조와 묵시 속에 약소국을 침략하는 나누어먹기식 국제조약인 셈이었다네.

친구!

만약 그때 일본이 러시아에게 패하였다면 우리나라는 어찌되었을까?

글쎄.

역사란 가정이 없다던데!

한번 생각해 보게나.

러일전쟁에서 간신히 살아 돌아온 그때 그 배가 순양함 오로라호인데 그로부터 10여 년 뒤인 1917년 10월 25일 오전 9시 40분에는 러일전쟁보다 더 큰 일을 낸다네.

레닌의 추종세력인 볼셰비키 당원들이 혁명의 신호탄을 쏘아 올려 러시아 임시정부 각료들을 체포·처형함으로써 제정 러시아는 종말을 고하게 되고 공산 소비에트 정권이 들어서게 되는 계기를 만들어 주었다네.

그래서 이 배는 더욱 유명해졌지.

또한 제2차 세계대전 중에는 육상전투를 위해 순양함에 장착된 대포만을 때내어 사용하기도 했는데 전쟁이 끝난 후에는 이곳 네바 강과 네프카 강의 분기점에 영구 정박하여 박물관으로 사용하고 있었지만 정작 선박 내부는 구경할 수 없고 배 갑판 위에 부착된 각종 시설물, 함포, 구명정, 통신시설 그리고 높다란 3개의 굴뚝 등 껍데기만 구경할 수 있을 뿐이었다네.

어떤 관광객들은 배 위에 올라 멀리 강 건너 페트로 파블로프스크 요새, 로스트랄드 등대 그리고 에르미타슈 박물관과 아름다운 러시아 정교 성당들을 둘러보고 있었는데 우리는 그렇게 못해 정말 아쉽게 되었다네.

❊ 로스트랄드 등대

친구!

오로라호의 오른쪽을 바라보니 등대가 하나 보이는구먼!

저 등대를 우린 로스트랄드 등대라 부른다네.

그런데 등대 기둥 위에는 왜 배의 앞머리가 붙어 있지?

어찌된 영문인지 한번 알아볼까?

네바강변에 서 있는 로스트랄드 등대는 180년간 자리를 지키고 있다 하는데 전투에서 승리할 때마다 상대 배 머리를 떼서 등대에 붙여 놓았다네.

건너편에도 32미터 높이의 똑같은 등대가 서 있는데 우린 버스를 타고 네바 강을 건너기 위해 궁전다리를 건너 그 등대를 향해 이동을 했다네.

상트페테르부르크에서 가장 큰 바실리 섬에 온 것이지.

일명 '토끼 섬'이라고도 부르는 이곳은 상트페테르부르크를 만들기 위해 처음으로 간척사업을 벌였던 곳으로 당시에는 토끼가 많이 놀 았다 해서 붙여진 이름인데 농민들의 피와 땀으로 이룩한 이 섬은 상트페테르부르크를 러시아의 머리로 키우는 데 결정적 역할을 하게 된다네.

섬 입구에는 한 쌍의 붉은색 등대가 높이 솟아 있는데 이것이 '로

스뜨랄느에 깔로나'(로스트랄드) 등대이지.

고대 그리스와 로마에서는 해전에서 승리하면 이를 기념하여 기념 원주를 세우고 빼앗은 배의 뱃머리를 기둥에 장식하였는데 로스트랄드 등대에도 구리로 된 8개의 뱃머리 장식이 있고, 화강석으로 된 양쪽의 등대 밑받침에는 주변에 있는 볼호프, 네바, 드네프르, 볼가 강 등 4개의 큰 강을 의인화한 조각상이 그리스 신과 같은 모습으로 각각 두 사람씩 자리 잡고 있는데 로스트랄드라는 말은 뱃머리라는 뜻으로 맨 위의 등까지는 32m에 달한다고 하며, 지금도 이 등대는 국경일이나 경축행사 전야와 축제 때에는 불을 밝힌다고 한다네.

등대가 있는 이곳 강변은 웅장한 화강암 벽이 둘러쳐 있고 돌이 깔린 산책로가 잘 정비되어 있으며, 네바 강을 사이에 두고 에르미타슈 박물관, 이삭성당, 피터폴 요새 등이 아름답게 들어서 있어 네바 강을 배경으로 사진을 찍기에는 더할 수 없는 아름다운 곳이기 때문에 관광객들은 물론 결혼식을 마친 신랑 신부가 친구들과 함께 이곳에 와서 행복을 기원하는 곳이라고 하지.

우리가 방문하던 날도 몇 쌍의 신랑신부를 목격할 수 있었다네.

❋ 토끼 섬 안의 피터대제와 요새

섬 안에는 등대 말고도 피터 앤 파울(PETER AND PAUL) 대성당이 자리하고 있었는데 이 성당은 적의 급습으로부터 도시를 지키기 위해 1703년에 세워진 페트로 파블로프스크 요새 안에 위치한 성당으로 건축가 D. 트레지니에 의해서 1712~1733년에 걸쳐 만들어졌다고 하지.

[파블로프스크 요새 안에 있는 피터대제의 청동좌상]

[토끼 섬의 파블로프스크 요새 성벽과 페트로 파울 성당]

서구의 교회 건축 양식과 고대 러시아 교회건축 양식을 결합해 만들어졌다고 하는데 러시아 정교 교회 건물의 종루에 음악 종을 울리는 시계가 있다네.

이 교회의 규모를 살펴보면 금으로 도금된 첨탑과 도시의 수호자로 간주되는 천사 상을 포함하여 종루의 높이는 120m나 되는데 상트페테르부르크 어디에서나 이 종루가 보일 정도로 그 높이가 높고 또한 아름답다네.

나는 네바 강을 유람할 때와 시내를 관광할 때 어디에서나 이 종루를 볼 수 있었다네.

우리는 이 성당을 베드로 바울 성당이라 부르기도 하지.

이 성당은 재미있는 이야기 거리를 많이 가지고 있다네.

친구!

가이드가 들려주는 재미있는 이야기를 그대로 전할 테니 한번 들어 보게나.

요새 안에 있는 페트로 파울 성당은 완공당시 첨탑에 피뢰침을 설치하지 않아 벼락을 맞아 피해를 자주 입게 되는데 두 번째 탑이 부서졌을 때 당시 알렉산더 왕은 방을 써 붙이고 나서야 보수해 줄 사람을 간신히 찾았다네.

그는 야로슬라프 지역 목수인 데르시킨이라는 사람인데 사다리를 사용하지 않고 꼭대기에 올라가 십자가를 수리했다고 하는데 2년간의 고생 끝에 수리를 마치자 왕이 칭찬을 하며 그 목수에게 소원을 물었다네.

자네의 소원이 무엇인가?

네! 데르시킨은 대답했다네.

술집의 종류를 가리지 않고 언제 들어가든지 공짜로 마음대로 술을 마실 수 있는 신분증을 하나 만들어 주십시오.

그래!

알았노라!

왕은 즉시 그에게 신분증을 만들어 주었다네.

그러나 그는 워낙 주정뱅이인지라 신분증을 자꾸만 잃어버리게 되고, 그 신분증을 주운 다른 사람들이 도용을 하게 되자, 10번쯤 새로 발급해 주던 신분증을 더 이상 만들어 주지 않고, 그 대신 오른쪽 목에 신분증을 대신할 낙인을 찍어 주었다고 하네.

그 후부터는 신분증을 보여주는 대신 술집에 들어가면 자신의 목을 톡톡 치면서 주인에게 자기의 목에 새겨진 증명서를 보여주고 술을 마셨다고 하는데, 마신 술값은 정부에서 갚아주었기 때문에 죽을 때까지 원 없이 술을 마셨다고 하며, 그 후 러시아에서는 친구끼리 술 먹으로 가자고 할 때는 말 대신 자신의 목을 톡톡 치는 것으로 그 뜻을 전하는 관습이 생기게 되었다고 하는 일화가 있다 하네.

여보게!

이제부터는 내가 목을 톡톡 건드리면 술 마시러 가자는 이야기로 알아듣고 아무소리 말고 따라나서게!

친구!

술은 술이고!

이 성당에 대한 빠진 이야기를 한 가지 더 해야 하겠네.

베드로 바울 성당 안에는 역대 러시아 황제들의 유해가 안치되어 있는데 오직 한 사람만이 빠져 있었다네.

그는 다름 아닌 니콜라이 2세였지.

러시아가 해결해야 할 숙제였다네.

내용인즉!

1917년 10월 혁명 때 볼셰비키 당원들에 의해 납치되어 생사를 알지 못했던 제정 러시아의 마지막 황제 니콜라이 2세의 시신이 우랄 산맥 부근의 한 농가에서 발견되어 1998년 7월 17일 당시 제정 러시아 페트로(피터) 1세부터 알렉산드르 3세까지 로마노프 왕조의 황제와 황족들의 시신이 안치되어 있는 이곳 베드로 바울 성당에서 옐친 러시아 대통령에 의해 러시아 국장으로 성대한 장례식을 거행해 주었고, 선황제들의 옆에서 영면할 수 있도록 안장했다고 하네.

이름하여!

"피터 마음을 놓다."

"니콜라이 2세 80년 만에 영면하다."

제6부 러시아의 모스크바 편

[모스크바 시의 문양: 반전된 모습]

모스크바 침공

친구!

황금빛 첨탑 성당이 있는 피터 파울 요새 안에는 207센티미터의 거구인 피터대제가 길가에 앉아 지나가는 관광객을 맞이하고 있는데 동상은 실제의 피터대제를 꼭 닮았다 하더군.

머리가 조그맣고 롱 다리라 요즘 우리 아이들이 보면 얼짱이라고 좋아하겠더라고.

우리는 그의 롱 다리 위에 걸터앉아 그의 조국인 러시아를 생각했다네.

사실은 피터 동상을 만지면서 소원을 빌면 피터대제가 그 소원을 들어준다기에 우리들은 너나 할 것 없이 줄을 서서 모두들 만지고 쓰다듬고 그것도 모자라 올라앉고…….

자!

피터대제에게 나의 소원을 빌었고, 비명에 간 니콜라이 2세의 명복도 빌었고, 이제는 상트페테르부르크를 떠날 시간이네.

[승리광장: 히틀러와의 900일 전투에서 모두 100만 명이 죽었다]

[2차 대전 중 독일은 41.9〜44.1까지 900일 동안 이곳을 봉쇄했는데
이 기간에 죽은 45만 시민 호국영령들의 넋을 위로하고 있다]

우리는 피터대제가 그의 웅지를 펼치기 위해 찌그러진 육각형 섬인 이곳에 요새를 짓고 도읍지를 옮겨 새로운 러시아를 위해 힘쓰던 토끼 섬을 나와 넵스키 대로를 지나면서 그들과 작별하고 있다네.

회색빛 하늘 아래로 87년 동안이나 사용한 복잡하게 얽혀 있는 낡은 전깃줄은 모든 인류가 영원히 함께 해야 할 세계문화유산과는 어울리지 않는 모습이었지만 다음에 올 때는 정비된 하늘을 볼 것을 기대하고 그것들을 뒤로하고 모스크바로 향한다네.

친구!

상트페테르부르크에서 모스크바를 향해 곧게 뻗어 있는 모스크바 대로변에 위치한 이 공원은 낮은 구릉 위에 조성되어 있었지.

공원 주위에는 맘모스 빌딩이 새로 들어서고 있었는데 그 건물의 벽에는 우리나라 굴지의 전자회사 대형 홍보용 휘장이 건물 전체를 감싸고 있었다네.

승리광장 안에는 중앙에 높은 탑이 세워져 있으며 탑을 받치고 서 있는 기단과 광장 바닥에는 당시 산화한 많은 병사들과 그들이 속했던 부대의 이름이 명예롭게 새겨져 있었다네.

화강석이 깔려 있는 광장의 바닥은 잘 다듬어진 대리석으로 깔끔하게 장식되어 있었지.

그런데 말이야!

공원이라면 의당 있어야 할 것 중 빠진 것이 있었다네.

바로 벤치와 조경수였어.

가이드는 나무가 없는 이유를 이렇게 설명했다네.

이 공원의 설립 목적을 보면 알 수 있는데, 약 900일 동안 기아와 황량함에도 굴복하지 않고 이루어 낸 러시아의 전승 기념을 위한 목적과, 시민 의용군사단을 결성하여 나라를 지킨 투철한 국가관 및 애국심을 위한 곳이고, 결혼을 하는 사람들이 그들의 사랑을 맹세하는 곳으로 이용되기 때문에 나무 밑에 앉아 편안히 쉬면서 노닥거릴 수 없어 나무를 심지 않았다는 것이지.

그의 말을 들어 보니 그럴듯하게 들리기도 했는데 글쎄!

믿거나 말거나 식 아니겠나!

❄ 나폴레옹과 히틀러의 러시아 침공

친구!

그러면 러시아의 전쟁에 대해 잠시 알아볼까?

러시아는 근대사에서 두 차례에 걸쳐 커다란 침략을 받는데 프랑스의 나폴레옹과 독일 히틀러의 침략이었지.

1812년 6월에 침공한 나폴레옹은 겨울이 되는 바람에 60만 명의 병사 중 50만 명을 잃고 결국 전쟁에서 패하여 몰락하는 결정적 계기가 되었으며 히틀러는 이를 거울삼아 여름에 침공한다네.

히틀러는 6개월 내로 모스크바를 점령하기로 계획을 세워 놓았는데 그 예상은 완전히 빗나가고 1941년 9월부터 4년간이나 전쟁을 끌어 결국은 패전했다네.

독일의 침공으로 러시아는 인구 1억 3천 2백만 명 가운데 약 20%에 가까운 2천6백만 명이나 희생되었다고 하지.

친구!

이들은 이 대로를 모스크바 대로라 부르는데 이 대로를 따라가면 모스크바에 이르게 된다네.

그런데 750킬로미터는 너무 멀어.

서울에서 제주도 가는 거리쯤 되겠지?

비행기로 가야겠지!

잔뜩 찌푸린 날씨에 약간의 부슬비가 내리는 중이라 더 이상 머무르지 못하고 다음 행선지인 모스크바로 출발해야 하기에 우리는 버스에 올라 공항을 향해 출발했다네.

모스크바행 비행기를 타기 위해 풀코바 공항에 도착하니 오락가락하던 비는 그쳐 있고 태양은 서산에 기울어져 있었다네.

수속을 마치고 비행기 트랩에 올라 시계를 보니 밤 10시!

아직도 해는 넘어가지를 못하고 서산에 걸려 턱걸이를 하며 지나가는 여름밤을 아쉬운 듯 즐기고 있었지.

하기야 하지인 6월 22일부터는 오후 1시 30분에 해가 지기 시작하여 3시가 되면 해가 뜬다고 하니깐 밤 시간이 고작해야 2시간 정도라는 것을 생각하면 아직 먼 시간이지!

이때를 백야라 부른다네.

[밤 10시 상트페테르부르크의 풀코바 공항 전경]

나는 모스크바로 날아가는 비행기 안에서 상트페테르부르크를 생각해 본다네.

아니 피터대제를 생각해 본단 말이 맞을지도 모르지!

1703년 5월 27일

토끼 섬에 페트로 파블로프스크 요새를 건설하는 대공사를 시작함으로써 강한 러시아의 기틀을 마련했노라고!

피터의 파란만장한 삶과 마찬가지로 상트페테르부르크도 300년을 존립해 오면서 1941년 9월 8일부터 1944년 1월 27일까지 872일 동안의 인위적 대재앙이었던 독일의 도시 봉쇄작전도 페테르 시민들의 의지는 꺾지 못했다네.

또한 1724년, 1824년, 1924년 이렇게 100년마다 찾아오는 무서운 홍수는 피터의 기적을 삼키려 했으나 페테르부르크는 굳건히 견뎌냈다네.

앞으로 어떠한 사건이 아름다운 이 도시를 위협할지 모를 일이지만 지금까지 견딘 시간만큼이나 소중한 경험을 바탕으로 더욱더 발전된 상트페테르부르크가 될 것임을 확신해 본다네.

❄ 돌고루키 모스크바에 입성하다

친구!

우리 보고 가라고 가랑비를 뿌리기 시작하는 풀코바(Pulkova) 공항을 이륙하여 1시간 남짓 비행한 끝에 밤 11시 10분에 모스크바 공항에 내렸다네.

공항에 내려 대합실을 둘러보니 여행 첫날 덴마크로 가기 위해 경유했던 그곳이었네.

알고 보니 모스크바 공항에는 5개의 공항 건물이 있었는데 우리가 내린 이곳은 첫 번째 건물로 국내선만 담당하는 곳이었어.

공항에서 대기하던 버스를 타고 모스크바 시내를 향해 달리기 시작했다네.

모스크바를 안내해 줄 여자 가이드는 모스크바에 대한 역사와 함께 이런저런 이야기로 우리들의 의구심을 풀어 주었다네.

그가 말하는 모스크바의 역사에 대해 잠시 이야기해 볼까?

우리가 상트페테르부르크에 도착해서도 알아본 사실이지만 키에프 루시로부터 시작된 러시아의 태동은 돌고루키공에 의해 모스크바에서 결실을 맺는다네.

그 과정을 짚어 보면 올레그가 882년에 현재의 우크라이나 수도 키에프를 수도로 정하고 루릭 왕조를 세워 350여 년간 통치하는데 그 기간에 블라디미르대공이 988년에 기독교를 국교로 받아들이면서 러시아는 동로마 제국의 찬란한 비잔틴문화를 옮겨와 러시아에서 그 꽃을 피우게 된다네.

블라디미르 사후 권력 갈등으로 키에프는 여러 공국으로 분열하면서 중심세력이 동북지역의 삼림지대로 이동하게 되고 이런 와중에서 돌고루키에 의해 모스크바가 발전하면서 새로운 러시아의 중심 왕조로 등장하는데 이 왕조가 로마노프 왕조라네.

자연스럽게 키에프 공국의 루릭 왕조에 이어 모스크바의 로마노프 왕조가 그 뒤를 이었고 볼셰비키 혁명을 거치면서 소련으로 성장했다는 말이지.

친구!

러시아의 기원을 이야기하는 사이에 로마노프 왕조의 중심이었던 모스크바의 한 호텔에 도착했네.

호텔방을 배정받고 각 방으로 흩어진 것이 아니라 모두들 호텔에 제출할 서류를 작성하느라 부산을 떨고 있다네.

호텔에 무슨 서류를 제출하냐고?

내 말을 들어 보게.

그러니까 이틀 전이었지!

핀란드의 국경을 통과하여 러시아로 입국할 때 입국증명서를 제출했는데 그때 증명서의 반쪽은 러시아 검문소에 제출하고 나머지 반쪽은 여권 속에 넣어 가지고 있다가 호텔에 제출한다고 했던 말이 생각나는가?

이제 그 반쪽을 써먹을 시간이 됐다 이 말이네.

우리는 반쪽을 중간 기착지인 모스크바 호텔에 제출하고 투덜거렸지.

아직도 그 습관을 버리지 못하고 있다고.

외국에서 온 관광객들에게까지 중간 기착지에서 증명서를 제출하라니!

자네 러시아를 여행하려면 명심해야 할 것이야…….

VEGA(VETA)호텔은 지은 지 얼마 안 되는 깨끗한 고층건물로 우리가 묵을 방은 13층이었다네.

방으로 올라가기 전 호텔 매점에서 목이 말라 맥주를 한 캔 구입했다네.

가격은 50루블로 우리 돈으로 환산하니 1800원 정도 했지.

우리나라와 비교해 보니 맥주 값은 상당히 저렴했다네.

방으로 올라간 우리는 내일 아침 모닝콜을 호텔 프런트에 부탁을 하고 늦은 시각인지라 모두 잠에 떨어졌네.

시계는 새벽 1시 30분을 가리키는데.

장차 세계의 선두에 서서 지구라는 동네를 이끌어 갈 러시아의 심장부 모스크바를 기대하면서…….

나를 반긴 20세기의 크레믈린

친구!

어제 밤늦게 도착하였지만 안심하고 곤히 잠들 수 있었던 것은 어제저녁에 부탁한 모닝콜 덕분이었지.

하지만 제시간에 울려야 할 모닝콜은 감감무소식…….

놀라 시계를 보니 집합 시간이 다 된 늦은 시각 아닌가!

어젯밤에 가이드는 이곳 베가 호텔 프런트에 모닝콜을 부탁했지만 모닝콜이 울린 방은 단 한군데도 없었다네.

나중에 알았지만 방마다 전화 코드가 뽑혀 있었던 것이었어.

우리나라 같으면 어디 이런 일이 일어날 수 있겠나?

모스크바 여행을 할 때 조심해야 할 대목이니 잘 기억해 두게.

결국 아침식사를 할 시간이 없어 우리는 그때까지 보관해 둔 라면 3개와 누룽지로 아침을 대신하기로 했다네.

대부분의 일행이 아침을 거르고 호텔 측으로부터 미안하다는 사과를 받고 서둘러 모스크바 관광에 나섰지.

따질 겨를도 없었다네.

오늘이 러·북 유럽 여행의 마지막이고 또 서울행 비행기를 타야 하기 때문에 촌음을 아껴 모스크바를 훑어야 하기 때문이라네.

비행기 시각에 맞추어야 하기 때문이지!

러시아에서 모닝콜 같은 조그마한 서비스도 확실하게 보장하기 어려우니 알아 두게나!

아직은 자본주의가 몸에 덜 밴 때문이지.

그래도 모스크바의 거리를 달리는 기분은 좋았다네.

길거리에는 자동차와 함께 궤도 전차가 물결을 이루고 있었는데 특히 여성운전자가 아주 많았다는 사실일세.

궤도 전차를 위한 전선이 복잡하게 얽혀 있는 거리는 더욱 번잡하게 느껴졌다네.

게다가 하늘은 찌푸리고 구름만이 낮게 깔린 칙칙한 분위기의 모스크바는 어느덧 부슬비가 소리 없이 내리고 있었는데 우산을 받친 사람들은 거의 없었어.

한기가 느껴지기까지 한 모스크바였지.

어제 상트페테르부르크에서부터 가랑비가 오락가락하더니 그 비가 750킬로미터나 떨어져 있는 이곳 모스크바까지 영향을 미치고 있었어.

'비' 하면 런던과 프랑스 파리가 생각나는구먼.

그곳 사람들도 웬만한 비에는 끄떡도 하지 않지.

웬만한 비에는 우산을 쓰지 않는다는 것이야.

왜냐고?

그만큼 비가 자주 내린다는 것이지.

❈ 크레믈린을 접수하다

친구!

오른쪽으로 높은 담장과 함께 붉은색 블록으로 망루를 높이 쌓은 성곽이 나타났네.

순간!

긴장이 되는 이유는 무엇일까?

과거 1970~1980년대 동서진영으로 갈리어 이념전쟁을 벌이던 냉전의 시절.

이곳이 자유진영에는 최대의 위협이 되었던 소련 공산당의 본부란 말인가?

저 높은 망루와 높은 담장 속에 갇힌 광장은 일반 사람들에게는 항상 의혹의 대상이었으리라.

그렇지만 오늘은 내 기필코 붉은 장막 속의 크레믈린을 해부하리라 마음을 단단히 먹었다네.

친구!

사실 난 크레믈린과 붉은 광장을 혼동했다네.

크레믈린 성 안에 붉은 광장이 있는 줄 알았다는 말일세.

알고 보니 붉은 광장은 크레믈린 성 밖에 있었다네.

둘은 별개였다는 것이지.

확실히 알겠는가?

잘 모르겠다고!

그러면 내 알려주지.

우리는 길게 줄을 서서 순서를 기다리다 망루를 통해서 성곽으로 둘러싸인 크레믈린 안으로 들어갔다네.

원래 크레믈린이란 '성'을 뜻하는 말인데 성안의 면적이 8만 4천 평으로 우리나라의 경복궁보다는 작고 덕수궁보다는 넓은 터를 가지고 있었으며 목재로 된 건축물은 전혀 볼 수 없었고 그들만의 독특한 금칠한 양파머리 지붕을 가진 돌과 블록으로 축조된 성당으로 꽉 차 있었지.

여기서 크레믈린의 역사에 대해 잠시 살펴볼까?

원래 크레믈린은 모스크바 강물이 실어온 모래 언덕 위에 말뚝을 박고 쌓은 성을 말하는데 지금까지 3차례에 걸쳐서 성을 보강했다 하네.

1156년에 유리 돌고루키 공이 볼로비츠키 언덕 위에 목조 성채를 쌓은 것을 시작으로 크레믈린의 모스크바 공국이 시작되는데 200년 뒤엔 목조 성채에 불이 나는 바람에 하얀 돌 벽으로 개축했다가 그로부터 100년 뒤에는 지금의 형태를 이루게 된 것이지.

그리고 벽 위에는 크고 작은 20개의 망루가 설치되어 있는데 이 망루는 크레믈린에서 아주 중요한 역할을 하고 있지.

그러면 크레믈린의 망루에 대해 이야기해 보세.

친구!

난 크레믈린을 보는 순간 '굉장히 견고하게 만들었구나.'라는 생각을 했지만 그보다는 '그래서 철의 장막이라 부르는구나.'라고 생각했다네.

안에서 벌어지는 것들이 밖으로 새 나오기 쉽지 않게 보였기 때문이지!

어쨌든 현재 이 모습을 하고 있는 성은 1485년부터 10년간 축성하는데 하늘에서 내려다보면 찌그러진 삼각형의 모양을 하고 있고 그 위에 성벽과 함께 망루를 만드는데 성벽의 총길이는 2,235m에 이르고 이때 들어간 벽돌은 중량이 8킬로그램이나 나가는 큼직한 놈으로

벽의 높이는 5~19m, 벽의 두께는 3.5~5m라 하지.

망루는 여러 층의 처마 모양을 하고 있는데 처음부터 이렇게 만든 것은 아니었다네.

처음에는 망루의 지붕이 평편한 형태였으나 높은 곳에서 전투를 벌일 수 있게 하기 위해 평면 위에 처마를 더 얹어 뾰족한 지붕 모양으로 만든 것이라네.

20개의 망루 중 가장 높은 것은 트로이츠카야 탑으로 높이가 80m나 되지.

트로이츠카야 탑은 '삼위일체의 탑'이라고 불리는데 16~17세기에는 지하는 감옥으로 이용하였다네.

망루 꼭대기에 있는 지름이 3.75m나 되는 별은 멀리에서도 잘 보이며 표면은 금도금을 하여 낮에는 반짝거리며 어떠한 기후에서도 견딜 수 있게 만들었다네.

현재 이곳은 관광객들이 드나드는 통로로 사용되고 있지.

내가 입장하기 위해 기다리던 곳이 바로 이 삼위일체 탑이었는데 나중에는 이곳으로 나오게 된다네.

자!

성안으로 들어왔으니 구경을 해야지!

돌아보기 전에 이곳에 있는 것들을 먼저 알아볼까?

크레믈린 안에는 성벽 망루 20개, 피터 대제 때 만들어진 바로크 양식의 궁전 병기고, 레닌이 살았던 원로원, 모스크바에서 가장 높은 탑이라는 이반 대제의 종루, 박물관으로 사용되는 12사도 사원, 성모 승천사원인 우스펜스키 사원, 높이 6m, 중량 200t으로 세계에서 가장 큰 종인 황제의 종, 세계 최대인 대포의 황제, 황제의 개인 예배 사원이었던 블라고베시첸스키 사원, 역대 귀족의 시체 안치소로 쓰였던 아르항겔리스키 사원, 과거에는 역대 황제의 처소로 쓰였으며 지금은 외국의 손님들을 위한 회견장으로 쓰이는 대 크레믈린 궁전, 러시아의 역사를 말해 주는 무기고 등이 있다네.

또한 레닌, 스탈린, 흐루시초프, 브레즈네프와 고르바초프가 여기서 기거하던 관사 등이 있다네.

❀ 크레믈린의 정교회 '우스펜스키 사원'

친구!

그러면 먼저 성모 승천사원인 우스펜스키 사원부터 관람하세나.

성모승천 대성당은 러시아 정교회 본산이라네.

이 성당은 1475~1479년에 이반 3세의 명령에 세워졌는데 이 성당의 건축 구조가 갖는 예술적 의미는 정교 교리의 엄격함에 충실하게 부합하는 것이라고 하는데 정교 교리의 요구사항에 부합한다는 말이 무엇을 의미하는지는 잘 모르지만 일반 가톨릭 성당에 비해 다른 점이 있다는 것을 쉽게 발견할 수 있었다네.

친구!

로마 가톨릭과 러시아 정교회의 다른 점을 알아보세.

1. 의자 없이 서서 미사를 드린다.
2. 성호를 그리는 방식도 왼쪽에서 오른쪽으로 그리는 것이 아니라 오른쪽에서 왼쪽으로 그린다.
3. 성가대는 악기 없이 맨 목소리로만 찬송가를 부른다. 즉 어떤 악기든 사용할 수 없다.
4. 십자가의 모양이 다르다.
5. 이콘에 의해 누구 성당인지 알 수 있다.

철저하게 정교회의 교리를 따라 행하는 모범적인 이 성당 안에는 벽을 따라 부주교들과 총주교들의 묘가 줄지어 서 있는데 러시아 정교회의 대표자들을 장사 지내는 일이 이 대성당에서 행해졌다고 하네.

이 성당에는 최초의 고위 성직자의 모습이 그의 삶에 대한 묘사와 함께 새겨져 있는 12세기 성 게오르기 성상이 보존되어 있기도 한데 특히 이 성당에서는 주교의 임명식, 황제 대관식 등이 행해졌고 나중에 가서는 국가 법령을 공포하는 행사가 열리곤 했다네.

모스크바는 사실상 이때가 가장 종교적으로 동로마제국의 신임을 얻어 안정적인 발전을 하였다고 하는데 말이 나온 김에 러시아 정교회에 대해서 간단하게 이야기해 볼까?

러시아는 키예프 시대인 988년에 왕 블라디미르가 그리스정교로 개종한 후 동로마의 콘스탄티노플 대주교 관할하에 있게 된다네.

그 후 1453년에 동로마제국이 완전히 멸망함으로써 비잔틴 교회는 이슬람의 지배하에 들어가면서 종지부를 찍게 되고 자연스럽게 로마 기독교는 러시아로 넘어와 러시아 정교회가 대주교구로 격상되어 동방정교회의 중심적 존재가 되었지.

게다가 이반 3세는 그의 후사를 얻기 위하여 동로마제국 마지막 황제인 콘스탄티누스 11세의 조카딸인 조에 팔라이올로구스를 왕비로 맞아들여 비잔틴 황실과 인척관계를 맺으면서 더욱 신임을 얻게 되었는데 그 후 터키에 의해 동로마제국의 콘스탄티노플이 함락된 뒤로는 모스크바는 '제3의 로마'라 불리며 크레믈린은 황금시대를 맞게 된다네.

이때부터 동로마의 모든 교회는 모스크바로 이동하게 되고 사실상 로마의 가톨릭은 그 장소를 러시아로 옮겨 러시아의 정교회로 다시 태어나게 되지.

그러나 1712년에 피터 1세가 수도를 상트페테르부르크로 이전하면서 러시아 정교회는 쇠퇴하기 시작하였고, 그 후 소련을 거치면서 지금에 이르게 되었다네.

물론 공산주의는 종교는 탄압했으나 개인적인 기도만은 허용했었지.

친구!

이제는 성당 옆에 있는 대크레믈린 궁전을 찾아가 보세.

위풍당당한 이 궁전건물은 700개의 방을 가진 맘모스 건물인데 건물을 겉에서 보면 3층으로 보이지만 사실은 2층으로 된 건물로 혁명 이후에 지어진 유일한 건물이라네.

궁전 중앙부 위에는 금으로 도금된 난간과 깃대가 장식되어 있는데 총 수용 인원수는 40,000명이며, 길이 120미터, 폭 70미터로 총면적은 2만 평방미터에 이르지.

궁전 1층은 황제의 가족들이 살던 곳이며 2층은 러시아 최고의 교단에 바치는 의식용 홀인데 모든 내부 장식들은 최호화판 장식품들로 이루어졌다네.

친구!

이번에는 국립 무기 궁전에 가 보세나.

국립 무기 궁전은 러시아에서 가장 오래된 박물관으로 수집품은 14~15세기, 모스크바 대공들 시대에 쓰이던 귀중품이 '국고'라는 창고에 보관되기 시작한 것을 1547년부터 이곳에 옮겨와 보관되기 시작한다네.

이 박물관에는 모노마흐의 유명한 모자, 즉 러시아 황제들이 쓰던 관이 있는데 이는 비잔틴 황제 콘스탄티누스 모노마흐가 러시아 대공에게 선물로 보낸 것인데 1547년부터 이 모자를 쓰고 대관식을 거행했다 하더군.

친구!

이제 대관식을 거행했으니 대포를 쏘아야 하겠지!

짜르의 대포는 12사도의 사원 동남쪽에 있는 거대한 대포로서 안

드레이 체홉에 의해 1586년에 길이 5.34미터, 구경 890㎜, 무게는 40 톤으로 만들어졌다네.

그러나 이 대포는 사격이 불가능하다고 하지.

대포 앞에 있는 3개의 대포알은 지름이 105㎝로서 사용하지 않는 장식용으로 아직까지 이 대포는 한 번도 사격을 한 적이 없으며 대 러시아를 나타내는 하나의 장식물이라네.

그런가 하면 이곳에는 또 다른 거대한 종이 있다네.

바로 짜르의 종일세.

황제의 종은 짜르의 대포에서 20여 미터 떨어진 곳에 있는데 이 종은 세계에서 제일 큰 종으로 1733~1735년에 이반 마토린과 아들 미하일이 주조하였다네.

무게가 무려 200톤이고, 높이는 6.14미터, 지름은 6.6미터로 주조공 장에서 화재가 발생하여 그 불을 끄다가 찬물이 튀는 바람에 깨어졌 는데 깨진 부분이 11.5톤이나 된다고 하지.

이 종에는 금 72㎏, 은 525㎏이 들어갔으며 종의 표면에는 짜르 알 렉세이와 이바노프여제의 초상과 종의 유래를 적은 2개의 명문과 5 개의 이콘이 장식되어 있으며 종의 일부가 떨어져 나갔기 때문에 더 유명해졌다네.

친구!

이제는 이반 대제의 종루를 볼 차례인데 이 종루는 짜르의 종 뒤 에 있는 건물로서 크레믈린에서 가장 높은 장소인 81m 지점에 세워 30㎞ 앞을 볼 수 있다네.

이와 같이 종루는 외적을 감시하기 위한 목적으로 사용되기도 했 는데 이 종루에 달려 있는 종 가운데 가장 무거운 종의 무게는 64톤 이나 나가며 종은 모두 21개가 달려 있지.

[짜르의 대포와 짜르의 종]

이 밖에도 크레믈린 안에는 대포가 600문이 있었는데 이 대포는 나폴레옹이 1812년에 러시아를 침공하고 퇴각할 때 놓고 간 것을 기념으로 전시해 놓은 것이라네.

붉은 광장은 그곳에 없었다

친구!

크레믈린에 들어가 러시아의 과거와 오늘을 샅샅이 뒤지고 나왔지
만 진짜는 보지 못한 것 같아 조금은 아쉬웠다네.

그게 뭐냐고?

글쎄!

그들의 영혼이라고나 할까!

그러나 할 수 없지 않은가?

우린 처음 성으로 입장했던 꺼병이 탑을 통해 다시 나왔지.

붉은 광장으로 가기 위해서였다네.

붉은 광장으로 가기 위해서는 우리가 구경했던 크레믈린 성의 서
쪽 외곽을 따라 가다 북쪽으로 꺾은 다음 담의 동쪽으로 난 광장으
로 들어가야 한다네.

그러기 위해 꺼병이 탑에서 나온 우리는 줄을 섰는데 줄의 길이가
줄어들 줄 모르니 어찌해야 할지!

비는 오지요, 사람은 많지요, 빨리 들어가 구경은 하고 싶지요.

줄을 따라 움직이니 무명용사의 비가 나오는데 비는 없고 꺼지지 일보 직전인 조그마한 불길만 타오르고 있는 것 아닌가?

성화대도 없는 평지에다 조그맣게 만든 허름한 곳에서 말이야!

궁금했다네.

그래서 설명을 들어 봤더니 크레믈린 성벽 옆에 위치한 이 초라한 무명용사비는 결혼식을 마친 신혼부부들이 그들의 행복을 위하여 방문하는 장소 중의 한 곳이며 초라하게 보여도 설치한 이래로 지금까지 단 한 번도 꺼지지 않았던 불꽃으로 각국 외빈들의 공식 방문 시 참배하는 장소로도 유명하단다.

러시아가 말하는 '위대한 조국전쟁'이라는 제2차 대전에서 독일군의 무자비한 침공을 이겨낸 무명용사들을 기리기 위해 세워진 이곳에는 많은 사람들이 던지고 간 꽃들이 널려 있었지.

자!

무명용사에게 참배했으니 이제 정문을 통해 들어가 볼까?

이 문을 통과하면 지금부터는 붉은 광장이겠지?

쇠창살로 된 정문을 지나니 늠름한 기마상이 우리를 호위하듯 서 있었는데 이것을 통과하니 또 다른 문이 나타났다네.

붉은 광장이 아직 아니란 말이지?

이곳은 붉은 광장으로 가기 위한 마네쥐나야 광장의 끝으로 러시아 역사박물관 앞쪽에는 준마를 높이 탄 '쥬꼬프 장군'(1896.12.1~1974.6.18)의 동상이 서 있었지.

이 사람은 1939년에 만주 노몬 한에서 몽골군을 도와 일본군 2만 명을 몰살시킨 아주 유명한 장군이라네. 이 기마상을 지나니 또 다른 줄이 우리를 기다리고 있었네.

앗! 또 줄이야!

이번에 서는 줄은 다름 아닌 오늘의 하이라이트 붉은 광장으로 들어가기 위한 줄이었지.

우리는 '부활의 문'을 지나 광장 안으로 들어갔다네.

붉은 광장은 직사각형의 반듯한 확 트인 공간과 광장의 주변으로 큼직한 건물들이 꽉 차 있었는데 오른쪽으로 보이는 저 담은?

그렇지! 지금 방금 들어갔다가 다시 나온 크레믈린이라네.

성벽이란 말이지.

친구!

나는 붉은 광장을 보는 순간 놀랐다네.

붉은 광장은 규모가 굉장히 클 것이라고 기대를 하고 들어갔는데 그 크기에 놀랐다네.

왜? 너무 넓어서?

아니! 너무 작아서 말이야.

한번 알아볼까?

이 광장은 그 크기가 길이 695m, 평균 폭 130m로 생각 밖의 자그마한(?) 크기에 놀랄 수밖에 없었고, 또한 붉은 광장이라 온통 붉은색일 것이라 생각했지만 붉은색은커녕 짙은 회색의 보도블록만이 잔뜩 찌푸린 하늘과 어우러져 주위를 더욱 어둡게만 만들었다네.

오히려 붉은색이 없어 아름다운 광장이라 불렀는지도 모르기!

그러나 이 광장에서는 황제가 칙령을 선포했고, 국가의 중요한 기념일에 기도를 하던 곳이었으며, 사형이 집행되기도 하던 곳이었다네.

또한 1812년에 나폴레옹이 이곳에서 열병식을 가졌고, 1945년에 독일 파시스트와의 전쟁이 종결된 것을 기념하는 승리의 행진이 이곳에서 열렸다네.

이 광장의 가치를 세계의 유수한 광장과 비교해 따져본다면 아름다운 미적 감각과 건축 예술적 원숙함에 있어서는 베니스의 산마르코 광장과 비교해 볼 수 있고 또 로마 바티칸의 베드로 대성당 앞의 광장 그리고 프랑스 파리에 있는 화합의 광장(콩코드 광장)과 견줄 수 있지 않을까 생각해 본다네.

참!

우리나라의 여의도에 있는 여의도 광장도 이것과 비교해도 손색이 없을 것 같은데! 자네 생각은?

자! 이제 붉은 광장 안으로 들어왔으니 하나씩 살펴봐야 하겠지?

광장을 중심으로 크레믈린 궁 성벽, 레닌 묘, 바실리 사원, 미닌과 포자르스키 동상, 국립역사박물관, 굼 백화점 등이 사방을 둘러싸고 있는데, 먼저 굼 백화점부터 구경하세.

친구!

굼 백화점은 멀리 성 바실리 대성당을 12시 방향으로 놓고 보았을 때 광장의 왼쪽에 자리하고 있는데 붉은 광장을 사이에 두고 레닌 묘 맞은편 한쪽 면을 완전히 차지하고 있는 러시아 최대 규모의 최고급 명품 백화점이라네.

1890년부터 3년에 걸쳐 세워졌으며 러시아혁명 뒤인 1953년에 지금과 같이 개조하였다고 하는데 이 백화점은 3층 건물로 지붕은 유리로 되어 있어 자연적인 채광이 가능하고 건축미가 독특하여 이 건물을 보기 위해 많이 온다고 하지.

1층에 있는 분수대는 아주 멋진 모양을 하고 있었다네.

이곳에서는 달러, 유로화가 통용되지 않아 현지화를 가지고 있지 않으면 음료수 한 잔 사 먹기가 어려우니 명심하게.

한 번 둘러보고 휙 나왔다네.

굼 백화점에서 나오니 맞은편 성곽 밑에는 사람들이 줄을 서서 기다리고 있었는데 나지막한 건물로 들어가는 것이 보였지.

그 자그마한 구조물은 붉은색 화강암으로 말끔하게 단장되었는데 이곳은 구소련 시절 붉은 광장에서 퍼레이드를 펼치거나 큰 기념식이 열릴 때에는 단상으로 이용되던 곳이었어.

사람들은 레닌을 보기 위해 줄을 섰던 것이었어.

함께 줄을 서서 레닌을 만나 볼까 하다가 오전 내내 줄만 서다 말 것 같아 포기하고 대신 레닌 묘에 대한 이야기만 가이드에게 듣게 되었다네.

친구!

죽은 사람에 대한 사체를 이야기하는 것이 조금은 껄끄럽네만 사후 많은 사람들의 사랑(?)을 받으니 그래도 방부 처리한 이야기는 해야 흥미롭지 않겠어?

레닌은 1924년 1월 21일 저녁에 고리키에서 54세를 일기로 뇌동맥경화증으로 숨을 거두었는데 그의 시신은 처음에는 유체를 보존키 위해 특수 처리했고 그 다음에는 해부학자들이 모여 레닌의 유체를 죽은 당시의 모습 그대로 영원히 보존하기 위해 방부제로 처리해 놓았다네.

건물 입구에서 23계단을 내려가면 전시실 중앙부에 유리관 속에 안치된 레닌의 유체를 볼 수 있다네.

최근 레닌을 땅에 매장하자는 주장이 있지만, 그의 가족들과 공산당이 강력하게 반대하고 있다네.

내 생각은 역사적 기념물 그 자체로 보고 이 자리에 영구 보존하는 것이 좋을 성 싶은데, 자네 생각은 어떤가?

[국립역사박물관: 석기 시대부터 19세기 말까지의 유물 전시]

[단상으로 쓰이는 아래쪽 문으로 레닌을 참배하기 위해 줄을 잇고 있다]

친구!

레닌 묘와 굼 백화점 이야기를 했으니 이젠 국립역사박물관에 대해 이야기할 차례군.

국립역사박물관은 1875~1881년에 건립되었는데 역사박물관으로 사용된 것은 혁명 후의 일이라네.

전시 내용은 혁명 이후를 제외한 러시아의 전 역사에 관련된 것으로, 석기 시대부터 혁명 전까지 러시아의 역사에 관련된 다양한 전시품들이 많이 있다는데 둘러보지는 못했다네.

사실 내가 왜 들어가 보지도 않은 국립역사박물관에 대하여 이야기를 하냐 하면 붉은 광장 안에서 붉은 것은 크레믈린의 성곽과 이 박물관이 전부였기 때문이라네.

또 붉은 광장에서 전체적인 구도를 생각할 때 이 붉은색 건물이 차지하는 비중이 가장 크다고 생각하기 때문이라네.

한마디로 멋있다. 그래서 붉은 광장이라는 것이지.

친구!

붉은 광장에서 성 바실리 대성당을 빼놓을 수 없지!

입구에서 12시 방향으로 보이는 저 멋진 지붕을 가진 건물이 모스크바를 소개할 때 빠지지 않는 그 성당이라네.

색색으로 채색한 양파모양의 지붕을 머리에 얹은 이 성당은 비록 크기는 작지만 아름다운 건축물의 표본을 보여주지.

차돌처럼 단단하게 짜 맞춘 견고한 장난감이라고나 할까?

성 바실리 대성당은 러시아 황제 이반 4세가 200년간 러시아를 지배했던 몽고의 까잔 한국을 내쫓은 기념으로 세운 것인데 건축가 보스토니크와 파르마에 의해 1560년에 완성 되었다네.

러시아는 까잔 한국과의 전쟁을 승리로 장식하고 모스크바 주변의 부족들을 하나로 합치는 데 성공한다네.

❈ 까잔 한국과 바실리 성당

친구!

당시의 역사를 조금 이야기해 봐야 이해가 갈 것 같네!

러시아는 1240년에 칭기즈칸의 후예인 몽골의 4한국 중의 하나인 킵차크한국에 의해 정복되어 240년 동안이나 조공을 바치게 되는데 몽골의 예속에서 벗어나기 위해 기회를 보던 러시아의 이반 3세는 1480년에 비잔틴 제국 마지막 황제의 조카딸과 결혼하면서 모스크바는 그리스정교의 중심지이며 비잔틴의 계승자임을 선포한다네.

모스크바가 그리스정교의 중심지로 떠오르게 된 동기는 1453년에 터어키가 콘스탄티노플(현재의 이스탄불)을 점령함에 동로마 제국은 완전히 망했고 이에 고조된 이반 3세의 전략이 통했다는 말이지.

결과적으로 동로마의 비잔틴 예술은 러시아 땅에서 찬란하게 부활할 수 있었던 것 아니겠어?

그래서 이런 멋진 지붕을 가진 러시아 정교회 건축물들을 감상할 수 있는 것이라네.

세월이 흘러

1550년대 후반 이반 3세의 손자인 이반 뇌제(이반 4세)는 모스크바를 침략해 노략질을 일삼던 볼가 강 연안의 몽골족 까잔 한국을 무너뜨리고 그 기념으로 이 바실리 성당을 건축하였지.

노략질을 일삼던 몽골족 까잔도 할 이야기는 있었겠지?

70년 전만 해도 러시아는 몽골족에게 공물을 바치는 조무래기였었는데 말이야!

그러니 옛날을 생각하면서 러시아를 괴롭힌 것이겠지!

자! 그럼 바실리 대성당의 모양에 대해 말해 볼까?

바실리 대성당은 9개의 교회들로 구성되는데 각 교회마다 각각의 지붕을 가지고 있다네.

가운데 가장 높이 올라간 지붕을 중심으로 그 주위를 8개의 지붕이 삥 둘러싼 형상을 하고 있지.

주위에 있는 8개의 지붕은 까잔과 치른 8번의 전투를 상징한다는데 제각기 다른 양파 모양의 돔에 러시아 전통 문양이 조각된 원추형 지붕은 부조화 속에서 균형의 아름다움을 전체적으로 보여주고 있지.

모두가 각각이라는 것이야!

그래서 이 성당의 특징을 간단히 말해 보면!

지붕 하나하나의 밑에는 각각의 교회가 자리하고 있다는 것과 이 성당을 어느 곳에서 바라보든지 그 모습이 모두 다르다는 것이라네.

결국 이 성당은 같은 성당이면서도 그 얼굴이 8개인 셈이 되었지.

가운데 있는 가장 높은 지붕의 교회가 성모출현 교회로서 지붕의 높이는 47.5미터일세.

모든 양파 모양의 지붕 높이는 다 다르다네.

참고하게나.

처음 지을 당시 성당 이름을 파크로프스키 사원이라 지으려 했는데 같은 시기에 이반 뇌제가 존경하던 인물인 바실리가 죽자 그를 이 성당 북서쪽에 매장하고 내친김에 그의 이름을 따서 성당의 이름을 성 바실리 성당이라 부르게 됐다는 유래가 있다네.

그러나 건물이 완공되자 이상한 사건이 벌어지게 된다네.

이반 뇌제는 이 건물의 아름다움에 매료되어 이 건물과 같은 건물을 두 번 다시 짓지 못하게 설계한 두 사람의 눈을 멀게 한 사건이었다네.

나는 이 이야기가 야사로만 내려오기를 바라지만…….

대성당 앞에는 1612년, 폴란드의 침입으로부터 의용군을 조직해 모스크바를 지켜낸 정육점 주인 '미닌'과 수즈달의 대공이었던 '포자르스키' 두 사람을 기념하는 동상이 서 있다네.

[붉은 광장 끝에 있는 바실리 성당]

[러시아로부터 감사드림. `시민 미닌과 포자르스키 공에게, 1818年`]

동상 밑의 비문에는 다음과 같은 글귀가 쓰여 있었지.

"대러시아로부터 감사하는 마음으로 시민 미닌과 포자르스키 공에게, 1818년"

원래 광장의 한가운데 서 있던 이 동상은 1936년에 붉은 광장에 레닌의 묘가 들어서면서 현재의 장소로 옮겨졌지.

친구!

그리고 성 바실리 성당 앞에는 동상 말고도 흰 돌로 된 원형의 받침대가 하나 있네.

자네 이것이 무엇이라 생각하는가?

이 사람들 말이야 정말 무지막지한 사람들이야!

물론 우리나라에서도 옛날에는 칼로 목을 쳐 사람을 벌하기도 하였지만 이들처럼 많은 사람들 앞에서 공개 처형하는 민족은 아니었지!

원래 이 연단의 쓰임새는 황제의 포고문과 죄인에 대한 판결문을 읽는 곳이었지만 이 원형의 둥근 돌은 처형대로 쓰이기도 했던 곳이라네.

한번 들어 보게.

역사적으로 러시아는 폴란드와의 전쟁 이후에 민중들의 생활이 핍박해져서 돈 강 하류의 빈민이었던 코사크인들을 중심으로 1667년에 스텐카라친을 앞세우고 바란을 일으켰는데, 1670년에 난은 평정되고 그 일당은 이곳에서 처형당한다네.

이러한 역사를 안고 있는 처형대를 사람들이 많이 모이는 아름다운 붉은 광장에, 그것도 아름답다 소문난 성 바실리 대성당 바로 앞에 ……

참 알다가도 모를 일이네!

무슨 뜻인지는 모르겠지만 이 연단의 이름은 '로브노예 메스토'라 부른다네.

친구!

크레믈린과 붉은 광장을 보았으니 이제 오늘 일정도 반을 넘어섰군!

아니! 반나절만 더 지나면 비행기를 타고 모스크바를 떠나 집으로 간다네.

여행도 이제 끝이란 생각을 하니 밥 생각이 싹 달아났지만 그래도 마침 점심시간인지라 점심 먹고 다음 일정을 준비해야겠지!

우린 광어매운탕집으로 안내되었다네.

러시아에서 웬 광어매운탕이냐고?

한국인이 운영하는 식당이었다네.

식당에 들어가니 식당 안에는 한국인들로 대만원이었지.

그곳에서 우린 러시아산 차가버섯을 약간씩 구입했다네.

가이드가 말하는 차가버섯의 효능은 만병통치약 수준이었지.

우리나라에서 나오는 상황버섯과 러시아산 차가버섯을 비교해 보면 차가버섯이 당뇨와 고혈압 면에서 3배의 효과를 볼 수 있다고 하며, 각종 항암 작용을 하는 이 차가버섯은 위도 45도 이상에서 15년 이상은 묵어야 제 효과가 있다고 힘주어 말하더군.

어찌됐던 차가버섯이 좋다는 말을 한국에서도 들었던 터인지라 나는 집사람을 설득하여 조금 구입하였다네.

나중의 이야기이지만 한국에 와서 생각하니 그때 조금 더 구입했으면 좋았을 것을 하고 생각한다네.

자!

이제 점심도 먹었으니 참새 언덕으로 올라가 볼까?

모스크바 국립대학과 고리까

친구!

모스크바에서 제법 높은 언덕 위에 모스크바 대학이 서 있지.

이렇다 할 산이 없는 모스크바에서 높이 115미터의 이곳은 맑은 날이면 모스크바의 크레믈린과 시내를 조망할 수 있는 높이이니 괜찮은 전망대 역할을 할 수 있지 않겠나!

'엠게우' 대학이라 부르는 모스크바 대학 앞 대학로에는 평소 사람들로 붐비는데 우리는 이곳을 참새 언덕이라 부른다네.

러시아 사람들은 바라뵤비 언덕 또는 레닌 언덕이라 부르지만.

이곳은 일반인들은 물론이고 사시사철 신혼부부들도 붐비는데 그들은 이곳에서 그들만의 의식을 거행한다고 하네.

우리나라로 말한다면 결혼식 뒤풀이라 할 수 있을 것 같네.

하늘은 잔뜩 찌푸려 금방 비라도 내릴 것 같은 날씨이지만 길옆 가판대의 기념품 가게 사이사이에서 얼굴을 내밀고 사진을 찍고 그들이 준비한 악기에 맞추어 춤추는 그들의 행동에서 진정한 축하의 메시지를 읽을 수 있었지.

언덕 옆에서는 높은 스키 점프장이 그들을 굽어보고 있었네만 긴 뒤풀이 때문에 신부는 3일간이나 웨딩드레스를 벗지 않고 입고 다닌다는 것이야.

참새 언덕에 있던 몇몇 신부들을 보니 웨딩드레스에는 때가 묻어 꾀죄죄하였다네.

그런데 그 신혼부부들은 거의 같은 행동을 보이고 있었는데 옆의 친구들이 무어라고 하면 둘이서는 입맞춤을 한단 말이야!

알고 보았더니 '고리까'라고 외치면 이런 행동을 하더군.

'고리까'란 말은 '쓰다'라는 말인데 왜 이들은 이 말이 떨어지기 무섭게 키스를 할까?

이 말의 뜻은 '쓴 것은 끝나고 지금부터는 달콤한 인생이 시작된다.'는 상징적인 말이라는 게야.

그래서 그런지 궂은 날씨인데도 그들은 열 번이고 백 번이고 그 '쓰다'라는 '고리까'를 싫지 않다는 듯 열심히 반복했다네.

대형 의장용 리무진 승용차를 옆에 세워놓고 말이지.

친구!

이쯤해서 러시아의 남녀 성에 대하여 잠시 논해 보세나.

우리나라도 경험한 현상이지만 과거 제정 러시아도 19세기 말까지 여성의 지위를 남성에 비하여 현저하게 낮게 취급하였다네.

그러한 남존여비 현상은 1917년에 있었던 사회주의 혁명으로 어느 정도는 해소되었지.

그러나 공산주의가 극에 달하던 스탈린 시대에 들어오면서 여성의 지위가 떨어져 임신 중절 금지, 다산 장려, 엄격한 이혼 심사 등, 여성이 손해 보는 듯한 일련의 일들이 법률로 강제되었지만 지금은 많이 해소되었다네.

그러나 남성과 동등한 대우를 받는다고 볼 수 없는 사례는 아직도 남아 있지.

노동인구의 50%가 여성이면서도 저임금 직종에 여성이 많다는 것과 승진이 늦고 가사, 육아, 직장일 등 1인 3역의 역할을 해야 하는 것 등이 그것을 반증한다고 말할 수 있지 않을까?

친구!

여기까지는 어느 정도 나도 공감하는 사실이네만 지금부터 말하려는 내용은 가이드의 말이니 참고하시게.

가이드에 따르면 과거 엄격한 정교 국가였던 러시아는 소비에트시기를 거치며 무신론과 남녀평등의 원칙에 따라 성에 대한 관념이 개방되었고, 이러한 상황에서 서구의 자본주의의 유입은 매춘의 성행을 가져왔다는 것이야.

선천적으로 아름다운 러시아 여성의 매춘은 정부의 허술한 감시망을 뚫고 확대되고 있으며 세계 각지에서 불건전한 외화를 벌어들이고 있다는 것이지.

친구! 여기서 세계 각지라는 말 중에서 한국은 제외시켜 주게. 왜냐하면 한국의 여성부에서는 러시아에서 방한하는 러시아 여성 중 예쁜 여자는 입국 시 거부할 수도 있기 때문이라네.

러시아 사람들이 들으면 굉장히 기분 나쁘게 들릴 수 있겠지만 …….

이제 러시아 여성의 결혼관은 바뀌고 있다네.

러시아 남성들의 알코올 의존과 가족에 대한 소홀함으로 여성들은 국제결혼을 원하고 있다네.

결혼 상대남자가 어느 민족이든지 그녀들은 괘념치 않는다고 하는데 특히 가정적인 한국남성을 아주 선호한다고 하니 나 참!

혁명 전, 그러니까 제정 러시아 시절에는 법률로 "아내는 남편에게 복종하고, 애정과 존경을 보이고, 남편에게 헌신적으로 봉사할 의무를 진다."고 정하고 있으며 러시아 정교의 영향으로 이혼이 흔치 않앉지만 혁명 후 한쪽의 의지로 언제든 자유롭게 이혼할 수 있게 되었는데, 최근 이혼율은 미국 다음으로 많아 자그마치 결혼의 1/3이라는 것이야.

게다가 18세까지 남성의 80%, 여성의 절반 이상이 성경험이 있으며 혼전 성관계, 혼외 성관계도 죄악으로 여기지 않다 보니 혼전에 미리 살아보고 결혼한다는 예비결혼이 결혼의 신풍속도로 자리잡고 있다는 것이지.

결국 이러한 결혼에 대한 인식은 결혼식이 실질적인 부부관계로 발전하는 사실혼으로 이어지지 못하는 결과를 낳고 이것은 러시아의 새로운 고민거리로 부각되고 있다네.

우리가 덴마크의 코펜하겐 공항으로 가기 위해 모스크바 공항에서 비행기를 갈아타고 지상을 내려다볼 때의 불꽃놀이는 바로 결혼식 후의 축하 불꽃놀이였네.

그러나 지금까지 알아보았듯이 결혼식을 했다고 다 부부가 되는 것은 아니라는 사실에서 그들 사회의 어두운 단면을 보는 것 같아 마음 한구석이 개운치 않구먼.

지금 이 순간에도 뒤에서 북치고 춤추는 가운데서 '고리까'를 외치고 있다네.

✻ 빡빡 민 스킨헤드

친구!

우리는 그들을 뒤에 남겨둔 채 모스크바 대학 안으로 버스를 몰아가고 있네.

버스를 타고 언덕을 막 지나려는데 머리가 짧고 **빡빡**인 한 무리의 젊은 청년들이 한곳에 모여 담배를 피우며 시시덕거리며 무엇인가 이야기를 하고 있는 것을 볼 수 있었네.

궁금하여 가이드에게 물었더니 그들이 유명한 스킨헤드라는 것이야.

자세하게 알아보았다네.

이들은 1990년 소련 붕괴 이후 유럽에서 유입된 과격한 인종차별주의자들인데 처음에는 아르메니아·아제르바이잔 등 러시아 내 카프카스 출신의 이민족을 대상으로 폭력을 휘둘렀지만, 최근엔 아프리카·중동·아시아·유럽 등 모든 외국인을 공격 목표로 삼는다네.

이들에 의해 살해된 사람들은 매년 그 수가 증가하고 있는데 주로 모스크바와 상트페테르부르크에서 당한다네.

그러면 도대체 스킨헤드는 누구이고 왜 그런 끔찍한 범죄를 저지르는 것일까?

우리는 이들을 '젊은 파시스트'라고 부른다네.

검은 가죽점퍼에 군화를 즐겨 신지.

10대 초반~20대 중반의 무직 청소년들이 주류를 이루고 있는데 이들은 '사회주의에서 자본주의로 바뀌는 과정에서 파생된 어두운 단면'이라고 할 수 있는데 외국 자본이 러시아에 유입되면서 자신들의 몫을 외국인이 빼앗아 갔다고 생각하기 때문에 이러한 일을 저지른다는 것이지

이들은 주로 대도시 교외의 비밀장소에서 격투 혹은 패싸움에 가까운 훈련을 받고, 지하철과 대로변에서 활동하기 때문에 외국인들이 지하철 타기를 꺼리게 된다네.

스킨헤드는 "루시(고대 슬라브민족)를 제외한 다른 민족은 러시아 땅을 떠나라."라고 주장하고 있으며 '하일! 히틀러'란 구호를 외치고

다니기 때문에 '스킨헤드＝파시즘'이란 등식이 나올 정도라네.

이들이 원하는 진정한 뜻은 이민족을 몰아내고 순수 슬라브 민족만으로 살자는 것이지.

그러나 이들의 바람은 글로벌화되어 가는 지구가족을 외면하는 처사이며 계속 이러한 일을 자행한다면 러시아와는 함께 살 수 없다는 것을 이들은 명심해야 할 것이네.

지금이라도 이들을 교화하고 건전한 삶의 현장으로 나오게 러시아 당국은 힘써야 할 것이네.

그렇게 될 때 진정한 자유민주주의 국가로서 그 역할을 다할 수 있을 것이야.

❄ 거대한 모스크바 국립대학

친구!

우린 그들을 뒤로하고 엠게우 대학 구내로 진입했다네.

학교 가로수는 온통 붉은 열매를 매단 나무들로 가득했는데 자네 이 나무가 무엇인지 알겠는가?

사과나무라네.

사과 하면 우리나라의 대구정도까지 재배되는 과일나무인데 어찌 모스크바에 사과가 있는가라는 의구심이 생기겠지만 그것은 사실일세.

위도상으로 보아도 엄청난 차이를 보이는데 말일세.

하지만 모스크바 대학의 교목은 사과나무였다네.

이제 학교 앞으로 막 도착하였네.

그런데 대학 건물의 폭이 어찌나 넓고 높던지 끝이 보이지 않는구면!

가로변이 460미터에 높이가 246미터라!

실로 대단한 건물 아니겠는가?

1755년에 라마노소프에 의해 설립된 이 대학은 현재 유네스코 문화유산으로 지정되어 있으며 이 대학 출신 노벨상 수상자는 10여 명에 이르는 등 러시아 학문의 전당으로 이름나 있다네.

1950년대 초에 지어진 이 건물은 지금도 동유럽에서 가장 높은 건물에 속한다고 한다네.

한번 알아볼까?

모스크바 시내에 들어오면 이 건물과 똑같이 생긴 건물이 7채가 있지!

이 건물은 과거 스탈린 독재 때 건립된 7채의 건물 중 한 채로 건물의 크기를 따지면 모스크바 대학이 가장 크다네.

이른바 스탈린 양식인데 그중에서도 제일 큰 것을 모스크바 대학에 주었지.

나라 발전의 원동력은 학생들에게서 나오고 이 학생들을 키우는 학교야말로 가장 중요한 장소라는 의미겠지!

그리고 '예술인 아파트', '문화인 아파트'로 각각 한 채씩 사용하고 '외무성'과 '내무성'으로 사용하고, 나머지 한 곳은 외국인들을 위한 국제적 호텔로 쓰고 있다네.

우리는 엠게우를 한 바퀴 휘돌아 나오면서 역시 큰 나라를 다스리던 독재자답게 생각도 크다는 것을 느낄 수 있어 위정자들의 죄를 조금은 사해 주고 싶었지.

아르바트의 신사들

조금은 가벼워진 마음으로 버스를 몰아 우리는 아르바트 거리로 향했다네.

아르바트 거리는 러시아 외무부 건물의 뒤편에 있는 번화가로 우리나라의 명동이나 인사동쯤으로 생각할 수 있는 문화와 예술의 거리라네.

이 거리는 아주 옛날부터 있던 거리로 이곳에서는 러시아에서 잘나간다는 연예인들뿐만 아니라 보통사람들 개개인이 그들만의 멋과 문화를 일반에게 선보이는 홍보의 거리이기도 하지.

그러므로 그곳에 걸맞은 예술품과 호사스러운 명품이 넘쳐나고, 그것을 보고 즐기려는 수많은 내방객들로 항상 문전성시를 이루고 있다네.

그리고 각종 전시장 및 공연장이 관람객들을 기다리고 있으며 길거리 악사와 젊은이들의 댄스공연 등 새로 탄생될 예술인들의 시험무대를 늘 감상할 수 있지.

그것과 함께 이 거리엔 러시아를 빛냈던 러시아의 국민시인 푸시킨이 살던 집과 그의 동상, 그리고 젊은이들의 우상이었던 고려인 빅토르 초이의 추모벽도 시간을 잊은 채 많은 사람들의 사랑을 받고 있으며 이 거리를 배경으로 한 소설 "아르바트가(街)의 아이들"의 저자 아나톨리리바코프 생가와 동상이 내방객들을 맞이하고 있었으며 현재 잘나간다는 연예인 주택도 이 거리에 있다네.

우리가 그곳을 방문했을 때도 거리에는 각국의 의상을 차려입고 악기를 연주하는 공연단을 볼 수 있었지.
그러다 보니 길이가 100미터도 채 안 되는 좁은 골목에는 밤낮없이 수많은 젊은이들로 넘친다고 하지.

친구!
거리의 풍경을 잠시 살펴볼까?
골목 초입, 그것도 가장 눈에 잘 띄는 곳에 맥도날드 햄버거집이 들어서 있는데 세계 어디를 가든 맥도날드집은 없는 곳이 없다네.
러시아에 자본주의가 상륙한 증거가 아니겠나?
맥도날드에서 조금 더 들어가면 오른쪽 벽에 붉은 페인트로 그려 놓은 사람의 얼굴을 만날 수 있지.
얼굴의 주인공은 다름 아닌 러시아 젊은이들의 우상이었던 고려인 3세인 빅토르 초이였다네.
붉은새 페인트료 그려 놓은 그의 얼굴 옆에는 '난 초이를 시랑힌다', '초이는 영원하다' 등의 낙서가 어지럽게 쓰여 있으며 그 옆에는 항상 꽃다발이 그를 지키고 있지.
1990년 8월 15일, 29세의 생을 살고 간 그였는데 왜 그는 러시아 사람들의 마음속을 아직도 떠나지 못하고 있는 것일까?
그는 80년대 후반 구소련이 해체될 무렵, 슬라브인 특유의 리듬이라 할 수 있는 우울한 곡조에 저항과 자유의 메시지를 담은 노래를 불러 당시 젊은이들의 우상으로 떠오르며 체제 비판적 노래로 옛 소련을 페레스트로이카(개혁)로 이끈 대중문화의 주역이었기 때문이라네.

그의 생전의 활약상을 살펴보면 그는 상트페테르부르크에서 록그룹 '키노'를 이끌며 음악에 열정을 보였지.

그는 음악뿐만 아니라 영화 분야에서도 발군의 실력을 발휘해 영화감독과 배우로 활약함으로써 러시아의 제임스 딘이란 별명을 갖고 있지.

지금은 그를 추모하는 동료였던 연예인들이 그의 동상을 이곳 아르바트 거리에 세우려고 모금활동을 전개하는데 이를 반대하는 주민들 때문에 장소를 옮겨 러시아 최고의 명문대학인 모스크바 대학 앞 공원에 그의 기념동상을 세우기로 확정지었다고 2005년 재외동포신문에서 발표하기도 했다네.

라트비아에서 의문의 교통사고로 숨진 빅토르 초이.

그는 갔지만 그를 사랑하는 러시아 사람들의 마음속에는 영원하리라.

❋ 아르바트의 신사 '푸시킨'

친구!

빅토르 초이를 만나고 골목길을 조금 더 걸어 들어가면 왼쪽으로 깔끔하게 꾸며 놓은 건물 앞엔 지나가는 행인을 향해 함께 서 있는 두 사람의 청동상을 만날 수 있다네.

이 동상은 푸시킨과 그의 부인의 동상이라네.

또한 이 집은 푸시킨이 살던 집으로 지금도 새 건물처럼 잘 보전되어 있지.

푸시킨에 대해 알아보세.

1799년에 모스크바의 귀족가문에서 태어난 알렉산드르 푸시킨은 황제인 알렉산드르 1세가 귀족자제의 교육을 위해 상트페테르부르크 근교에 설립한 6년제 학교인 '짜르스코셀스키 리체이'에 입학하여 당대 석학들로부터 다양한 과목들을 배웠다네.

수학한 후 30대가 된 푸시킨은 많은 작품들을 완성하면서 다음 해인 1831년에 결혼을 하게 된다네.

행복해야 할 결혼이 그에게 불행의 시작이 될 줄이야…….

그 이유는 부인 때문이었지.

어린 신부 나탈리아가 바람이 날 줄 알았겠는가?

그러니깐 얼굴값을 한다는 말이 나오지!

3년간 쫓아다니며 간신히 성공한 결혼이었는데…….

그것도 러시아 최고 미인이 바로 자신의 아내였는데!

푸시킨과 나탈리아 동상이 있는 보도블록에는 수많은 연인들이 사랑을 맹세하기 위해 각종 사인을 한 사랑의 맹세석이 모자이크로 장식되어 있었다네.

친구!

그러면 푸시킨이 죽게 된 동기를 알아볼까?

사교계에 빠진 부인 나탈리아는 무분별한 사치와 향락을 일삼게 되고 이로 인해 푸시킨은 경제적으로 큰 어려움도 겪게 되었지.

엎친 데 덮친 격으로 나탈리아와 황제와의 염문설이 나돌았고 한술 더 떠 단테스라는 청년과 불륜 관계까지 소문으로 나돌아 푸시킨을 더욱 난처하게 만들었다네.

이러한 소문에도 굴하지 않고 푸시킨은 꿋꿋하게 19세기 러시아의 리얼리즘 문학의 초석을 쌓아 간다네.

[아르바트 거리의 푸시킨과 나탈리아]

그러나 참을성에도 한계가 있는 법, 더 이상 인내할 수 없던 푸시킨은 그의 자존심을 걸고 1837년 1월 27일에 그는 아내 나탈리아를 짝사랑하는 프랑스 망명귀족 단테스와 결투를 하게 되는데 이 결투에서 푸시킨은 배에 총 맞고 피 흘리며 40시간을 눈밭을 혼자 기어서 왔는데…….

이 총상으로 인하여 결국 푸시킨은 이틀 후 상트페테르부르크의 한 병원에서 사망한다네.

그는 숨이 넘어가면서도 중얼거렸다네.

"잘못은 따로 있는 것이 아니다. 같은 잘못을 되풀이하는 것, 그것이 바로 잘못이다."라는 말을 남겼다고 하네.

푸시킨의 부인과 염문설이 나돌았던 당시의 황제는 국민들의 분노를 두려워한 나머지 그를 비밀리에 장례를 치르도록 명령하였다고 전해지고 있다네.

친구!
기왕지사 이야기가 나온 김에 19세기 러시아 문학에 대해서 이야기해 보세나.
절대 거창하게 말하지 않을 테니깐 안심하고!
러시아의 문학을 서구수준으로 끌어올리고 거기에 국민적인 성격을 부여한 이는 푸시킨이라네.
또한 그는 문학이 사회의 정신적인 건강에도 긍정적이라는 것을 인식하고 문학의 발전에 노력한 최초의 국민시인이라네.
푸시킨의 이러한 노력을 보고 문학평론가들은 말한다네.
"그의 시는 러시아의 넋을 완벽하게 담아낸 것"이라고.
러시아 문학은 푸시킨과 함께 19세기에 접어들어 부흥기를 이루는데 고골리 그리고 러시아의 대문호 톨스토이, 도스토예프스키, 체호프 등 기라성 같은 작가들이 등장한다네.
혁명 시대에는 파스테르나크, 솔로호프, 마야코프스키를 거쳐 솔제니친으로 이어지며 세계적인 러시아 문학의 흐름을 이어 왔지.
이 모든 것이 푸시킨으로부터 나온 결과라 생각하지 않나? 우리 한번 푸시킨의 시 한 편을 외워 볼까?
결투로 부상을 입고 죽어가면서 부인에게 배반당한 자신을 꾸짖으며 세상을 원망하지 말고 참고 견디자고 말하는 교훈적인 시를 읊조린 푸시킨은 진정한 승리자가 아니겠는가!
한번 생각해 볼 대목이야!

< 삶이 그대를 속일지라도 >

 - Pushkin -
삶이 그대를 속일지라도
슬퍼하거나 노하지 말라
슬픈 날 을 참고 견디면
즐거운 날은 오고야 말리니
마음은 미래를 바라느니
현재는 한없이 우울한 것
모든 것은 하염없이 사라지나
지나가 버린 것 그리움이 되리니.

─중간 생략─

삶이 그대를 속일지라도
슬퍼하거나 노여워하지 말라
설움의 날은 참고 견디면
기쁨의 날이 오고야 말리니
마음은 미래에 살고 현재는 언제나 슬픈 것
모든 것은 순식간에 지나가고
지나간 것은 또 다시 그리움이 되리라.
 - Aleksandr Sergeevich Pushkin -

지하궁전과 람스또르

친구!

아르바트에서 나온 우리는 바로 옆 지하철 출입구 건물로 들어갔다네.

세계 최고의 지하철을 보기 위해서였지.

'메트로'라고 하는 모스크바의 지하철은 1935년에 소콜리니키 - 고리키 두 공원 사이(11.6㎞)에 처음으로 열린 이후로 현재 모스크바 지하철은 11노선에 약 150여 개의 전철역이 도심 곳곳에 위치해 있으며, 현재도 건설 중인 역사들이 있어서 그 수는 계속 늘어나겠지!

도심지 교통체증이 서울보다 심한 모스크바에서 지하철이 중요한 시민들의 교통수단이 된 것은 어쩌면 당연한 일인지도 모르겠다.

우리는 아르바트 역에서 끼에프(전승기념관) 역까지 시승해 볼까도 했는데 원래의 일정에도 없었고 또 비행기 시간이 맞지 않아 시승은 하지 못하고 대신 버스 안에서 지하철 이야기를 듣는 것으로 만족해야 했지.

그래서 일단 지하철 이야기는 나중에 듣기로 하고 '람스또르'라고 하는 슈퍼마켓에 들렀다네.

나에게는 러시아의 물가를 알아볼 수 있는 절호의 찬스이자 준비하지 못한 자질구레한 일상품에서부터 작은 여행선물에 이르기까지 구입하지 못한 물건을 살 수 있는 기회가 아니겠나?

이 슈퍼마켓은 터키자본으로 설립되었는데 요즘 이러한 슈퍼마켓이 모스크바 시내에 많이 세워지고 있다 하네.

람스또르도 규모에 따라 기뻬르마켓(한국의 마트규모)과 수뻬르마켓(큰 슈퍼마켓)으로 나누어지는데 이곳의 마켓은 우선 그 크기가 우리나라의 마켓처럼 여러 층으로는 되어 있지 않고 단층이었으며 한 층의 면적은 우리 것보다는 조금 작아 보였다네.

이곳이 수뻬르마켓이었다면 영화관까지 갖춘 4층쯤 되는 큰 슈퍼마켓이었겠지.

물론 취급하는 물품은 단순했지만 그런대로 갖출 것은 다 갖추었다고 생각을 했다네.

물품의 가격은 일반적으로 공산품값은 조금 비싼 듯했고 일용품은 우리나라와 비슷했거나 조금 싼 듯했지만 유독 식료품과 고기류만은 굉장히 쌌다네.

그렇지만 요즘 물가가 급상승하여 러시아 국민들은 못살겠다고 아우성을 치고 있다니!

예를 들어 소고기나 돼지고기는 1킬로그램에 우리 돈 약 3000원 정도 하는 것으로 계산을 했으니까!

그런데 러시아의 국민소득을 살펴보면 이해가 가는 부분도 있는데 모스크바가 아닌 타 도시는 연소득이 5000불인데 이곳은 1만 불 정도로 그래도 부유한 셈인데 존경받는 교수님들의 봉급은 월 300불 정도로 빈약하여 누구나 과외공부를 시켜 직업을 2개씩 가진다니 정말 어처구니가 없는 일 아닌가?

우리는 여행에 몰두해 지금까지 장만하지 못했던 간단한 선물을 이곳 람스또르에서 준비했고 우리는 일정에 없던 것을 보여준 가이드에게 고맙다는 인사를 했다네.

나는 초콜릿과 보드카 몇 병 그리고 일용품 몇 가지를 샀지!

모두들 한 카트씩 사 들고 공항으로 향했다네.

이제부터는 아까 하지 못한 지하철에 대한 이야기를 가이드로부터 들어야겠지?

가이드는 모스크바의 지하철에 대해 이야기를 계속했지.

친구!

가이드의 이야기를 정리한 것이니 잘 듣게!

모스크바 지하철은 우리나라와는 다르게 건물 안으로 들어가야 지하철 입구가 나오도록 되어 있는데, 건물입구에는 큰 글씨로 M 자를 표시해 놓고 있다네.

매표소에서 1회용 표를 거리 관계없이 640원에 구입하여 에스컬레이터를 타고 지상에서 지하까지 내려가는데 높이가 적게는 100미터에서 깊게는 200미터에 이른다고 하지.

그러다 보니 에스컬레이터는 수직에 가깝고 그에 따라 항상 위험이 도사리고 있다네.

승강장으로 내려가면 가운데 승강장을 사이에 두고 양쪽으로 철길이 있으며 내부에는 벽화나 부조 조각품, 천장에는 멋진 그림들, 천장에는 샹들리에 등의 장식이 있어서 화려한 지하의 예술관 같은 느낌을 받기에 누구나 감탄을 한다는 것이야.

그것도 역마다 모두 다른 실내장식, 와! 부럽다.

그래서 붙여진 이름!

'러시아 지하철은 지하궁전이다.'

[스탈린이 후르시쵸프에게 지시하여 가장 멋진 지하철을 만들라 주문한
지하철 역사: 샹들리에와 벽화 등이 이채롭다]

그런데 전동차가 굴러가는 방식은 우리나라와는 완전히 다른 방식이라네.

우리나라는 천정에 전력 공급케이블이 매달려 있어 전동차의 모터를 돌려 앞으로 나아가지만 그들의 방식은 승객을 태우는 동안에 레일에 흐르던 전류가 전동차 배터리에 충전이 되고 그 힘으로 다음 역까지 가는 특수한 방법을 사용한다고 하네.

또한 환기시설은 환기구가 없는 자연 통풍식 환기방식이라니 정말 위험천만한 발상이라고 생각이 되는데 이러한 방식은 전기가 없이도 자연적인 이치를 적용했기 때문에 안전하다고 이들은 믿고 있다네.

즉 고속 주행하고 있는 이곳 지하철은 상당히 고속으로 운행되고 있는데, 그 빠른 속도가 바람을 끌어오고 밀어내는 그런 물리적 구조로 시설되어 있어서 지하 100m 깊이에서도 쾌적하고 상쾌한 기분을 느낄 수 있을 정도로 공기가 맑다는 것이야.

난 가이드의 이야기를 듣고 이미 70여 년 전에 설치한 지하철의 기술 수준이 이같이 훌륭하다는 데 감탄하지 않을 수 없었고, 러시아의 높은 과학기술 수준이 우리와 차원이 다르다는 생각이 들었지.
평양에 있는 지하철도 모스크바의 지하철을 본받았다는데 한번 타봐야 할 텐데, 그날이 언제 오려는지!

모스크바 국제공항 세레메체보

친구!

어느새 버스는 모스크바 국제공항인 세레메체보 2공항에 도착했다네.
출국 3시간 30분 전쯤 도착했지.

모르는 곳에서는 일찌감치 와서 기다리며 일을 처리하는 것이 상
책일세.

국제선 출발 수속은 공항 2층에서 이루어지는데 세관검사, 탑승수
속, 출국심사, 보안검색, 탑승대기/탑승 순으로 진행된다네.

세관검사 시에는 입국할 때 신고한 입국세관 신고서와 새로 작성
한 출국세관 신고서를 제출하고 모든 수하물을 X‒Ray검사를 받지.

출국세관 신고서를 작성할 때에는 입국 시 기록한 외화보다 적은
금액이 기입되어야 한다는 사실은 알고 있지?

만약 액수가 늘어났다면 근거 자료를 제시하여야 하며 원칙적으로
루블화는 반출이 안 된다네.

세관검사가 지연되는 사례가 빈번함을 고려하여 가능하면 항공기
출발 3시간 전에는 공항에 도착하는 것이 좋네.

탑승수속을 마치면 출국심사를 받게 되는데 비자 유효기간 내 출국 여부 확인 및 손님이 보관하고 있는 비자를 회수하지.

비자기한을 초과한 경우에는 벌금을 내면 된다네.

탑승 전 보안검색을 받으며 기내 휴대 제한품목에 대하여 별도로 짐을 부치게 하고 있으므로 기내에서 불요한 칼, 장난감 총 등은 꼭 짐으로 부쳐야 하네.

이제는 집으로 돌아가야지.

8시간 40분 동안 날아가면 한국이다.

모두가 지친 얼굴로 피곤해 보였지만 여행이란 것이 다 그런 것인지라 그래도 제각기 준비한 짐들을 규격에 맞게 정리하여 각자의 가방에 넣느라 분주했다네.

선물을 지나치게 많이 장만한 사람은 일행의 가방에 얹어 넣어 주기도 하고 가방이 비어 있으면 내 가방에 넣어 주세요라면서 서로 도와주고 해서 모두가 무사히 짐 부치는 곳을 통과했다네.

핀란드에서 러시아로 입국할 때 특별히 신고한 것이 없었던 터라 출국 시에도 별문제 없이 출국심사대를 통과했다네.

그런데 일행 중의 몇 명이 좌석이 없다는 바람에 출국심사대를 통과하지 못한 불상사가 생겼고 분명히 항공사 책임인데도 무책임한 말만 계속히면서 헤걸헤 주지 않아 결국 그들은 모스크바에서 하룻밤을 더 자고 다음 날 비행기를 타고 귀국하였다네.

여러 번에 걸쳐 이러한 불량 서비스를 받아 보았지만 사회주의국가에서 자본주의국가로 넘어가는 과도기라 생각하고 예쁘게 봐 주어야 할 것 같네.

후 기

현실로의 복귀

친구!

지금까지 나의 여행기를 끝까지 읽어 주어 고맙네.

첫날인 2006년 7월 26일에 인천공항을 출발하면서부터 북유럽에 대한 설렘으로 들떠 있었던 여행의 감정이 둘째 날의 덴마크와 두 번째 국가인 노르웨이를 거치면서 조금씩 진정이 되다가 다음 날 스웨덴과 또 그다음 날의 핀란드를 지나면서는 시들해졌다네.

그러나 2006년 8월 5일에 마지막 국가인 러시아를 접해 보면서 또 다른 느낌이 밀려오는 것을 막을 수 없었다네.

발전된 유럽으로 진출하기 위해, 또한 상트페테르부르크를 러시아의 머리로 키우기 위해 몸부림쳤던 피터대제의 진취정신과 함께 훗날 나폴레옹과 히틀러에게 유럽의 거의 모든 나라가 백기를 들었지만 끝까지 맞서 싸워 승리를 쟁취한 러시아인의 국민정신에서 그들의 숭고한 애국정신을 맛보았다네.

키르케고르와 안데르센이 있어 더욱 행복하다는 덴마크국민과 노르웨이의 자연이 주었던 잔잔한 감동과 함께 자연에 동화되어 살기를 바라는 노르웨이 국민들, 그리고 세계 최고의 상을 주는 노벨을 품고 그들의 기술을 세계만방에 알리기를 주저하지 않는 나라 스웨덴, 소박하지만 호수처럼 맑디맑은 정신자세로 모든 세상 사람들을 동화시켜 버리고 열강의 틈새에서 꿋꿋하게 살아가고 있는 핀란드, 그리고 완전한 자급자족이 가능한 넓은 국토와 자원을 가지고 있지만 아직까지도 긴 겨울잠에서 완전히 깨어나지 못한 나라 러시아!

나는 이들을 통해 우리가 나아갈 새로운 방향을 알 수 있을 것 같았다네.

그들의 근면함과 성실함, 앞을 보고 내달리는 진취적 기상, 무에서 유를 만드는 창조정신, 이 모든 것들이 우리가 추구하고 발전시켜야 할 우리들의 과제라고…….

하지만 난 두렵기만 하다네.

혹시!

사실과 다른 이야기를 쓴 것은 아닌지!

1년이나 지난 이 시점에서 과거가 된 이야기는 없는지!

주제넘은 말을 한 것은 아닌지!

만약 그러한 것이 발견된다면 너그러이 용서를 해 주게.

물론 나름대로 보고 느낀 점들을 써 내려감에 있어 오류를 줄이기 위해 백과사전을 펴 놓고 점검했고, 다른 사람들의 이야기에도 귀 기울여 잘못된 정보를 흘리는 우를 줄이려 애를 많이 썼다네.

아무쪼록 이 코스를 여행한 기회가 생긴다면 사전에 충분한 정보를 수집하여 이 기행문과 비교하면서 다녀오면 어떠할는지!

2007년 11월
단풍이 색을 잃어 가는 만추에
호수공원을 내려다보며 …….
심건섭

일정표

여행 코스

1일차: 인천공항 출발 → 모스크바 경유 → 코펜하겐 도착

2일차: 코펜하겐 시청사, 안데르센의 인어공주 상, 안데르센 거리, 아마리엔보 궁전, 게피온 분수대 → 오슬로

3일차: 노르웨이의 오슬로 관광, 왕궁, 아케로스투스(아케르후스) 요새, 바이킹 박물관, 비겔란트(비겔란) 조각 공원 → 릴레함메르 경유 → 오따

4일차: 오따 → 게이랑에르 → 헬레쉴트 → 브릭스달 → 송네 피오르드 → 오브하임

5일차: 오브하임 → 베르겐 → 브뤼겐, 하당에르 피오르드, 게일로

6일차: 게일로 → 오슬로 → 스웨덴의 칼스타드

7일차: 칼스타드 → 스톡홀름, 시청사, 대성당, 구시가지, 바사호

박물관 → 유람선 실자라인 → 투르크 항

8일차: 투르크 항 → 핀란드의 헬싱키, 만네르하임 거리, 대성당, 원로원 광장, 핀란드의 귀족회관, 시벨리우스 공원, 우스펜스키 사원 → 라핀란타로 이동

9일차: 라핀란타 → 상트페테르부르크 → 여름궁전, 분수공원 관람

10일차: 에르미타슈 박물관, 이삭성당, 해군성 본부, 순양함 오로라 호, 페트로파블로프스크 요새, 넵스키 대로 관광 → 공항으로 이동 → 모스크바로 향발

11일차: 모스크바의 아르바트 거리, 레닌 언덕, 모스크바 대학, 러시아 국영 굼 백화점, 볼쇼이극장 외관, 성 바실리 사원, 크레믈린(궁전, 우스벤스키 사원, 12사도 사원, 대포의 왕, 이반대제의 종루), 붉은 광장, 무명용사의 묘 → 모스크바 출발

12일차: 인천 공항 도착

· 저자 ·

심건섭
- 1954년 1월 경기도 파주에서 출생.
- 직천초등학교 4학년 때 서울로 전학,
  숭덕초등학교와 동북고등학교를 졸업하고,
  홍익대, 한양대 대학원에서 기계공학 전공.
- 2009년 3월 현재 강서구 등촌동 영일고등학교에서
  교감으로 재직 중.

『친구! 잠시 쉬어 가세나!』(서유럽 여행기)

친구! 잠시 쉬어 가세나!

- 초판 인쇄 | 2008년 5월 30일
- 2 판 발행 | 2009년 3월 30일

- 지 은 이 | 심건섭
- 펴 낸 이 | 채종준
- 펴 낸 곳 | 한국학술정보㈜
  경기도 파주시 교하읍 문발리 513-5
  파주출판문화정보산업단지
  전화 031) 908-3181(대표) · 팩스 031) 908-3189
  홈페이지 http://www.kstudy.com
  e-mail(출판사업부) publish@kstudy.com
- 등   록 | 제일산-115호(2000. 6. 19)
- 가   격 | 30,000원

ISBN   978-89-534-9180-9 93810 (Paper Book)
         978-89-534-9181-6 98810 (e-Book)